谨以此书向改革开放40周年献礼

改革开放以来，一大批优秀企业家在市场竞争中迅速成长，一大批具有核心竞争力的企业不断涌现，为积累社会财富、创造就业岗位、促进经济社会发展、增强综合国力作出了重要贡献。营造企业家健康成长环境，弘扬优秀企业家精神，更好发挥企业家作用，对深化供给侧结构性改革、激发市场活力、实现经济社会持续健康发展具有重要意义。

——《中共中央 国务院关于营造企业家健康成长环境 弘扬优秀企业家精神 更好发挥企业家作用的意见》

当代赣商

王翔

江西省民营经济研究会 组撰

刘文利 著

江西人民出版社
Jiangxi People's Publishing House
全国百佳出版社

民生集团城建项目开工盛典

总序

以党的十一届三中全会召开为重大标志，中国改革开放的大幕徐徐拉开，一个波澜壮阔的伟大时代奔涌向前。

时代宏音犹在耳际，改革开放的伟大进程已经走过了整整四十个年轮。

四十年来，民营经济从无到有、由弱而强，写就了我国经济社会发展中令人瞩目的辉煌篇章。改革开放的历史，在某种意义上就是一部民营经济发展壮大的历史。

企业是市场的重要主体，企业和市场的发展都有赖于创新实干的企业家精神。这种精神是企业成长的原动力，也是发展社会主义市场经济最为宝贵的稀缺资源和强大竞争力。习近平总书记指出："全面深化改革，就要激发市场蕴藏的活力。市场活力来自于人，特别是来自于企业家，来自于企业家精神。"

改革开放以来，党中央、国务院和社会各界一直高度重视对企业家的培育和鼓励。进入新时代，培育好企业家队伍，弘扬好企业家精神，已经成为坚持和发展中国特色社会主义的重大选择。2017 年，在中央全面深化改革领导小组第三十四次会议上，习近平总书记又指出："企业家是经济活动的重要主体，要深度挖掘优秀企业家精神特质和典型案例，弘扬企业家精神，发挥企业家示范作用，造就优秀企业家队伍。"2017 年 9 月，中共中央、国务院发布《关于营造企业家健康成长环境　弘扬优秀企业家

精神　更好发挥企业家作用的意见》，这是中华人民共和国成立以来中央首次以专门文件明确企业家精神的地位和价值。

伟大时代对企业家地位和企业家精神的充分肯定，不仅促使中国民营经济在发展的过程中涌现出一大批优秀企业家，为企业发展开辟了广阔天地，更赋予了企业家奋力开创事业的强大力量。

伟大的时代也使江西民营经济如沐春风。在历届江西省委、省政府的领导下，江西民营经济迅猛发展，如今已占据全省经济的"半壁江山"。民营经济现已成为江西市场经济中最有活力、最具潜力、最富创造力的主体，成为推动江西省加速崛起的主力军、改革开放的主动力、增收富民的主渠道。伴随着江西民营经济的发展，在江西这片红土地上，一批创业先行者以敢为人先的勇气汇入了时代洪流。他们顺应时代发展，勇于拼搏进取，艰苦创业，锐意奋进，在伟大时代的进程中成就了人生事业的精彩。同时，在企业不断发展的进程中，他们积极履行社会责任，把企业的发展和社会责任的履行自觉统一起来，展现出企业家良好的时代精神风貌。

抚今追昔，我们在被当代赣商精神感染的时候，不由想起了以敢为人先、艰苦创业、义利兼顾等商业精神与商道品格著称的江右商帮，并深切地感受到赣商精神的传承和发扬光大。江右商帮曾纵横中华商界九百年，明清时期达到鼎盛，以人数之众、操业之广和讲究贾德著称于世，与晋商、徽商等并列为中国古代十大商帮。

历史深处有未来。

任何一个国家的崛起，都是政治、经济、文化、科技等领域的整体崛起。对社会发展和人类文明进步作出杰出贡献的代表者，历史总是以铭记的方式表达着敬意，其卓越贡献与思想精神的不断衍续，也成为永远闪耀于历史长空的精神启迪之星。

然而纵观历史，人们不难发现这样一个事实：青史留名的历史卓越贡献者多为思想家、文学家与科学家；而对社会物质文明进步作出了巨大贡献的企业家，在浩瀚的历史著述中却寥寥无几。

商道长河谁著史。

正是基于这一视野高度，江西省工商联（总商会）在雷元江主席领导下，于2014年研究重塑赣商大品牌、引领赣商新崛起的工作部署，把发掘、传承、弘扬江右商帮精神和树立新时代赣商文化自信紧密结合。具体而言，就是把历史上誉满华夏的江右商帮和改革开放进程中稳健崛起的新时代赣商群体整体纳入历史与现实的宏大视野，把传承与弘扬赣商精神作为立意高远方向，把激励赣商群体在改革开放新阶段更加奋发有为作为新起点，着力开创赣商在改革开放新阶段、新时代的大发展格局。

在此过程中，雷元江同志又进一步提出，激励赣商群体在改革开放新阶段更加奋发有为，不但要体现于财富创造上，而且要体现于精神风貌上。他强调在打造同心谷·赣商之家（商联中心）物质载体大厦的同时，还要打造一座赣商精神载体大厦，把改革开放以来赣商与时代脉搏同跃动、共奋进的壮怀激烈创业历程与精神风采真实完整再现出来，汇聚成一部宏大的赣商创业奋进史。由此，形成了组织撰写《当代赣商》大型报告文学丛书的整体创作构想。

在雷元江主席的直接领导和悉心指导下，这部体制宏大的报告文学系列丛书作品，选取一批在改革开放进程中敢为人先、勇于探索、成就大业且具有深厚家国情怀的优秀企业家作为赣商杰出代表，每位企业家自成一卷，以报告文学的形式再现他们的创业历程，展现他们的商业智慧、商道品格和人生情怀。其全部的归旨，就在于忠实呈现改革开放四十多年来的宏大赣商人物志与奋进史。

从2014年至2017年，《当代赣商》大型报告文学系列丛书的组织撰写工作展开样本创作。在形成蓝本的基础上，于2018年正式全面展开。

《当代赣商》大型报告文学系列丛书的组撰工作，既为改革开放进程中崛起的赣商群体著录了宏大创业史，同时也与江西省工商联（总商会）

部署实施的《赣商志》《赣商会馆志》《江右人家》《历史的铭记》等编撰创作，共同构建起一部完整而宏大的赣商发展传承史，矗立起一座赣商文化精神大厦。

为改革开放进程中的赣商群体著录宏大创业史，本就是一项具有开创性的工作。更为重要的是，在新时代大力弘扬优秀企业家精神的主旋律中，构建赣商文化精神大厦这一深远立意，又赋予了《当代赣商》大型报告文学丛书深刻的历史与现实意义。

赣商尤其是以江西知名民营企业家为代表的优秀赣商，他们以与江右商帮一脉相承的艰苦创业、义利兼顾精神，在开拓奋进、勇于担当中积淀了宝贵经验和深厚感召力，厚德实干、义利天下是当代赣商最明显的特征。因此，本丛书的出版，必将汇聚成激励和引导广大江西非公经济人士健康成长的强大正能量。

在改革开放的新时期，江西省工商联（总商会）在引领赣商奋发有为、再创新辉煌的整体谋划部署中，通过赣商精神大厦的打造，也必将为全体赣商在新的奋进征程中注入强大动力。

《当代赣商》大型报告文学丛书在江西省工商联（总商会）的领导部署下，由江西省民营经济研究会承担组织撰写和出版工作。其间，得到了各级领导的大力支持和热情指导，作者们付出了大量心血，在此一并表达诚挚感谢！

江西省民营经济研究会

2018 年 5 月 28 日

目录

概述

一

一个人命运沉浮的背后，总是折射出其身处的那个大时代的变迁轨迹。

正是在这种意义上，人们说，个人命运的脚印与时代行进的辐轮总是同向合辙。个人命运的沉浮变迁，在时代大背景里的一段段历程，往往也就被珍视为刻印着时代鲜明印记的另一种深刻注释。

譬如，王翔为之深切感怀的自己人生中的那两个三十年。

2008 年，时逢改革开放三十年的重大历史时间节点。

作为改革开放波澜壮阔岁月里具有代表意义的人物之一，王翔又一次成为全国各大主流媒体关注和专访的对象之一。

在那一次接受多家主流媒体的专访中，王翔倾情感言，并在对自己人生历程与创业岁月的述忆中深情说道——"改革开放是我人生命运的分水岭，如果我写自传，题目就叫《我的两个三十年》。"

王翔在倾谈对改革开放三十年过程中的人生感悟时，所说的这番饱含真情的心声话语，刊载于各大媒体的报道文章中，让许许多多的读者感同身受，心生共鸣！

与共和国同龄的王翔，以 1978 年为分水岭，将自己已走过的人生历程，分割成泾渭分明的两段岁月时光。第一段岁月时光的起始时间，是从

1949 年至 1978 年；第二段岁月，是以 1978 年党的十一届三中全会召开为开端，一路激情行进至今的时光。

在 2008 年，这两段分别以 30 年时间为跨度的时光岁月，却有着人生命运巨大反差的鲜明比照。

事实上，王翔所有的经历，之所以令人心生共鸣，那是因为其在每一个人的情感深处，都是真切而相似的。

改革开放前后，芸芸众生中的几乎每一个人的人生境况，在对比中所产生的天翻地覆之变，又何曾不是将无以计数的人的人生命运分割成为迥然有别的两段时光岁月！

于是，王翔对于自己人生岁月与往事历程的深切解悟，也自然就在这样特殊的历史时间节点上，激起了许许多多人内心深处的强烈情感共鸣。

与此同时，王翔个人命运变迁和由此而来的种种情感，也在这共鸣中与他人的情感相融共通。

这是王翔情感中无法割断，而又截然不同的两个三十年。同样，这也是与王翔有着相似经历的人们，在情感深处无法释怀的两个三十年。

第一个三十年，在那特殊的年代里，背负着被社会标签化的"特殊身份"，以及由这"特殊身份"在那样的年代里必定要招致的各种不幸人生际遇，曾让王翔有着刻骨铭心和不堪回首的特别记忆。

1949 年 6 月，也就是在人民解放军百万雄师横渡长江后的一个多月，王翔出生于江西九江彭泽县的一户工商业者人家。或许，父母为他的名字中取一"翔"字，是殷切期待在新中国的天空下，他的未来人生能如鸿鹄一般展翅翱翔去实现有为的人生。

在与新中国一起诞生和成长的一代人中，最引以为豪的，莫过于有着"生在新中国，长在红旗下"那阳光灿烂的金色童年记忆。

然而，王翔的童年岁月，从他记事时起就是灰色的。

"几乎是从几岁时开始，就过着挨斗、蹲牛棚的生活。"孩童清澈眸子里这些近乎惊悚的现实情景，深深刺痛了王翔那童稚的心灵。

如果说来自年长群体的敌视和体惩，让幼年的王翔因无法懂得而惊恐，那么，来自同龄人对自己的言语和行动敌视，带给他的则是幼小心灵深处的无限忧伤。

在那个愚昧荒唐的年代，当伙伴们刻意疏离，甚至有时直言而呼幼年王翔为"地主崽子"或用各种言语对其施以侮辱时，他幼小的心灵深处积满了忧伤与迷茫。在一个孩童的心灵深处，有着与生俱来的对天真活泼的向往，而融入同龄伙伴当中，则是这种天性的一个重要表现。但幼年的王翔却不明白，为什么同龄伙伴们都视自己为"另类"，为什么同龄伙伴都远离自己，这些无不让他感到忧伤。

直到上小学时，填写人人必须如实填写的"家庭成分"和"社会关系"两栏——家庭是属于地主、富农还是贫农与有无"海外关系"。王翔才最终得以明白，他的家庭成分是"地主"，而且，他的家里还有位大哥在解放前夕追随国民党逃到了台湾且还是台湾军界中的一位要员。

正是"地主"的家庭成分且还有"海外关系"，让王翔的童年蒙上了灰暗的色调。

事实上，王翔从事工商业的祖辈，确因经营有方而家庭殷实，同时又因为乐善好施，在家乡彭泽县颇有一定的名望。然而，后来在战火纷飞、民生凋敝的国内战争期间，王翔祖辈的生意也日渐萧条，到了王翔父亲这一辈时，所谓的生意也仅只是勉强糊口的一个营生而已。

在那个年代里，地主就等于是"人民的阶级敌人"，何况还是被列入了具有"海外关系"的家庭。这样家庭里的成员，实际就意味着政治上受歧视，言论行动等也要受到一系列的严格限制。而且，每次政治运动一来，具有"地富分子"身份和有"海外关系"的家庭及其成员，往往就是首当其冲要受打击和整肃的对象。更有甚者，因"地富身份"和"海外关系"而受迫害致死的事例，在那个年代里全国各地都时有发生。

对于周围发生着的一切噤若寒蝉，让童年的王翔开始逐渐变得孤独和沉默寡言，他常常以不解的目光打量着周围的人与事。而那些敌视的目光，更犹如炭火一般，灼伤了他幼小的心灵，那伤痛远甚于那些来自于对身体的伤害。

好在在母亲的执意努力和坚持下，童年王翔尚有书读，算是慰藉了他幼稚的心灵。

然而，漫长的苦痛岁月还仅仅只是开端。

1966年，声势浩大的"文化大革命"席卷而来，被贴上了"封建地主""资本家家庭""海外关系"这些身份标签的"黑五类分子"，不但是被剥夺了受教育等权利的对象，而且还属于要接受监督劳动改造的对象，而在"黑五类分子"的划分标准中，王翔就有属于其中的3类情形，因此，更属于"要接受严格劳动监督改造"的重点对象。

不曾料到，在从童年到少年再到青年的年轮里，任凭王翔内心怀着怎样强烈而美好的期待，但他却越来越真切地体验到，自己人生的步履仿佛越往前行就越是艰难而沉重。

就这样，17岁的少年王翔无奈辍学了。他被以"上山下乡接受改造"的名义，遣返回到了自己的老家——彭泽县的农村，到那里去接受监督劳动改造。

在接受监督下的劳动改造，日复一日，无休无止。

王翔一度无法抑制自己整个精神世界的溃败，觉得自己犹如被抛置于空旷而渺远的原野之上，在心里生发出的"以后会怎样"的偶尔追问，也只能是对人生的未知增添更多的迷惘。没有人告诉王翔，这样的人生状态会在何时结束，也没有人告诉王翔，他未来的人生之路会怎样，又该怎样走！

无奈接受现实的命运，唯有忍辱负重！

而且，还时常是被批斗的靶子。在游田和游街的过程中，一次又一次，王翔都仿佛感觉到，自己那点可怜的自尊被剥离得荡然无存。还有，为了体现专政的威力和对"黑五类分子"的严格监督改造，根据规定，除了平时和社员一样的劳动之外，对接受改造的"黑五类分子"，生产队每月还要强制他们干一定量的重体力劳动，而且不计任何报酬。

本该是对未来满怀憧憬的年龄，但眼前黯淡无光的一切现实，却在时时告诉王翔，谈论个人前程，是多么不切实际的荒谬事情。

出身几乎决定了人的一切。出身不好，不仅低人一等，而且被别人当作是有"原罪"的一类人，从一开始就被视为阶级的"敌人"和社会的"贱民"。

随着年龄的增长，强烈的自尊心开始在王翔的心底滋生出来，知道了什么是荣，什么是辱。王翔心灵的痛，也与日俱增，而且比那日复一日的沉重劳作更为难以承受。

为此，王翔有时会独自一人走向空旷的原野，把胸中积蓄得满满的愤懑、压抑、苦痛等等，拼命地喊叫出来，任那呐喊声在旷野中回荡。

有时，心里实在憋不住了，王翔也向监督和整肃他的人们示以反抗。而这样的结果，往往招来的不是更加严苛的揪斗，就是被施以更沉重的体力劳动作为惩罚，甚至是被管教和整肃者们毒打。

一次，王翔因对自己所遭受的不公表示出不满，随后，监督者们把他拉到一间五层楼高的房子里，他被反绑起了双手，吊在屋里的一根梁上，整个人悬在了半空中。那些人狠狠扔下一句话"你什么时候反省了就什么时候放你下来"，然后扬长而去。

寂静与伤痛涌上心间，不知过了多久，王翔抬头往窗外望去，远处江中的一座小孤山映入眼帘。

壮阔的长江江面上，在苍茫奔涌的江流中，兀自独立于江面上的那座小山，显得是那般的渺远而孱弱，仿佛有时刻被滚滚江流裹挟而去的危险……

凝神久久远望着窗外江心里的小孤山，王翔触景生情。倏然之间，一个浸染着苍凉寒意的"孤"字，仿佛重重地触动了他内心深处那根脆弱的心弦——自己的心灵，不正如这矗立于苍茫奔流长江之中的这座小孤山么？！

强烈的孤独感和人生的无助感，一时完全占据了王翔的内心。

"孤帆远影碧空尽，唯见长江天际流。"王翔情不自禁想起了李白笔下这句古诗，长江旖旎风光、浩荡东流的江水，又仿佛让王翔感受到内心深处涌入了一股巨大的力量。

那是一种苍茫时空下的壮阔感，瞬间激起了他心中强烈的求生欲望。

"一个人没有办法选择他出身的家庭，也没有办法选择逃避不幸和灾难，但却可以选择坚强地活下去。"王翔坚信，一切不可能就永远这样下去，一定会有改变的那一天，在不能改变一切的时候，那就去适应不能改变的一切！

再长再渺远的旷野之路终会有终点，再长再深的夜也都会有尽头。活下去，只要是不对前路绝望，那人生就一定会有希望！

王翔在心里默默记着这句话，开始以无声的逆来顺受，在那广阔的乡村天地里，默默向着时间的前方前行。

无论是日复一日的田间劳作，还是工地上定期的拉板车、挑泥桶等重体力劳动，王翔都挥汗如雨，一声不吭，他希望以肉体上的疼痛，来忘却精神上的苦楚。

即便是整日提着油漆桶上街刷毛主席语录和各种标语，王翔也要小心翼翼地护藏起强烈的自尊，把语录和标语刷写得工工整整，直至在不知不觉中练就出了融油漆匠人手艺和美术书法书写功底为一体的功夫。

…………

时光悄然向前，境遇得以彻底改变的那一天，在不经意间突然而至。

1979 年 1 月 11 日，中共中央作出《关于地主、富农分子摘帽问题和地、富子女成分问题的决定》，并宣布："除了极少数坚持反动立场、至今还没有改造好的以外，凡是多年来遵守政府法令、老实劳动、不做坏事的地主、富家分子以及反、坏分子，经过群众评审，县革命委员会批准，一律摘掉帽子，给予农村人民公社社员的待遇……"

从此，戴在头上的那顶沉重而屈辱的"黑五类分子"的帽子，彻底被摘去了，王翔激动得热泪盈眶。他曾永远难忘，还有像他一样背负长久人生重负的"黑五类分子"，在闻知这一消息的那一刻喜极而泣！

当以某件重大事件为标志的一段岁月悄然远去，而在不经意间转身回望的那一刻，穿越时空的那份无言感慨，往往瞬间闯进一个人的心间——那遥远的蹉跎时光，那些曾紧咬的牙关，那些纵情奔放的泪水，那些人生困守中的彷徨，可触可感，浮凸于时间之上，总是铭刻于情感深处！

王翔仿佛顿时觉得，自己的人生天空，转瞬之间变得那样晴空万里！

不但人生的天空豁然晴朗开来，而且，久别的城市也正在以欣然改变的面貌，等待着王翔的到来。

1979 年，在结束了长达十余年漫长煎熬、身心苦痛的不堪回首岁月后，王翔以返城青年的身份，回到了九江市。

这一年，王翔恰好整整三十岁，已是人生的而立之年。

二

结束不堪回首的三十年时光，让王翔不曾想到的是，他人生即将开启的从未想到过的崭新第一页也将由此而掀开！

而立之年返城，酸楚与欣喜百感交集，一切崭新生活的开端，就从这样的境况里悄然开始。

"无论前路将如何，眼前最为要紧的，就是得解决谋生吃饭的问题。"

1980 年的那个早春，掸去满是身心伤痕回到九江这座城市之后的王翔，也曾在一段短暂时间里期待着，被单位招工进厂或希望获得政府安置工作的机会。但他很快发现，对于他而言，这样的想法和期待并不现实。

于是，强烈的自立谋生意识和再也不敢耽误人生的急迫感，促使王翔萌生出了不等不靠，去自谋生存出路的想法。

这样的想法随即就让王翔做出了大胆去试的决定。

因为他发现，九江这座城市里似乎涌动着一种分明让人可触可感的清新空气，让人感觉到呼吸是顺畅的，人们脸上的表情、身上的着装还有言谈举止等等，都在表征出一种新的气息。

最为重要的是，在九江的街头巷尾，开始出现了零星摆摊设点的小摊小贩——这在前几年是不可想象的，那是要被当作"投机倒把""资本主义流毒"等行为而遭到严厉打击的。

而现在，这一切正"明目张胆"走上了街头——看来，一切都开始变了！

王翔的判断一点也没错。

1978年，党的十一届三中全会召开后，改革开放的中国由此开始发生着欣然变化。

其时，全国各地大批知识青年返城，造成了城市大量的待业青年，而工厂招工的人数又有限，为解决返城知识青年找工作难的问题，国家出台政策，开始允许、鼓励返城青年干个体户来自谋出路。

"通过干个体来自食其力！"返城后的王翔，做出了这样的决定。

王翔的想法，也随即得到了九江市溢浦区有关部门的肯定和热情支持，在自己找到了靠油漆谋生的这一"门路"后不久，他又联合了十多位与自己处于同样境况的城市待业青年，成立起"溢浦综合服务社"，这是当时九江市第一批为数不多的工商个体户中的一家。

经年历月之后，怎能想到，在农村"接受劳动改造"过程中刷语录练成的涂墙刷字功夫，此时竟然成了在城市立足谋生的一门手艺！

在看到油漆匠很是"吃香"后，王翔把"溢浦综合服务社"的主要服务项目定在了为家具上油漆。

从此，王翔拎着油漆桶，带着几个年轻人，穿行于九江市的大街小巷干起了油漆匠。

出人意料，因油漆质量刷得好、服务也好，加上为人实诚，这使得王翔的油漆生意日渐兴隆起来。王翔白天带着服务社大家一起干，晚上自己还要单独去给慕名来请他刷油漆的人家中刷油漆。

靠着吃苦耐劳和大胆的拼搏，"溢浦综合服务社"很快得到了长足的发展。

在短短几年时间里，随着从做油漆到其他服务项目的业务量不断增加，"溢浦综合服务社"也由原来只有5个人的小组，扩展为4个作业组和3个门市部，人员逐渐扩大到了60多人，每年上交利税4万多元。

"溢浦综合服务社"的声誉和名气，也渐渐在整个九江传播开来。

上世纪八十年代中期，当九江市开始商潮涌动，数以百计、千计的城市个体户不断涌现时，王翔已是名声在外、让人羡慕不已的"十几万元户"了。

谁又能想到，就是靠着一把油漆刷子，返城后又无法得到就业安置的王翔，不但刷出了自己在城市里的一片生存天地，而且还刷出了个人的名气。

八十年代初年，改革开放的春风吹遍大江南北，跃然萌发的城乡个体经济在热情鼓励和支持下如雨后春笋般破土而出。在九江市乃至江西全省，王翔这样有胆有识、敢闯敢干白手起家的成功个体户，自然成为典型人物，王翔先后成为了溢浦区、九江市和江西省的个体户榜样。

王翔内心深深知道，这一切都源于国家的改革开放政策，他更庆幸自己在彻底告别了不堪回首的往昔岁月时，在而立之年逢遇到了这样欣欣向荣的时代！

一种激越之情开始在王翔的内心激荡，那潜藏于心底已久的激情，迅速升华为一种巨大的前行力量。

"党的改革开放政策，鼓励发展个体私营经济，我有了一些经济实力积蓄，完全可以牵头发起成立一家私营公司，不但把自己的生意做得更大，而且可以带领更多人一起致富。"1985年前后，在改革开放带来全国民营经济第一次蓬勃发展的重要时间节点，王翔也随之酝酿和作出了自己人生事业发展中的第一个重要抉择。

1984年，在邓小平同志南下深圳、珠海等地视察后，全国范围内迅速激起一股"下海"经商创业的热潮。而在这热潮中备受鼓舞的王翔，随即开始萌生出成立起民营公司的想法。

这一次，王翔的目光落到了全国商业流通体制大改革而带来的民营商贸经营阔然起步的大好商机上。

王翔发起并联合九江的台属，筹资百万之巨，成立了九江民生实业有限公司，他自任公司经理，公司主营五交日化产品兼营其他社会服务项目。

特别值得一提的是，这是改革开放之后，江西省第一家民营企业。

改革开放后市场商贸第一次自由大流通的首轮商机，民众空前旺盛的购买需求，再加上王翔建立在以诚为本基础上的经营运筹帷幄，使得九江民生实业有限公司在他的带领下稳健快速异军突起，即使是在中途遭受到一场大火几近烧尽公司"家底"这样的意外，但实力又很快渐而雄踞九江乃至江西全省民营企业尤其是商业贸易企业前列！

1985年，《江西日报》以"夹缝中走出来的经理"为题，用醒目的版面，深度报道了王翔的创业经历，这也是王翔第一次通过媒体在公众面前亮相。

从一名曾在监督劳动中接受改造的对象，到一名自食其力的油漆匠，再到一夜间成为在省级党报上露脸的全省商界典型人物，自己人生的变化，让王翔感到难以置信和不可思议。

在九江民生实业公司成立后的最初几年里，借助于商品经济的发展大潮，依靠良好的经营，公司一度获得了快速发展。

然而几年之后，公司的发展也遇到了前所未有的困境。

1989 年，社会上对改革开放姓"资"姓"社"的争论再度而起。尤其是全国对公司的清理整顿，让王翔也陷入了前所未有的迷茫——民生公司还能走多远？

在这关键的时候，王翔的贵人出现了，他就是原江西省工商局一退下来的老领导。王翔清楚地记得，这位老领导带着两位工商局的同志来到九江，也来到民生公司考察工作。老领导针对王翔的迷茫宽慰说："你该怎么搞仍旧怎么搞，不要怕。"并嘱咐随行的市工商局的同志："你们不要管死了，可以不要求搞变更登记。"

获得支持的王翔，备受鼓舞，又开始以巨大的热情和全部精力投入到民生实业公司的经营之中。几乎停滞发展的民生实业公司又重现生机。

到九十年代初，九江民生实业公司已成为九江市乃至江西全省一家颇有实力和影响的民营企业。

如果说民生的发展"卡壳"在 1989 年，那么，"破壳"则在 1992 年。

1992 年邓小平同志的南方讲话之后，民生公司迎来了第二个春天，民生公司的命运由此开始出现又一个重大转折。

与此同时，王翔的个人命运也发生了不曾料想的巨变——1993 年，他被推选为全国政协委员，第一次走进庄严的人民大会堂参政议政。

时代赋予了王翔人生命运的天翻地覆巨变，更赋予了他阔大的事业舞台，他决心要在改革开放的大好时代成就一番人生伟业！

1994 年，王翔以深富胆略的卓识眼光，积极探索投融资体制改革，投资 2 亿多元建设京九铁路九江新火车站，之后又成功投资 2.6 亿元开发九龙街，兴建泄洪闸，首开全国民营企业参与社会公共事业建设之先河。

一系列大手笔的成功运作，让王翔的民生实业迅速稳健崛起，民生实业也开始朝向集团化的方向，在市场经济的大潮中以纵横捭阖的姿态破浪前行。

步入二十一世纪，王翔确立了民生集团"立足江西、辐射省外"的发展战略思路，以积极响应全国光彩事业为投资重点，民生集团迈出了跨越式的大发展步伐。

在新千年的第一个十年里，民生集团先后投资 10 亿元在安徽宿州兴建光彩大市场；投资 30 亿元在安徽淮南市进行广场北路项目综合开发建设，其中民生·淮河新城获得设计、销售、居住的完美成功；在河南驻马店市投资建设 5 条城市道路；在湖北、贵州等地均投资数亿元进行城市基础设施建设和房地产开发……

"一业为主，适度多元。"伴随着民生集团以光彩事业为投资重点的发展步伐，新千年中的民生集团多元化发展同样精彩。酒店、旅游、食品加工、矿产开采、高新技术等行业的成功投资，使得民生集团的企业实力和知名度不断攀升。

沐浴着改革开放的春风，民生集团稳扎稳打地走过了三十多年。

其间，王翔不管东南西北风，咬定青山不放松，紧紧围绕民生集团既定的宗旨、行为准则，抓发展、促效益，做大做强公司的规模、实力。如今，民生集团已发展成为拥有 22 个子公司，涉及高新技术、房地产、建筑、旅游、矿业开采等五大产业，总资产达 50 多亿元的大型民营企业。

三十年风雨砥砺，民生集团已崛起为在江西和全国具有广泛影响力的集团公司。

而王翔本人，不仅成为改革开放进程中的商界巨子，而且被社会公认为是改革开放进程中一个具有时代符号意义的人物。

他先后荣获"全国优秀中国特色社会主义建设者""全国全面建设小康社会突出贡献先进个人""中国优秀民营企业家""中国房地产优秀企业家""香港紫荆花杯杰出企业家""改革开放三十年江西省十大杰出建设者""首届中国十大杰出赣商"等众多荣誉。

在王翔的目光里，每一轮时代前行的波澜大潮，总是孕育着崭新的机遇，而逐梦的人生情怀，又总是促使着他不断去创造新的事业辉煌。

2011 年开始，在倾力培养企业接班人的同时，王翔再一次以大手笔，在九江赛城湖新区投资 50 亿元，用于打造大千世界文化游乐项目。

这是他视为人生事业圆梦的一个大项目。

这一项目整体建成之后，不仅将填补江西乃至周边皖、鄂、湘省市没有大型游乐项目的空白，同时也将以"旅游＋文化＋商业＋休闲＋居住"的多种业态组合形式，在赛城湖这片灵秀之地，加快大庐山旅游圈的形成，为大九江打造一个新名片、新中心。

运筹帷幄民生集团发展三十多年，王翔在时代行进的历程中，总是能敏锐而深刻地把握每一个重大时间节点。

"转型升级发展中，我要让发展的脚步等等灵魂，把发展的脚步放从容些。"2015 年前后，王翔又在为民生集团的全面深度转型发展而写就新的发展蓝图，他坚信，未来的民生集团创就的新辉煌，正由此而舒展开来。

山登绝顶我为峰。

年近七旬的王翔，仍满怀激情，立于高处与时代同行！

三

如果说在改革开放的 30 多年里，王翔仅仅是一个财富人生的形象出现在公众面前，那么王翔仅是一个"经济人物"而已。事实上，王翔之所以被社会各界公认为具有代表性的改革开放人物之一，很大程度上，还在于他深厚的社会责任与使命感。

"我从一个'阶下囚'到中南海的'座上宾'，是改革开放提供了实现自我价值的大舞台，是改革开放圆了我的商海梦。"

每当深情回望自己在改革开放宏大进程中自己那由远而近的岁月足迹，总是有一种激越而慷慨的情怀在王翔的内心中回旋和升腾。每一次，这样的情状以及由此而仿佛再现于眼前的清晰记忆，也总要在许久才会平静下来。

是啊，这其中有多少瞬间值得铭记，有多少记忆值得抒写，有多少情感需要抒怀……

然而，谁都不曾知晓，与改革开放岁月激情同行的王翔，每一次回望自己所历经的一段岁月与成功，在他的内心深处，都会又一次增添一份浓厚而炽热的深情：

"改革开放改变我的人生，引领我从生活在社会底层的人转变成民生集团的董事长，我是一个真正的改革开放受益人。"

"没有改革开放，就不可能有自己这一切，我个人的创业史，正是因为与改革开放波澜壮阔的历程同步，才收获了自己人生与事业的精彩！"

"我是十一届三中全会的受益者，现在我在政治上有安排，经济上有实力，生活上较富裕，理所当然，我应该努力多作贡献！"

如果说发自内心深处强烈的改变人生命运、追求立业有为的念头，是王翔在改革开放 30 多时间里孜孜以求，执著前行并取得了令人瞩目成就的强大精神动力。那么，伴随在这一过程中，王翔不断对"自己命运得以改变的真正原因""富裕了的自己该为社会做些什么有意义的事情""作为改革开放受益者的当代民营企业家，要以怎样的姿态与情况担当社会责任""作为江西乃至全国最早一批民营企业家的代表者，在当今中国改革再出发、赣商磅礴崛起的新时代如何典范引领"等等这一系列问题的思考和行动，则是他渴望实现和彰显人生价值的强烈社会责任感使然。

达则兼济天下！

王翔把心底那浓厚而炽热的深情，与公益慈善事业紧紧相连。

从上世纪八十年代到九十年代，王翔在人生境况渐变、事业初成之时"滴水之恩，当涌泉相报"那种知恩图报式的四方捐赠，到自本世纪开始至今，他秉承"创造财富、贡献社会"理念，把公益慈善视为个人和企业义不容辞的社会责任，开始实施个人和企业有规划、有制度的公益慈善捐赠实施善举，人们看到，王翔心怀感恩、肩担责任，以情真意切的善举回报社会。

"广厦千间夜眠六尺，良田万项日食一升"，这是王翔在形容一个人的日常消费时常说的一句话。他认为：一个人的消费是有限的，要把不断创造的财富贡献给社会，去帮助那些需要帮助的人。在带领民生集团创造财富的同时，他热心关注教育、修桥筑路、尊老爱幼等公益事业，这些年来，共为社会捐献款项和物资上亿元。

对于自己的捐助行为，王翔是缘于对社会的感恩，受母亲的熏陶，但对于我们而言，他每一次的善举都感动着每一个人。

社会各界对于王翔这些感人的公益慈善奉献，热议不断，好评如潮，一项项饱含盛赞之情的褒奖，表达了社会公众对王翔的敬重与钦佩之情：

2004 年至 2005 年，王翔连续两年被评为江西省"十大爱心人士"和"十大爱心人物"。

2005 年，王翔被评为全国"首届百名中华慈善人物"。

2006 年福布斯、胡润慈善排行榜发布，王翔成为江西唯一的上榜慈善家；这一年，在中国官方民政部公益时报发布的"中国慈善排行榜"上，王翔再度成为上榜慈善家。

2007 年 4 月被评为"中国十大慈善家"，同时，荣获"香港紫荆花杯杰出企业家"奖。

…………

这样的企业排名，那样的企业家上榜，其实，王翔最关注的，就是福布斯、胡润慈善排行榜，以及官方民政部公益时报的"中国慈善排行榜"。

极不愿多谈个人荣誉或社会头衔的王翔，对于社会给予自己公益慈善之举的褒奖，却不厌言辞、深情坦述，如数家珍一般。他说，对于自己这样的褒奖，无论再多，每一个奖项自己都会格外珍视，因为，这样的褒奖他在意也自豪!

先富未敢忘国忧!

作为我国非公有制经济代表人士,王翔连续担任第八、九届、十届全国政协委员。他深感自己重托在肩,始终把积极参政议政作为自己履行职责的重要工作和光荣使命。

在担任全国政协委员的 15 年期间,王翔向全国政协大会提交提案和大会发言达 256 件次。

心中牵念民生最重。在王翔的提案中,涉及民生主题的占据大部分。

从建议取消对打工者不合理办证收费项目到呼吁停止春运票价上涨,再到提请改进接访群众信访工作……这些提案,直接或间接促进了一大批涉及民生问题的妥善改进解决,推动了一系列惠及广大民众的政策出台落实。

议国是尽是大局。在王翔提案中,针对国家经济社会发展重大领域问题的建议,立意高远,眼界开阔。

如对九年义务制教育实施免费的建议,对取消农业税的建议及对物权的法律保护建议等等,一件提案催生一个《条例》,一条建议出台一项法规。对推动国家重大领域发展和社会法制进程,产生了积极深远的影响。

王翔由此又被媒体誉为"国计民生的代言人"。

"利在为国家而谋,利在为天下而谋。"关注民生民意民情,关注经济社会发展,这是王翔在参政议政舞台上光彩夺目的亮点。

"全国 13 亿人,只产生 2000 多名全国政协委员,凭什么不来开会?来开会了凭什么不说点什么?说话了,凭什么不给老百姓说点话?"王翔这段言论流传颇广。

王翔的建言献策,多年来受到中央、地方各大媒体和各大网站以及海外媒体(如美国美联社、英国路透社、日本共同社、香港各大媒体等)的广泛关注和报道,被人们亲切地称为"提案大王"。

回顾自己 15 年来的政协委员经历，王翔坦言，政协委员不仅仅是一种地位和荣誉，更是一种责任。正是这种强烈的使命感，促使他认真调研，积极撰写提案。"我是没有辜负人民群众的重托和期望的。我的一些提案被国家采纳，在欣慰的同时愈加感到责任重大。"王翔如是说。

2009 年 9 月 21 日，《人民日报》为纪念人民政协成立 60 周年，把黄炎培、马寅初、吴敬琏、王翔等 6 位全国政协委员作为曾经点亮中国民主政治舞台的代表人物，特别报道了王翔。

能与这些哲人、名人相提并论，并被誉为"点亮中国民主政治舞台"的人，对此，王翔倍感自豪与无限感怀———一个人对于推动时代进程的大事件，哪怕是参与者的力量贡献，那亦是人生事业价值的最高境界的追求。

更何况，从 1993 年到 2008 年，作为连续担任三届全国政协委员的民营企业家，王翔以其高度的历史责任情怀和睿智的深邃宏阔视野议国是、表民意，首发提议并不懈力推了诸多注定将载入史册的重大法规的出台与重大事件的破解！

正是在这层意义的高度上，王翔博大深厚的社会责任情怀，也无疑为改革开放伟大时代民营企业群体对人生价值的追求，做出了生动而深刻的诠释。

第一章
走过艰难时世

　　在王翔从童年、少年一直到青年时期的岁月里，生活苦难和人生苦闷一直紧紧相随。

　　这苦难和苦闷紧随的长长岁月，就是王翔人生历程中刻骨铭心的第一个三十年。那不仅是身体不堪承受之重的三十年，更是精神压抑和前程灰暗的三十年。

　　因为祖辈在解放前是工商业者且为当地的富户，同时，家里又有位大哥在解放前夕追随国民党到了台湾并成为台湾军界要员，这些所谓的家族"历史问题"，后来全部都被当作"原罪"而加在了王翔和他家人的身上。

　　在那个家庭成分被当作阶级划分重要标准的特殊年代里，这些"天生而来"的命运标签，似乎注定了与共和国同龄的王翔从他人生起步一开始，就要步履沉重而艰辛。

　　在王翔还只有几岁的时候，他就和父母一起甚至是单独挨过斗、蹲过牛棚，幼小的心灵深处被蒙上了厚重的灰色。在那些忧伤而孤独的童年时光里，在本应该是单纯而无忧的年纪里，王翔过早地品尝着苦涩的人生味道。

在年少的王翔心里，最大的期盼就是蒙在家人和自己心头的阴霾能早日散去。

却不料，这样的期盼遥遥无期。

1966年，声势浩大的"文化大革命"不期而至，王翔又被列入了"黑五类"分子。"黑五类"分子属于"要严格反省改造"的重点对象，17岁的王翔被遣返到了自己父母的老家彭泽县农村接受监督劳动改造。

17岁的年纪，蓬勃的青春朝气，自然总是让青年人心中涌动着壮志凌云。而王翔却仿佛感到，自己的命运从此突然坠入了无边无际的黑洞，完全无法把持，内心深处也被蒙上了更为厚重的阴霾，前路一片灰暗。

在农村接受监督下的各种沉重劳作，日复一日，不知道什么时候才是尽头？其间还要接受一轮接一轮的批斗，一次次地被挂上牌子游街示众，还有那定期作为惩罚的工地上的重负荷体力活……

流年把时光浸在黯淡、沉默、愤懑而又只能是无声沉默的年轮里。然而，生活和岁月的苦难给了王翔肉体与精神的深深伤痛，但他从未放弃过对人生未来希望的守望。

再长的路总有终点，再长的夜也会有尽头。活下去，只要不对前途绝望，人生就一定会有希望！最终，王翔不但走出了艰难时世，而且历练出了坚毅的个性品格。

越过艰难时世的那一年，王翔已恰逢而立之年。

第一节　灰色的年少记忆

"童年和少年的岁月时光，沉重而漫长，有时想来，那样不堪回首。"

在王翔的内心深处，年少时光岁月曾留给他心底深切的伤痛。然而，在他后来对于人生命运跌宕起伏的感悟中，又对那曾留给他深切伤痛的年少时光岁月充满着无限怀想和感恩。

因为，在王翔的感悟理解中，或许正是那些不堪回首岁月时光里的苦难，悄然赋予了他对人生不一样的切身体会，更有后来赢得他人生事业辉煌的最初精神力量。

为此，每当王翔接受媒体记者专访，或是在一些关于人生历程和创业的报告中，对于自己人生命运改变和取得事业成就的讲述中，他总是会有"感恩时光岁月""难忘曾经的生活磨砺"这样的真挚表述。

如果阅读王翔童年和少年的岁月时光，我们会发现，他心中的感恩情怀和感触解悟，是那般素朴而真挚。

回望王翔年少的成长经历，让人心底充满着一种格外的凝重。

难以想象，在一个孩童和少年本应是洒满阳光的时光年轮里，却要背负着那样的重负孤独前行。那长长的岁月时光里，他人生起步的沉重与踉跄，他那幼小心灵的灰色蒙尘，无不令人心生感慨。

那是一段怎样的童年和少年时光岁月？年少的王翔又是如何一路前行而来的？其间，又有着怎样深切的刻骨铭心？

让时光的记忆重回到 1949 年。

这一年的 4 月 20 日午夜，中国人民解放军百万雄师以摧枯拉朽、排山倒海之势全面突破国民党的"长江防线"，3 天之后解放了国民党的统治中心南京，由此宣告了国民党反动统治的覆灭。

江西九江彭泽县，成为长江以南广大地区率先被解放的地方之一。

红日照江南，新生大地跃动着一派光芒！

1949 年 6 月的一天，彭泽县城一个普通工商业者的家里，欣喜地迎来了一个新生命的诞生。

他欣喜地向这个新生的世界走来，而刚刚历经新生的世界欣喜地接纳了他。

可能是父母殷切地希望他长大后能有鸿鹄翱翔的高天之志，所以给他取名王翔。

"生在新中国，长在红旗下。"与共和国同龄者的童年时光，本应充满着快乐。

然而恰恰相反，王翔的童年时光，在他的记忆里却是苦难与灰色的。

从仅只有几岁的年纪开始，王翔就不得不去面对那与他幼小心灵承受力极不相称的苦难现实。

那是一种怎样的苦难现实？

"一开始，是善良忠厚的父母、家人挨整挨斗，无休无止地挨整挨斗。后来，自己也跟着与父母、家人一起挨斗，从几岁时开始就挨斗，过着蹲牛棚的生活，一家人的生活从此凄苦黯淡……"

童年王翔童稚单纯的眸子里，是一幅幅混乱不堪的场景：那些对待父母、家人和自己的斗人者们言语、举动张扬而粗暴，他们脸上的神情亢奋且激愤，他们的目光里分明充满着一种敌意……

这一切让年幼的王翔不免胆怯，他沉默地打量着眼前的这一切，很多时候，他童稚的内心里充满了莫名的惊恐和不解。

年幼的王翔不明白，为什么那些斗人者们要以这样的方式来对待父母、家人还有自己，他不明白为什么别人家里、别的同龄同伙们不会这样挨斗受整，他更不明白这一切的原因是什么。

他当然无法明白这一切，他还只是一个未谙世事的孩童！

后来，到了上学的年纪，对世事也渐渐在朦胧的感知理解中启蒙，王翔又不明白，为什么自己身边的同龄人也以那样不友善的态度和方式对待自己：

在学校里，王翔成了同学们刻意疏远和保持距离的对象，这令他倍感孤独和怅然失落。

上学或放学回家的路上，时常有成群结队的同学校的小伙伴们，将那些裹挟着歧视、不屑甚至是愤怒等情感的目光，一齐投射到幼年王翔身上。

甚至有的时候，还有无端而来的"地主崽子""台湾特务分子"等这类的讥讽谩骂声。

有一次，年幼的王翔和几个同龄小伙伴一起玩耍，其间和一个小伙伴为嬉闹而发生了一点小争执，双方愈争愈厉害起来。不料，那位小伙伴却突然非常严肃地对王翔说道："你家里是地主！"而其他几位小伙伴也一齐说："我们不要跟地主家里的人一起玩！"随后，几位小伙伴结伴而去，只留下王翔孤零零地站立在那里……

这些，又怎能不让童年王翔的心灵噤若寒蝉！

年幼的王翔仿佛慢慢意识到，自己与别的小伙伴是不一样的。但内心里的一种本能的自尊，让他变得更加沉默寡言起来，也变得更加孤独起来。

一个年幼的孩子，只能用这样的方式，来让自己尽可能地去远离无缘无故而来的和无端而起的内心伤害。

但有些伤害却依然无法远离。比如，不知什么时候就要与父母、家人一起挨整挨斗，或者是隔一段时日就会蹲牛棚……

就是在这样的现实处境里，年幼的王翔向着少年时光前行。

直到有一天，年高小的王翔才终于明白，原来，自己和家人无端所遭受的一切，都是因为"地主家庭成分"和有"海外关系"的缘故。

那一次，根据学校的要求，每个学生都要填写自己的学籍表格。

这种学籍表格，由于每个人家庭背景各异，填写起来，不免五花八门，因人而异。

但现在很多人是无法想象和理解的，在那个年代里，就是一张这样的学籍表，对一个人的前程命运却是极其重要的，甚至是性命交关的。可以说，一个人的生存状态、社会地位或沉浮荣辱等等，在某种程度上与这张表格上的"家庭成分"一栏紧密相关。

然而，对于一个尚在读小学的孩子来说，怎能完全理解对自己未来人生命运是如此重大而严肃的这表格中所填写的一栏内容。

学籍表格里有"家庭出身"一栏，老师反复强调：这是极其重要的，每一个人都要如实认真地去填写，绝对含糊不得！

正是在这次填写学籍表格的过程中，王翔才得以知晓：因为祖辈在解放前是工商业者且为当地的富户，同时，家里还有一位大哥在解放前夕追随国民党去了台湾，并成为台湾军界的一位要员，这些所谓的家族"历史问题"和"海外关系"，后来全部都被当作"原罪"而加在了自己和家人的身上了。

于是，已初谙世事的少年王翔，开始懂得了自己家庭成分所必定要招致的种种苦难。

说到"家庭成分"这个词，曾在多少人心底留下了挥之不去的记忆。

中华人民共和国成立后（有的地方不一定是在这时），大规模的土地改革运动也随之在全国各地轰轰烈烈展开起来。

在土地改革运动过程中，要对土地进行重新分配。这首先就要将农村中的人根据其家庭曾经占有土地数量的多少、土地优劣的等级、雇佣劳动力的多少以及剥削与被剥削的程度等等这些情况，分别划分为地主、富农、中农、下中农、贫农几种不同的阶级成分。

后来，随着城市对资本主义工商业改造的进行，阶级成分划分又进一步扩展到了城市。城市居民依据其职业划分为工人、资本家（还有大小资本家之分）、手工业者、商人、知识分子、旧军人、旧职员、自由职业者、革命干部及革命军人等。

于是，从农村到城市，每个家庭、每个人都被贴上了一个无形的标签，用以表明这个家庭和这个人的阶级归属。

如今，凡五六十岁及以上的人，几乎没有不对那个崇奉家庭出身、阶级成分至上年代记忆深刻的。从念小学起一路走来，直至求职谋生，不知填写过多少张人事表格，除姓名、性别一类基本的个人信息，有两栏是绝对不能回避的，这就是"家庭出身"和"个人成分"。自己抑或别人，究竟属于"依靠、团结还是改造、打击的对象"，这可是根随时要绷紧的弦，人们满脑子都是"家庭成分""家庭出身"烙下的深深印记。

"家庭出身"或"家庭成分"这特殊的名词，往往又在很大程度上决定着一个人的命运。即使是一个年幼的孩童，如果其"家庭出身"不好或是"家庭成分"有问题，那么，同样意味着命运的苦难将在他人生的成长岁月历程中紧紧相随。

事实上，王翔从事工商业的祖辈，确因经营有方而家庭殷实，同时又因为乐善好施，在家乡彭泽县颇有一定的名望。然而，后来在战火纷飞、民生凋敝的国内战争期间，王翔祖辈的生意也日渐萧条，到了王翔父亲这一辈时，所从事的那点生意也不过是赖以维持全家生计的商业营生罢了，根本谈不上生活富足。

然而，那时不少地方在划成分的实际过程中出现扩大化的做法。那即是，对一个家庭的成分的划分往往要往上追溯三代。

因为王翔的祖辈在解放前是工商业者，且在彭泽县还有不少田产、地产，其家境算是当地颇有知名度的富户了。如此，在划成分的过程中，王翔家里的阶级成分自然也就这样被划为了"地主"之列。

此外，王翔家里还有位大哥在解放前夕追随国民党到了台湾，并成为台湾军界里的一位要员。这样的家庭，在当时就属于有"海外关系"的家庭了。

在上世纪六七十年代，"海外关系"是一个有着严肃政治色彩的词。一个家庭，若有一个成员拥有"海外关系"，那也意味着，这个家庭里的所有成员及亲戚都将因此而受到牵连——有"海外关系"的家庭成员，将成为政治上不被信任的人，在社会上处处会受到提防，最利害相关的是他们的工作、前途等方面都将受到一股无形而巨大的力量所阻碍。

而对于一个年轻人来说，一旦被列入是有"海外关系"者，那么，他如果是报考大学的考生，在其政审表上就会被盖上"不可录取机密专业"的条形蓝色印，这样，他成绩再好，也只有剩下不多的师范、会计、地质、医生等普通专业可录取了。他们参军时，不管体质多么好，也因会有"海外关系"而导致政审不合格，被挡在军营的门外。他们参加招工，也将有可能在审查中被拒之门外。甚至，在不少被列入是有"海外关系"的人当中，他们连升学的机会也没有了。总之，有"海外关系"的人，政治上受歧视，升学中受阻碍，工作上受限制，而且每次政治运动一来，往往就要受到各种打击和冲击。

在那个年代里，地主就等于是"人民的阶级敌人"，何况还是被列入了具有"海外关系"的地主家庭。这样家庭里的成员，实际就意味着政治上受歧视，言论行动等也受到一系列的严格限制。而且，每次政治运动一来，具有"地富分子"身份和有"海外关系"的家庭及其成员，往往更是首当其冲要受打击和整肃的对象。更有甚者，因"地富身份"和"海外关系"而受迫害至死。这种事例，在那个年代里全国各地都时有发生。

明白了这一切，年少的王翔，仿佛一夜间长大了，他开始逐渐懂得了自己和家人的艰难时世，他也更加懂得了用自己的方式去小心翼翼地维护着自己的自尊。

好在还能有书可读。对此，年少的王翔格外珍惜！

"饭可少吃，衣可简穿，书还是要读。"受过教育的父母想尽办法要让他们读点书。

后来，王翔才知道，这是在母亲的执意坚持和努力之下，才使得他拥有了有书可读的珍贵机会。

读书，在年少的王翔心底，也渐渐成为他努力去赢得自尊的唯一方式。他希望通过发奋读书和优异的学习成绩，来改变自己的处境以及为父母、家人带来慰藉。

优异的学习成绩，总算是给了年少的王翔内心自尊以一种保护，也给了家人无限欣慰。

一丝明丽的阳光，照进了少年王翔的心灵。

年少的王翔还特别爱诵读古诗词。

而家乡彭泽县，又是东晋大诗人陶渊明的故里，文风由来醇厚悠久，王翔尤爱品读陶渊明那些意境悠远的诗句。

"采菊东篱下，悠然见南山。"

"山气日夕佳，飞鸟相与还。"

…………

在那些被来自外界疏离而竖起了无形的墙的岁月时光里，诵读着大诗人陶渊明的这些诗句，年少的王翔内心里朦胧生出一片属于他自己的澄明空间天地。在这方澄明的空间天地里，他仿佛那样真切地感受到："天越来越蓝，云雀飞过高高的天空，一种喜悦从心底里流淌出来……"

再后来，随着年岁稍长，年少的王翔又更是对大诗人陶渊明心生敬意，敬重其"文传千古，诗章流芳"，敬重其"自幼修习儒家经典，爱闲静，念善事，抱孤念，爱丘山，有猛志，不同流俗"。

那些遭受的难以懂得缘由的挨斗，还有被同伴们远离的孤独，让年少的王翔变得学习异常刻苦。寂寞的童年时光里，读书习字相伴，给了他无限的慰藉。同时，优异的学习成绩，给了他对越来越强烈自尊心的保护。

读书，仿佛如一缕澄明的阳光照进童年王翔灰暗的心灵，让他感受到了自己童年岁月里的温馨。

在那灰暗的童年时光里，除了如阳光般温暖照进心底的读书带来的慰藉，至今仍留在王翔深刻记忆之中的，便是那时母亲对自己言传身教的谆谆教诲。

"母亲是一位十分善良、温和的人，在我灰色的童年时光里，她教给我诚实、善良和勤奋等等这些做人做事的道理。"对于母亲，王翔内心深处满怀深厚的情感。"在那样的岁月里，母亲纵然心底蒙受了那么多沉重的委屈与不公正，但却从未曾心生怨愤或是声言，更丝毫未曾改变她内心中那善良正直的品格，对自己的子女为人处事方面的教导从来都是诲之以诚、以善和以真。"

母亲的善良与宽厚，那样深刻地影响着他处事立世的人生态度与人生情怀。留给了王翔终生难忘的记忆，至今都那样深刻地镌刻在了他的内心深处，而母亲的谆谆教诲，则在王翔数十年来的奋进立业、孜孜以求创业历程中彰显出了鲜明的印记。

一个人年少时内心里最为深刻的情感烙印和所得的人生教益，往往会在后来的人生岁月里悄然凝结，在成年后沉淀为一种难以割舍的内心情结，更成为一个人独特个性品格中的重要内容。

正因为如此，在后来历经人生风雨的行进中，王翔对自己的童年岁月越是充满着深情的记忆。

虽然，那些已在内心深处烙下深刻烙印的往昔岁月，一经触动久远的记忆，心底依然会泛起感伤，但更多的却是对那些岁月时光的感恩馈赠——苦难童年的馈赠，赋予了自己坚韧的个性与心底的力量，一路向前而行，直至走向生命里明丽的天空。

还有许许多多。

比如，年少岁月里那些历经苦难的磨砺，让他生命里拥有了百折不挠的优秀品格。年少时历经的所有艰难，让他内心慢慢蓄积起了直面苦难的勇气。他自小对于自尊的保护和争取方式，让他很早就懂得，人生前行的路上靠奋争去求进。

尤其令人感动的是，当今天人们翻阅江西民生集团数十年来与企业不断发展壮大始终同行的慈善公益善举记录时发现，王翔最早的捐赠，是始于上世纪八十年代末他的公司刚刚有些起色之时。同时人们那样惊讶地发现，那些自童年就悄然深深烙印进心底的精神特质，在后来又悄然转化为了王翔对于年少苦难给予自己人生事业厚重馈赠的感恩之情。

第二节　辛酸沉重的心路历程

在那些忧伤而孤独但却格外懂事和自尊的年少时光里，在本应该是单纯而无忧的年纪里，王翔就品尝着苦涩的人生味道。

在年少的王翔心里，他最大的期盼，就是蒙在家人和自己心头的阴霾能够早一天消散而去，一家人也能和别的普通人家那样过上不挨整不挨斗、不蹲牛棚的生活。同时，自己心头也没有了"地主"家庭成分和"海外关系"的重压，不再遭受那些来自别人异样的眼光和苛责。

就是心底这样的期盼，支撑着少年王翔在那样的现实处境里，保持着内心的坚强。

却不料，这样的期盼却遥遥无期。

在那个家庭成分被当作阶级划分的重要标准、"海外关系"被视为严肃政治问题的特殊年代里，这些"天生而来"的命运标签，似乎注定了与共和国同龄的王翔从他人生起步一开始，就要步履沉重艰辛，而且漫长。

1966年，一场席卷全国的政治运动——"无产阶级文化大革命"爆发了。

正如前面说过，在那样的年代里，每逢各类"运动"一来，对于那些家庭成分不好或者是"有海外关系"的家庭和人首当其冲。

这意味着，像王翔这样出身身份的个人和家庭，又即将要迎来一次暴风骤雨式的打击。

只是，少年王翔起初还并不曾意识到，这一次他所要受到的冲击将是那样漫长，以至于他的青春岁月在这场长达十年之久的"文革"运动中被一点点地消磨。

"横扫一切牛鬼蛇神""打倒黑五类分子""揪出深藏在人民群众中间的坏分子"……至今，那场声势浩大的运动开始的第一幕，就以无比混乱而震撼的开场，深深地刻印在了王翔的脑海中：

在县城里，很多地方都可以看到那样的场景——搭起批斗会高台，台下或坐或站着黑压压一片躁动的人群，跟着别人的调子高喊连自己都没弄明白的批判口号，高台上的红卫兵小将们义正词严、声嘶力竭。会台两侧，是脖子上挂着一块大牌子的低头认罪的挨斗者。而在这些挨斗者中，有平日里那样熟悉、那样亲切的大爷、伯伯、叔叔或是自己可敬的老师。王翔却怎么也想不明白，怎么转眼之间，他们现在就全变成了有着"种种罪行"的"坏人"或是"牛鬼蛇神"了。

接下来，王翔几乎每天都能看到这样的场景——满载着抄家物品的卡车，轰鸣着在大街上呼啸而过；时不时有成群的"黑五类分子"被红卫兵从小巷里打骂驱赶出来，押解上汽车，听说是要被遣送到偏远而贫荒的农村或者农场、林场去；街上还时常出现被一大群戴着红袖章的人呵斥着、侮辱谩骂着押解游街的人……

再接下去，"查三代挖四代，对每个人的家庭出身过筛""不放过一个坏分子"等这些口号、大字报，更是使得一切杂乱的时空里的空气肃然紧张起来，许多人为此而感到惶惶不安。

在这样的政治气氛中，"血统论"观念甚嚣尘上，之前成分被划为了"地、富、反、坏、右（即地主、富农、反革命分子、坏分子、右派分子）"的家庭子女，又有了一个新的称呼——"黑五类"分子。

当然，与"黑五类"对立的就是"红五类"了。"红五类"，是指出身于革命干部、革命军人、工人、贫农、下中农家庭的子女。

"老子英雄儿好汉，老子反动儿混蛋。"凡属于"黑五类"者，与他们的父辈异样，开始成为欺侮和打击的对象，他们所受到的歧视是今天的人们很难想象的，几乎被剥夺了所有做人的尊严和最基本的生存和发展空间，特别是"黑五类"者中不少人连继续读书的权利也被剥夺了。

这一年，王翔正在读初中一年级。

当17岁的王翔还在未从眼前的混乱场面中回到现实中来时，他就很快被命运突如其来的无形的手，拽入另一种残酷的现实处境里。

首先是，作为"黑五类"分子，王翔被迫辍学了，继而又成为被批斗的对象。

随后不久，王翔又被以"上山下乡"的名义，遣返回到了自己的老家彭泽县农村去插队落户，到那里去接受监督劳动改造。

就这样，王翔被置于另一个完全陌生的天地里。

那是位于彭泽县的一个偏远乡村。

但在狂热而浩大的"文革"声势之下，这个偏远的农村里的运动热潮一点也不比城市里弱。甚至相反，这里对"接受改造分子"的批斗在一段时间里还更为激烈，有些方面甚至比城市更是有过之而无不及。比如，"文革"运动中以阶级斗争为纲，在一些农村，每个生产队都以揪出几个牛鬼蛇神为荣，否则，就是阶级斗争觉悟不高。还有荒唐的是，居然有生产大队对批斗"坏分子"下指标……

一开始，作为"黑五类"分子的王翔，自然就成为批斗的重点对象之一。

而且，批斗是批斗，对"黑五类"或是"坏分子"的"劳动改造"丝毫不放松。

在接受监督下的"劳作改造"，日复一日，无休无止。整个人犹如被抛置于空旷的原野，在心里生发出的"以后会怎样"的偶尔追问，只能是对人生的未知增添更多的迷惘。

没有人告诉王翔，这样的现实处境会在何时结束，也没有人告诉王翔，未来的人生之路方向在何处。

无奈接受现实的命运，唯有忍辱负重！

而且，还时常是被批斗的靶子。在游田和游街的过程中，一次又一次，王翔都仿佛感觉到，自己那点可怜的自尊被剥离得荡然无存。

还有，为了体现专政的威力和对"黑五类分子"的严格监督改造，根据规定，除了平时和社员一样的劳动之外，对接受改造的"黑五类"或"坏分子"，生产队每月还要强制他们干一定量的重体力劳动，而且不计任何报酬。

本该是对未来满怀憧憬的年龄，但眼前一切黯淡无光的现实，却在时时告诉王翔，这样的现实处境里去想什么个人前程，那是多么不切实际的荒谬事情。

出身几乎决定了人的一切。出身不好，不仅低人一等，而且被别人当作是有"原罪"的一类人，从一开始就被视为阶级的"敌人"和社会的"贱民"。

随着年龄的增长，更加强烈的自尊心开始在王翔的心底滋生出来，知道了什么是荣，什么是辱。王翔心灵的痛，也与日俱增，而且比那日复一日的沉重劳作更为难以承受。

为此，王翔有时会独自一人走向空旷的原野，把胸中积蓄得满满的愤懑、压抑、苦痛等等，拼命地喊叫出来，任那呐喊声在旷野中回荡："为什么，为什么命运这样对我不公平……"

这样的时候，王翔的心中再也无法遏制，他奔向旷野大声地呐喊，用一种近乎悲凉的方式，宣泄出自己所有的委屈和痛楚。

甚至有时，直率的性格让王翔还在公开或半公开的场合表达他自己愤懑和不解的观点。

说者直陈胸臆，而往往有的听者却别有用意。在那个年代，任何实无言外之意或是有何所指的只言片语，都有可能被断章取义成为罗织罪名的口实。

那些在公开或半公开的场合表达的个人观点，后来有不少成了对王翔更为严厉批判的理由。

渐渐感到，纵然是再激愤的言语抗争也是徒劳的。为尽可能地不再惹来是非，王翔选择了沉默。他开始逐渐变得不愿和别人说话，事实上，一定程度上别人跟他接触或者说话，也保持着"政治的清醒"和有分寸的拿捏。

从此，他开始变得终日寡言少语起来。再后来，便是他心中即使涌起千言万语，迫切希望向人表达，渴望向人诉说，然而，顷刻之间，所有这些千言万语却又被强行按捺下去。这个心灵蒙尘、尚不太谙世事的血气方刚少年，以一种无法理解却又无法言表的沉重方式，逐渐关闭起渴望融入这个世界的心灵之门。

王翔也曾在沉默中尝试着通过读书来守望未来的希望。然而，随即他便遭到了那样残酷的现实打击。

"你的家庭出身一片漆黑，就是让你继续读书，即使成绩再好，也不会有任何学校录取你！"别人这样毫不客气地回击王翔。

一个人的心灵之门，可以无奈地被关闭，然而，任何力量也无法阻止一个人去独立思考。

这是王翔的个性使然。

整日沉默的少年王翔，对来自眼前这个世界所对待自己和家人的，百思不得其解，在他的内心深处，逐渐产生了无休无止的诘问与呐喊：

我究竟有什么过错，为何所有的伙伴都不和自己说话，为何大家像躲避瘟疫那样躲避自己？！为何一个期盼着拥有光明灿烂未来的人，面对的现实却是如此的残酷？！

　　有时，心里实在憋不住了，王翔也向监督和整肃他的人们示以反抗。

　　而这样的结果，往往招致的不是更加严苛的揪斗，就是被施以更沉重的体力劳动惩罚，甚至是被管教和整肃者们毒打。

　　在那个"运动年代"里，最典型的一个特征或标志之一，便是凡当"运动"一来，被要求的表态者，没有人能够拥有沉默权。而且，必须按照统一部署、统一态度来"表态"，才被认为是在"积极接受改造"。

　　一次，王翔选择以沉默来表达自己内心的抗争！

　　"你这是想用沉默来对抗吗？你以为不说话，就能躲过去吗，你这样的态度，说明你根本没有从心里真正接受改造……"

　　随后，王翔的沉默与对抗，招致更为严厉的批斗。

　　这一次，王翔作为"态度极不老实的顽固分子"，被一群整人者拉到了位于彭泽县城郊外一栋五层楼中的一间房子里。

　　"把他给吊起来！"

　　那群造反派中的一位头头高声呵斥一声，随即，一大帮人找来粗壮的绳索，把王翔五花大绑起来。

　　王翔被反绑起了双手，吊在那栋空旷楼房里的一根高高大梁上，他整个人高高地悬在了空旷房间里的半空之中。

　　"不老实接受改造和对抗，就是现在这样的结果，你就在这里好好反思吧！什么时候反思好了，就什么时候才准放下来……"

　　随后，房子的大门在一声沉重的"咣当"声中被关上，造反派们一行人扬长而去。

　　楼房的空荡荡的大房间里，阴暗无光，只剩下被五花大绑、吊悬在半空之中的王翔。

偌大空旷的楼房很快安静下来，那是一种令人感到仿佛与时空隔绝的寂静。王翔觉得，这样的寂静好像将自己整个包裹了起来。

内心里无言的辛酸，仿佛整个人坠入无边无际的孤寂黑暗之中，再加上饥饿、身心的疲惫……让王翔渐渐陷入了一种模糊的意识和绝望的空境里，他的思绪情难自禁地游走，时而现在，时而过去，还有无法预知的未来，清晰的与模糊的往事交织于一起，渐而又向无边无际的空旷渺远时空散去。

在意识的模糊和心底的悲情中，一种可怕的念头慢慢正在王翔的心底深处悄然滋生出来——他竟然有了结束自己生命的念头！

…………

不知过了多久时间，王翔从模糊的意识中渐渐清醒过来。

周围除了一片令人窒息压抑的死一般的寂静，还有无边无际的灰暗。

偶然间，就在王翔艰难抬起头环视这空间时，他突然发现了从那栋楼房一隅的某个地方投射而来的一束光亮。

原来，那是从楼房的一扇窗子里透射进来的光亮。

顿时，那光亮仿佛照进了置身于无边无际黯淡之中的王翔的灰暗内心之中，一种莫名的感动，分明在刹那间触动了他那脆弱的内心情感。

王翔的目光顺着那扇窗子，渐而缓缓地投向窗外。

他迟重的目光与天际处的一片开阔景象在不经意间相接，而就在那一刻，他看到了窗外远方呈现出的一片壮阔的水面，水流向着渺远前方苍茫奔涌。

"那是长江！"一种巨大的欣喜从王翔心底涌起。

而在目光的久久凝视中，远处江边，一座小孤山继而又映入了王翔的视野。

那兀自独立于江面上的这座小山，显得是那般的渺远而孱弱，仿佛有时刻被滚滚江流裹挟而去的危险……

脆弱的心，历经终日无休止的批斗，终于变得灰暗到了极点。

凝神久久远望着窗外江心里的小孤山，王翔触景生情。

倏然之间，一个浸染着深深寒意的大写的"孤"字，又仿佛重重地触动了他内心深处那根脆弱的心弦——"现在被吊悬在这孤寂空旷中的自己，不正如这矗立于苍茫奔流长江之中的这座小孤山么？！"

强烈的孤独感，一时完全占据了王翔的心中，他感到自己是那样的孤独与无助。

忽然之间，李白笔下"孤帆远影碧空尽，唯见长江天际流"这句古诗不经意间出现于王翔的脑海里。长江旖旎风光、浩荡东流的江水，一股强劲的力量在他的周身弥漫。那是山崖坚摧不倒的刚劲，是树木修竹扎根悬岩的坚韧，是绿色树冠摇曳空中的活力，还是小孤山在水一方的凝重？

这一切，仿佛让王翔感受到内心深处涌入了一股巨大的力量，那是一种苍茫时空下对生命意义的强烈呐喊与追问。

内心逐渐开阔而澄明，王翔眼里的小孤山，犹如一位长生不老的智者，一副和蔼可亲的面容，此刻于自己如此切近。"日听长江波涛，夜观万家灯火；她经历并见证着历史的变迁，也和我一起向往着未来的美好呵……"

奔腾不息的江流、澎湃激越的豪情，在悄然间开始涌流进王翔的内心深处。

而与此同时，王翔那样真切地感受到，仿佛有一股巨大而强劲的暖流从自己的心底深处缓缓生发，继而开始在自己的全身流淌。

他正感受到来自心灵深处的力量，一点点在唤起自己对于生命的热切之情。

"要顽强地生存下去！"王翔在心底这样告诉自己。

正如海明威所言："一个人可以被摧毁，但却不能被打垮。"一旦内心深处生发出坚韧的力量，那一个人默默承受和抗争生活苦难的力量是无法想象的。

为了顽强地活下去，王翔决定以坚强去承受所有的一切苦难：

由于长期无"正事"可做，也为了狠狠惩罚他的"顽固"，每当炎炎烈日之夏和寒秋严冬时节，王翔总是要被派去各种工地上去做各种苦工活，如修水利、烧砖窑、拉土方等。

这些工地上的那些连成年人都不堪承受之重的体力劳动重荷，无休无止，日复一日。从此，他的双肩就犹如被扣进了一根粗壮而锋利的尼龙绳，在日月不辍的沉重劳作中向皮肉中越勒越深。这样的劳动改造，对一个身体正处于发育年龄的少年来说，那无疑是对身体的一种摧残。

而且，在这样的劳作中还时常伴随着来自言语和精神上的伤害，甚至是侮辱。

然而，倔强而"顽固"的少年王翔，宁可忍受这"不知何日是尽头"的肉体之苦，也丝毫不言任何的"软话"。

他始终咬紧牙关，默默地奋争前行，一声不吭！

事实上，那是一种靠着坚韧毅力，压制住内心里的强烈抗争而表现出的平静，那平静分明令人感受到一种内心的震撼，那是一种与他实际年龄极不协调的持重与忍辱。

但那绝不是逆来顺受的忍辱负重，而是一种无声的抗争！

逐渐地，在少年王翔的神情举止之间，显现出一种完全迥然有别于曾经的平静，他慢慢学会了去平静地接受自己所遭受的一切。

就在这样的沉重时光里，在这样的无声抗争中，从少年到青年，王翔走过了年轮里的一个又一个春夏秋冬，历经着自己生命里那段漫长、苦涩的蹉跎岁月。

令人无比欣慰的是，从"文革"中后期开始，对于"黑五类"分子的态度，慢慢出现了微妙的变化。"黑五类"分子被改称为是"可以教育好的子女"，尽管在社会上所受的歧视并没有得到根本的改变，但他们在各方面的待遇也开始有所改善了。

在那漫长、苦涩的蹉跎岁月中，王翔以自己真正、诚恳、勤劳和坚强的个性品格逐渐赢得乡亲们的高度认可,在不知不觉中向着而立之年行进,也似乎渐渐在沉重劳作的无声磨砺中接受了命运的无奈。

事实上,他也只能是无奈而平静地努力地让自己去接受!

在漫长、苦涩的蹉跎岁月里,除了沉重劳作的日子,也会有一些无所事事的清闲时日。对于别人而言,那是难得的轻快日子。而对王翔来说,这样无所事事的日子,让他感到格外孤寂,也格外无聊。

"文革"时期,从城市到乡村,从内地到边疆,从军营到工厂,从田间到课堂,人们普遍都在毛主席语录的激励之下,争当先进。如果毛泽东思想学得好,可以评上"学习毛主席著作积极分子",那在当时是极大的光荣。在那个特殊年代里,人们把毛主席语录拿在手上,引用在文章中,印在图书上,发行在邮票上,刷在汽车、火车、飞机上,张贴和刷写在田间地头、厂矿、企业、军营、学校、街道、礼堂的墙上。

王翔对学习毛主席语录十分积极认真。

"毛主席语录村民们人人都要学,村村都得宣传,如果把毛主席语录刷写好,不仅给乡亲们学习毛主席语录带来了方便,也宣传好了毛主席语录,而且这也是自己学习毛主席语录的过程……"在一个无所事事的百无聊赖的日子,王翔突然产生了这个想法。

王翔的这个想法,随即得到了生产大队干部的赞扬,后来又得到了公社干部的肯定。

从此,只要是生产队没有劳动,王翔就拧着一个铁桶,拿着一把刷子,到村子里的土坯墙上或是公社的宣传栏里刷写毛主席语录。

王翔在刷写毛主席语录的过程中十分认真,不仅字刷写得越来越好,而且对字的刷写手法也越来越娴熟。

比如:他在刷写毛主席语录的过程中逐渐发现,要让字刷写得看上去饱满,那就要对刷字的墙上的底子作一些处理,这样可以让石灰浆更好地吸附;而同时,调和石灰浆过程又很有讲究,调出来的浓度是否恰到好处,调和是否细腻均匀，又直接关系到刷写在墙上的字是否有很好的视觉感；还有，在用刷子刷写字的过程中，手上怎么用力、一笔一画刷写的力度和刷子沾石灰浆的多与少，以及一个笔画往复刷写的次数等等，都关系到刷出来的字的视觉效果……

这些用心的发现、琢磨和不断的实践，让王翔在不知不觉中摸索出了刷写一手好字的丰富经验。而在别人看来似乎简单得不能再简单的枯燥刷写字过程，王翔却也为自己的摸索和领悟所得颇感欣然自得。

后来，从生产队到公社，凡是有刷写各类标语之类的活，很多时候就交给王翔了。

而王翔又岂能料到，此时刷写毛主席语录和其他标语摸索和练就而成的技术，会为后来他靠一把油漆刷子刷出人生事业的全新开端打下伏笔！

…………

如果说命运是一个罗盘，随着它的旋转，人生总会在某个时候发生不可预知的变化，那么，这一切的前提，就是一个人心中要始终坚守着对改变命运的强烈守望。

上世纪七十年代末，在时代的脚步向着八十年代迈进的过程中，一代中国人的命运也随之悄然在发生巨变。

1978 年初的早春时节，春寒料峭，但人们却在欣喜中感到春天浓郁的气息扑面而来：

这一年的 1 月，国务院侨务办公室成立，在"文革"中遭破坏的侨务机构得以恢复。自此，侨务工作进入了改革开放的新的历史时期。三个多月前，邓小平同志在接见港澳同胞国庆代表团和香港知名人士利铭泽夫妇时说："什么'海外关系'复杂不能信任，这种说法是反动的。我们现在不是海外关系太多，而是太少。海外关系是个好东西，可以打开各方面的关系。"所谓的"海外关系"，这块曾压在像王翔这样的家庭头上的阴霾终于渐渐散开而去！

这一年的 2 月，春节后，恢复高考后的首批"七七届"大学生陆续入学。敞开的大学校门带给新生们莫大的荣誉，让更多像他们一样命运多舛的年轻人看到了希望。

3 月，全国科技大会召开，时任中国科学院院长郭沫若在会上作报告，报告的题目诗意盎然《科学的春天》。此前，《人民文学》一月号刊登了徐迟的报告文学《哥德巴赫猜想》，在全国引起强烈反响。昔日的"臭老九"作为正面形象，堂堂正正地出现在人们面前。

4 月，中共中央批准中央统战部和公安部的请示报告，决定摘掉"右派分子"的帽子。中共中央组织部在这一年中，为在"文革"中受到迫害的 1700 万蒙冤者平反昭雪。

5 月，《光明日报》的一篇《实践是检验真理的唯一标准》的文章，开始了真理标准大讨论。长期禁锢在"文革"中"左"的思想和亢奋中的人们，重新开始理性的思索和民主的争论。

…………

这一年的 12 月 18 日—22 日　中共十一届三中全会在北京举行。一个具有深远意义的转折点由此到来。全会根据中央工作会议的精神，作出了把全党工作的着重点转移到社会主义现代化建设上来的战略决策，指出实现现代化是一场广泛、深刻的革命，要求大幅度提高生产力，多方面改变同生产力发展不适应的生产关系和上层建筑，改变一切不适应的管理方式、活动方式和思想方式。全会确立了解放思想、实事求是的思想路线；否定了"两个凡是"的错误方针，果断地停止使用"以阶级斗争为纲"的错误口号。

历史前行的车轮不可阻挡，中国波澜壮阔的改革开放事业从此拉开大幕！

时代的宏音不断飞越关山万里、飞越大江南北，扣动着人们的心扉。

由各种渠道不时传进王翔下放的彭泽县的那个偏远闭塞村庄的消息，

总是很快在村子里飞快地流传开去，成为村民们劳作之余聚而热谈的话题。后来，这样让人觉得"不可思议"的消息越来越多。比如：

"安徽省的凤阳县一个农村搞起了分田到户，老百姓不但把田分到了户，连村里的耕牛、农具等东西也全部分到了户。"

"中央出了新的精神，家庭副业和农村集市贸易，是社会主义经济的附属和补充，不能再简单当作所谓资本主义尾巴去批判。在广东省，有农村就搞起了鱼塘承包、山林承包，浙江温州有不少农民不种田了，专门去做生意。"

"全国开始恢复高考了，失去十年读书机会的所有年轻人，以后就可以通过高考有了重新上大学的机会了。"

…………

这些消息的不断传来，内心的欣喜与激动无法让人平静下来，王翔心底的思绪总会情不自禁地向更深远的方面设想——这些不可思议的消息，是否在预示着要发生什么重大变化……

王翔很快发现，自己身边的巨变随之而来！

1979 年的春天来得格外早。

刚到立春节气，神州大地已经感受着和煦的暖阳，召唤新生的春风。

这一天，当王翔像往常一样拿起沉重的劳作工具准备走向田间地头，又将开始"习以为常"新的一天劳作时，忽然，村头那个大高音喇叭传来的这个消息，让他的心里猛地为之一震！

"地主、富农家庭出身的子女，今后他们的家庭出身应一律为社员，不应再把他们作为地主、富农家庭出身来的人来对待……"

"地富分子家庭子女也是社员身份了！"缓过神来的王翔欣喜若狂——这是真的吗？！

"如果这是真的，那我和别人一样，从此也是生产队里的社员了！"王翔简直不敢相信自己所听到的。

然而，接下来，王翔被公社和大队的干部告知，这的确是事实。

"除了极少数坚持反动立场、至今还没有改造好的以外，凡是多年来遵守政府法令、老实劳动、不做坏事的地主、富家分子以及反、坏分子，经过群众评审，县革命委员会批准，一律摘掉帽子，给予农村人民公社社员的待遇。地主、富农家庭出身的农村人民公社社员，成分一律定为公社社员，享有同其他社员一样的待遇。今后，他们在入学、招工、参军、入团、入党和分配工作等方面，主要应看本人的政治表现，不得歧视。地主、富农家庭出身的社员的子女，他们的家庭出身应一律为社员，不应再作为地主、富农家庭出身……"1979年1月29日，党中央作出了《关于地主、富农分子摘帽问题和地、富子女成分问题的决定》。

这份《决定》中指出，地主、富农家庭出身的农村人民公社社员，成分一律定为公社社员，享有同其他社员一样的待遇。今后，他们在入学、招工、参军、入团、入党和分配工作等方面，主要应看本人的政治表现，不得歧视。

其中，这份《决定》还特别指出："各地应把地主、富农分子摘帽问题和地、富子女的订成分问题，作为一项重要工作认真做好。要从党内到党外，组织广大干部和群众认真学习党的政策，做好地、富、反、坏分子及其子女的思想教育工作。对确定摘帽子的地、富、反、坏分子和新订成分的地、富子女，要在公社和生产大队范围内张榜公布。"

"这就是说，我不再是'被改造'的一类人了？！从这一刻起，我将摆脱那漫长而不堪言诉的命运梦魇！"一股裹挟着巨大欣喜和激动的热浪，在王翔的心底久久地涌动，继而又在王翔的眼眶里打转。

一切就这样突然间被改变了，王翔在多少个日夜里热切期盼的，终于就这样真切地呈现在了面前！那是一个人内心历经了多么漫长的沉重压抑和无言痛苦，在突然间清醒意识到那漫长的沉重压抑和无言痛苦彻底结束之后的万端感慨！

可内心之中的五味杂陈，怎是能瞬间就可以释怀的！一连很多个日夜，王翔心中激动并着不安，更多的则是热切的期盼——期盼那唤起自己生命激情的时光到来！

这一切来得如此突然，以至于王翔没有任何的思想准备，就犹如十年前轰轰烈烈的"文化大革命"运动骤然而起那般。

"好像早已习惯了的头顶上那片阴沉的天空，突然之间，有照射下来明晃晃的阳光。"那一刻，王翔的眼前仿佛看到了自己人生未来的希望。

而这一次，王翔那样真切地感觉到，自己人生未来的希望之路就在前方。

第二章
迎来阳光灿烂的日子

越过艰难时世，1979年，王翔彻底告别了不堪回首的漫长岁月。

那一年，在王翔的记忆里刻骨铭心——几乎是在一夜之间，他毫无缘由地又不再是"被改造"的对象了。王翔知道，自己那不堪回首岁月里的那些人生遭遇就此戛然而止了。随后，他作为返城青年回到了江西九江这座城市。

初回城市的王翔，眼前的一切依然还是那样熟悉，然而又仿佛是那样地陌生。

对于王翔而言，这意味着自己人生的一切将由此重新开始，王翔怎能不激动而热切地紧紧拥抱住希望！

但此时，回到城市后首先面临的生存困境也摆在了王翔的面前。

只要拥有了去改变人生命运的机会，那就等于是打开了走出人生困顿之境的一扇门。

"文革"结束后，回城知青大潮引发就业压力，全国 800 多万下乡知青如洪潮一般涌回城市，城里处处人满为患，大批年轻人等待安排就业。无数人削尖脑袋往国有企业里钻，然而计划经济体制并没有能力去接纳所有需要饭碗的人，尤其是当时被认为"出身或背景不清白"的人，很难在正规单位找到一席之地。

　　"鼓励和扶持个体经济适当发展，一切守法的个体劳动者应当受到社会的尊重。"1980 年 8 月，国家宣布个体劳动者的合法地位，并鼓励城市青年尤其是返乡城市青年通过"干个体"来自食其力。

　　于是，城市的街头里弄，那些无法被招工进厂或进入其他单位的人，纷纷从事理发、修鞋、磨刀、修伞、修家具、卖小吃等行业自立谋生，中国的第一批城市个体户就这样诞生了。

　　这其中，王翔就是他们当中最早的第一批人——靠着在农村刷标语练就的手艺，他拿起了油漆刷子干起了油漆个体户的这一行当。而且不久，他还带领更多的城市无业青年一起成立综合服务社，在九江市把个体户这个行当干得风生水起。

　　至今回望与品味，那段时光里的王翔为着简单而纯粹的谋生目的，辛劳奔波于九江那座城市的角角落落，仍是那样令人心生感触。

　　那段充满激情的"干个体"，是王翔永不褪色的人生乐章，更是他后来闯出辉煌事业的崭新开端。

第一节　寻找自立谋生的机会

历史前行的走向在上世纪七十年代末悄然转轨。

1978年党的十一届三中全会之后，一个波澜壮阔时代的大幕，由此在中国广袤的城乡大地上悄然徐徐拉开。

让我们把目光再次投向上世纪七十年代末与八十年代初交替中的中国的一座座城市。

一切百废待兴，衰落的景象中正在渐露出欣荣生机。

七十年代末期，中国经济几近走到了濒临崩溃的边缘。也就是在这个历史时间节点，随着十一届三中全会作出把全党工作重点转移到社会主义现代化建设上来的战略决策，在平静的公有制经济体制经济发展状况下，正悄然蓄积和涌动着一股宏大的激流——个体私营经济的种子再度萌发，一点点破土而出。

与七十年代末八十年代初中国广大农村正迅速展开的分田到户的热潮不同，在当时中国的大小城市，个体私营经济的破土萌发，却正历经一个极其艰难而缓慢的开端。

而加速催发城市个体经济种子萌发的因素，在某种程度上，与1978年开始从中国广袤农村正向大小城市涌流的一个特殊人群有着密不可分的关联。

这个特殊的人群，人数庞大，他们有一个统一的称谓——"返城知青"。

"知青"这个特殊历史时期的称谓，留给一代人的，不仅仅是一段难忘的人生历程，也是一种深深的情结和承载心路历程的精神。

　　新中国成立后，为解决城市人口的就业安置问题，从五十年代中期开始就有组织地将城市中的年轻人下放到农村，尤其是边远地区的农村建立农场。早在1953年《人民日报》就发表社论《组织高校毕业生参加农业生产劳动》。1955年毛泽东提出"农村是一个广阔的天地，在那里是可以大有作为的"，成为后来知识青年上山下乡的口号。从这一年开始，共青团中央开始组建农场，鼓励和组织年轻人参加垦荒运动。当时，美术家朱宣咸1958年创作的作品《知识青年出工去》，就非常典型生动地记录了在那个特定时代知识青年在北大荒的农垦生活画面。

　　1966年，在"文化大革命"的影响下高考停止，到1968年为止许多中学毕业生既无法进入大学，又无法被安排工作，成为一个不得不正视的社会问题。1968年12月22日，人民日报发表了题为《我们也有两只手，不在城里吃闲饭》的文章，其中引用了毛泽东"知识青年到农村去，接受贫下中农再教育，很有必要……"的指示。1969年，许多城市青年学生积极响应"上山下乡"号召去农村，全国也开始有组织地将中学毕业生下放到农村去。到1978年，有两千万左右的城市青年学生下放到了全国各地农村插队落户。

　　王翔下放到彭泽县农村后，后来随着从"文革"中后期对于"黑五类"分子的态度和待遇开始有所改变，他的身份也随之成为下放城市知识青年和插队落户的知青了。

　　因而，当1978年中央作出知青大返城的决定后，王翔自然也就是返城知青中的一员。

　　1979年那个初春的早晨，当王翔迎着晨曦从彭泽县出发，向着江西九江市一路风尘仆仆而来，他的内心是充满着无限感怀、憧憬和忐忑的复杂心绪的。

这一年，王翔 30 岁，已至人生而立之年。

他为自己终于告别一段漫长而不堪回首的人生岁月而心有万千感念，而对于正走向的九江那座城市，心中则又充满了无限的想象和憧憬。

当然，对于已至而立之年的王翔来说，他内心最深处对于青春远逝的感伤是难免的——那是一个人人生中最为宝贵的岁月时光啊，却在"文化大革命"中被耽搁。只是，性格坚韧的他从不轻易流露出这样的感伤情绪而已。

在九江那座城市，自己将要以一种怎样的开端迈出人生脚步，王翔不得而知。

但他已为一种即将开始的全新的人生，在内心深处做好了一切的努力和准备。而且，他还在心底暗暗下定了决心，要比别人更努力、更勤奋，把自己逝去的青春年轮追补回来！

其时，正奔向而去的前方的城市，等待这些返城青年大军的现实又是怎样的呢？

其时的现实是这样的：尽管他们激情满怀而来，但是，摆在众多返城青年们面前的现实，也让他们中的许多人充满着焦虑和不安。这焦虑和不安，首先就是为解决现实生存层面的工作安置问题。他们满怀激动和期待的心情而来，却发现他们赋予了无限人生憧憬和希望的城市，连实现现实生存的工作也无法为他们安排，更遑论去实现人生抱负了。

众所周知，新中国成立之后，城镇青年的就业渠道十分单一，非大学毕业的城镇青年就业，以"顶替接班"居多，这就是所谓的"子承父业"，即父母到了退休年龄，由孩子来接替他们的工作岗位。

除此之外，就是名额十分有限的工厂招工就业路径。

一项资料数据显示，1978 年到 1980 年，从全国各地农村返回到城市的知青人数大约为 1700 万人之众，这几乎相当于当时中国城镇总人口十分之一的人数。

返城知青正从全国四面八方的农村，涌向他们当初出发的城市。一时间，"顶替接班"和有限的工厂招工名额，使得几乎每一座城市都无能为力来满足如此众多人的当前就业安置问题。

"工厂根本安置不了这么多骤然涌入城市的知青，当时也还没有实行什么合同制，工厂里的工人大多都是终身制，父亲退休了，子女很快就自动顶上去，因此，一个工厂根本腾不出额外的指标来安置这些返回城市的待业青年。"而几乎在每个街道办都可以看到，前来申请和询问工作安置的青年人，挤满了整个院子。

在大批青年返城初期的一段时间里，不知有多少待业青年在家里焦虑地等待着工作安置。而在此过程中，他们整日无所事事。这样的现实处境，使得他们走到哪里都抬不起头。他们仿佛感到，自己是城市里多余的人。

与此同时，大量返城知青一时无法就业，再加上原本就累积的待安置就业人口，这给城市管理又带来了很大的压力。

妥善安置返城青年就业，一时成为全国各个城市的一项突出工作。

其时，党和国家也正为此努力探索和寻求着拓宽安置城市青年就业的路径。

1979 年 2 月至 3 月，国家工商行政管理局召开"文革"结束后的第一次工商行政管理局长会议，这次会议主要的议题就是解决返城知青的就业安置难题。

当时，国内正面临着大批知青返城，城镇积压至少 700 万至 800 万待安置就业人员的巨大压力。为有效缓解这样巨大的就业压力，这次会议提出，全国各地城市可以根据当地市场的实际需要，在取得有关业务主管部门同意后，批准一些有正式户口的城市闲散劳动力从事修理、服务和手工业等方面的个体劳动，但不准雇工。

同年的 4 月 9 日，国务院向全国各地转发了这次会议的精神。

这是十一届三中全会以后，国家第一次明确提出在城市允许个体经济发展。

虽然这个报告对个体经济的发展作出了种种限制，尤其是当时还不准雇工，但它公开地为个体经济发展开了绿灯，表明了个体经济、个体劳动是允许存在并发展的。

心怀欣喜、激动和无限憧憬的王翔并不知道，回到九江后，等待他的是与城市众多返城知青一样的现实。

谋生立业的问题，就这样摆在了刚刚回到九江市的王翔面前。

而立之年返回到城市，酸楚与欣喜的各种复杂心绪交织在内心。"但毕竟，自己一切崭新生活的开端，就要从九江这座城市里悄然开始。"王翔依然充满了乐观。

"无论前路将如何，眼前最为要紧的，就是得解决谋生吃饭的问题。"同时，此时的王翔尚不知道，就在他正从远方奔赴九江这座城市的时候，基于像他这样现状的返城青年的生存问题，城市也正在悄然为他们打开另一扇自立谋生的门。

这扇城市待业青年自立谋生的就业之门，就是"干个体"。

然而，在上世纪七十年代末八十年代初的城市，经商仍然是"末节"，人们依然还是以进国营工厂和单位上班为第一考虑，实在没有出路的情况下，才会走向"个体户"或商业、服务业等第三产业。所以，"个体户"这个词人们不愿或者说是不屑于说起，更不用说去主动"干个体"了。

…………

记忆里的九江市，街道依旧，楼房依旧。

然而，在王翔的眼里，这座自己曾如此熟悉的城市，如今却又是那样地陌生。

走在街上，偶然碰到有原来相识的人，他们会主动向王翔打招呼了，甚至还有人停下来，关切地询问他这些年情况……

这样的时候，总是让王翔心里情不自禁地涌动着温暖和感动。

而曾经，原本只是人之常情的举动，那却是王翔不敢去奢望的！

这是心灵伤痕累累之后的回城，在内心深处时常生发出莫名的情愫。

怀着无限期待的心情，回城之后的几天，王翔便去了九江浔浦区居委会申请安置工作，随后，他又去一些招工单位报了名。

他心中有迫不及待的渴望，渴望尽快找到一份自食其力的工作，越快越好！

然而，一段时间过后，结果却让王翔感到更为焦急：每次去居委会打听工作的事情，他得到的几乎都是这样一句相同的话——"你回家去等吧，等有了消息，我们自然会通知你的"。

然而，这一等就再也没有了来通知的下文了。

这样的日子，让王翔的心里一天比一天焦虑起来。

"这样的情况该怎么办……不能再这样一天又一天地等下去了！"

心中无法言状的焦虑，促使着王翔终于下定决心，他决定一边等待就业安置的小夏，一边去先找到一份能够自立谋生的活来干。

就这样，王翔走出了家门，开始游走于城市的大街小巷。

在这个过程中，王翔那样真切地感受到，仿佛有一股看不见的东西，在这座城市里隐隐欲动。但究竟是什么？王翔说不清也还看不透，但眼前真切的所见所闻，却让他隐隐地感觉到，这在隐约里说不清和看不透而又分明能真切察觉到的东西，似乎将与自己接下来在这座城市的生活紧密相关。

最让王翔感到陌生而新鲜的，是小百货和修理日用品的个体户定期集中流动为居民服务，居民来选购商品或送来需要修理的物件。此外，还有一台缝纫机、一张小的缝纫店，个体户随叫随到上门服务，估工估料不收费，更是大大方便了居民生活。

而这些，在解放后的几年，在九江这座城市里已难觅城市街头这样的情景了。

其时，王翔所不知道的是，长期以来被认为与社会主义公有制势不两立的个体工商户，已在中国商品经济传统相对比较深厚的上海等大城市里开始恢复。这种渐渐越来越多地出现在街头巷尾的规模很小的私有经济体，在方便群众生活、解决社会就业等方面起到了拾遗补缺的作用，正显示出越来越旺盛的生命力。

尽管当时人们普遍对"社会主义有市场"的这一规律尚未有深刻的认识，也难以预见到日后在中国大地上由这些不起眼的个体工商户与从业者中，将壮大发展出一批叱咤风云的"民营企业"和"民营企业家"，但丝毫不妨碍已经渗透进曾"铁桶"般严密的计划经济体制的个体私营经济的快速发展。

走进个体私营经济正悄然萌发的市场，王翔已怦然心动，他好像能隐隐感到，这其中有属于自己的机会。

一天，偶然的机会，王翔发现，在九江市的不少居民家中，添置了家具之后，都会请来油漆匠给家具做油漆。

而且，王翔更发现，做油漆这一行的，在城市人们眼里是颇受尊重的手艺人。这种尊重，体现在油漆工的工钱上，比木工和其他行业的人要更高一些。

油漆工，在七十年代末八十年代初的城市与乡村正是一个"吃香"的行当。

那时在农村，一个较大的乡镇一般有三几个油漆师傅。油漆和其他行业一样，与当地人们求职的传统习惯有关，故有些乡镇或会有更多一些，而有些乡镇则难觅一个。起初，油漆师傅由某一户去请，这一户人家一般是儿子快到结婚年龄，又或已有对象正商讨结婚事宜，便会叫来木匠突击做好新婚洞房内的木制家具，随后叫来油漆师傅将新做家具漆刷一新，好让新人的房间增添喜庆的气氛。自然，家中其他缺少的用具也会一并添做并漆好。在城市里，居民家里也正开始流行打"五斗橱""挂衣柜"等新式家具，家具做好了，就请油漆工到家里为家具做油漆，在城市的一些服务行业里，油漆工的工钱算较高的一类，而且这个行业的社会地位也较高。

"对呀，自己靠做油漆工给别人油漆家具来赚钱，这不是很好啊！"这样的念头随即在王翔的心里产生。

更为重要的是，他对于做好油漆工心里有底，因为曾在彭泽县乡下农村刷毛主席语录和标语的经历，给了他不少的自信！

与此同时，当年刷过毛主席语录和标语的王翔有过亲身体会，他知道，做油漆工将是一个十分辛苦的谋生体力活。而且，整天还会有一身的油漆脏污。

"但只要是可以自食其力，那再苦再累再脏的活自己也要去干，也能干好！"王翔在心底这样告诉自己。

第二节 一把油漆刷子刷出一片天地

说干就干。

为了确保让做出来的油漆手艺达到合格的水平，出于稳妥起见，王翔买来油漆和刷子、砂纸等原料和工具，试着先在木板上反复练习和试验。

一番练习和试验下来，他对做好油漆心里更加有数了！

接下来，王翔就开始行走于九江市各居民区去揽油漆活了。

"漆得好是应该的，漆坏了，油漆和工钱分文不收，而且漆坏了的东西我照价赔！"第一天，面对一家请他做油漆的居民，王翔这样自信地脱口而出。

别人一听，立即就没有了任何顾虑，马上答应让王翔做家具油漆。

油漆家具是门辛苦活，也是门手艺活。

所谓的"三分涂料，七分工"这句俗话，说的就是油漆工要靠手艺水平吃饭。如果手艺不到火候，那油漆的物件则会产生发白、颗粒、针眼、气泡、不干等各种问题。油漆是否干净无毛刺，对于不同的木质材料，油漆涂刷的次数也是不一样的。比如，如果木质比较硬，那么涂料刷两三次就可以了，如果木质比较软，那则要多刷几遍，但也不能太多，以免出现油漆起毛、起刺等现象。调和油漆，这对油漆工手艺来说也是一个考验，因为手艺差的工人刷完之后很容易出现刷子印，质量没有办法得到保证。

对于油漆手艺的这些细节，王翔怎么也不曾想到，当年自己在彭泽县乡下为刷好毛主席语录和标语而日积月累总结出来的经验，竟然与现在做好油漆活的这些细节如此相似。

王翔更深知，自己要想靠给别人做油漆家具来谋生，那就必须要在用心和用力上一齐下功夫，真正做到靠手艺吃饭。

如"打磨"这道工序，是一项耗时耗力的工序，一件家具，包括抽屉、门面里外，平面众多，每一个平面，都得用砂纸仔细去打磨。打磨好之后，接着就是用油灰石膏作嵌（补洞）、满批（再用油灰石膏将所有平面刮一遍），然后是上底色，最后是上头漆，再照二道漆。在满批后，必须用砂纸打磨，不仅累人，其间还会吸入不少呛人的粉尘。

王翔对于做好油漆的用心与用力，不仅体现在这每一道工序之中，更体现于每一道工序中的每一个环节之中。比如在打磨这道工序中，每磨好家具的一个平面，他都要用手指去仔细试摸，看是否滑溜，是否有倒刺，是否有绝对平整……

本身就是经多年练就的基本功，再加上如今如此用心与用力，不难想象，那油漆出来的东西也就自然会是"功到自然成"了。

果然如此，几天之后，王翔给这家居民油漆好的几件家具，让主人十分中意。

第一次做油漆，王翔便赢得了成功！

特别值得一提的是，王翔油漆的这几件家具不但油漆手艺让别人无可挑剔，而且他在做油漆的过程中，没给别人带来任何一点麻烦，而且热情、周到和细心，给人留下了十分深刻印象。

因而，当有亲朋好友和邻居看到那家居民家中的家具油漆得十分好也想请这同一位师傅为自家家具做油漆时，那家居民很是热情地帮着介绍王翔去做事。

王翔很快又有了第二次、第三次油漆活干……

而接下去，往往是这样，王翔刚做完上一家的油漆活，又接着被介绍到另一家去做油漆活……

一段时间过后，王翔发现，自己不但根本不用担心没有活干了，而且焦急的是怎样赶时间去尽可能多地在保证油漆质量的前提下，做完手上承接的油漆活。

王翔开始起早贪黑，在异常忙碌和劳累之中一点点收获着丰厚的劳动回报，也收获着从未曾有过的对于生活的自信和希望。

他也开始不满足于只靠做油漆来自食其力，他想尽可能多地挣些钱，因为自己在这个城市的生活刚刚开始，以后还有许多想法要去实现。而这一切，都需要现在一步步地打下立足谋生与立业的基础。

为此，王翔没日没夜地苦干。

"那一代人最令人敬佩的，是他们回城之后的拼搏奋斗，为了'夺回'曾经损失掉的光阴，他们付出了加倍的努力，使整个国家都处于置之死地而后生的亢奋状态中。"正如《八〇年代：中国经济学人的光荣与梦想》（柳红著，2010年10月广西师范大学出版社出版）一书中开篇所描述的那样：那是一个"一切从头开始、英雄不问来路的时代，是思想启蒙的时代，是求贤若渴的时代，是充满激情畅想的时代，是物质匮乏、精神饱满的时代……是老年人、中年人、青年人一起创造历史的时代"。

长久刷标语无形中练成的油漆"手艺"，这时，竟然能变成一个谋生的手段，这是王翔怎么也没有料想到的！

日子在辛苦忙碌中一天天走过，王翔做油漆的手艺，也渐渐在九江市有了一定知名度。

八十年代之初，新式现代风格的家具悄然兴起，很多城市居民纷纷请木工做这种家具。而在做完家具之后，就是要请油漆工给家具做油漆。

王翔很快又发现，对于新式现代款式的家具，在油漆的风格上，人们也喜欢油漆的现代感。于是，他又紧跟着在油漆的原料、色彩和图案等风格上进行调整，并在总结别人经验的基础上形成自己的油漆风格，油漆出来的家具十分受人欢迎。

自然，请王翔做油漆的人更多了，后来的情况是这样，当王翔在某个单位的居民大院做了一套家具的油漆之后，这个居民大院凡是有做家具油漆的活几乎都是由他来做。一个居民大院里做十天半个月的活十分寻常，也有接连做上一个月甚至两个月油漆活的时候。

油漆手艺在社会上比较"吃香"，加上王翔做油漆手艺已声名在外，于是，几位想学油漆手艺的青年慕名想拜王翔为师。这样，王翔又带上了几位徒弟。

从此，王翔师徒一行人在九江市做油漆手艺行业的人当中，可谓无人不知无人不晓了。

岁月记忆留痕。此后经年，因为走向创办民营企业之路，王翔逐渐成为改革开放进程中九江、江西和全国民营企业家中的风云人物，当年那些请王翔为自己油漆过家具的九江市民说到王翔，总会这样颇为自豪地说道："当年，王翔还为我家油漆过家具呢！"

从下放的农村回到城市，依靠一把油漆刷子，王翔不但解决了自食其力的生活问题，而且还刷出了自己在城市里立足的一片天地和个人名气。

从那些辛劳无比却又内心无比敞亮的日子出发，王翔一步步走向人生全新的开端。

在他眼里，自己身处的九江这座城市，天是那样地蓝，阳光是那样地明媚，自己身边洋溢着一种希望与蓬勃的气息！

第三节　声名渐广的综合服务社

对于返城知青工作安排的问题，渐渐在政策上也灵活了一些。

"根据当地市场的实际需要，在取得有关业务主管部门同意后，批准一些有正式户口的城市闲散劳动力从事修理、服务和手工业等方面的个体劳动。"这为引导返城知青和城市待业青年的就业安置，提供了一个大方向和现实路径。

1979年10月，国家有关部门对解决返城知青的就业安置问题提出，要扶助城市安排知识青年就业。

政府部门随后出台的指导意见是："对解决返城知青，能安排固定工作的要想办法尽量安排固定工作，没有办法安排固定工作的就安排临时工作，临时工作一时也难以安排的，那就要想办法帮助和指导这些人去自谋生路。"

对此，国务院在《广开门路，搞活经济，解决就业问题的若干规定》中也作出规定，要适当发展城镇劳动个体，增加自谋职业渠道和先培训后就业。在这个"规定"中，提出依靠群众，广开门路，大力组织集体所有制的各种生产服务事业，解决部分青年的就业问题。通过挖掘街道企事业潜力，成立居委会"集中管理、分散生产"的加工小组，兴办各种生活服务和修理事业以及向机关、部队、国营企事业单位包工揽活等形式，为贯彻这一规定，1980年3月，九江市做出了《关于进一步发展城镇集体经济，安置待业青年问题的报告》。同年4月，又号召各区积极发展集体经济，安置待业青年工作，要求把工作重点放在广开生产门路和扩大服务领域上。

九江市浔阳区溢浦街道社区，是整个九江的人口大区，当时等待就业安置的返城知青和其他待业青年的人数也在全市最多。尤其是，社区里还有一些残疾青年，在整个就业安置工作十分不易的情况下，对他们的工作安排就更难了。

为很好地解决这一问题，溢浦街道社区根据九江市"广开门路，搞活经济，解决就业问题"的精神，积极探索建立社区综合服务社。

这时，社区想到了王翔。

"他没有一味地等待就业安置，而是大胆去闯去试，靠着一把油漆刷子不但自食其力，而且现在还把油漆工做得很有起色。他给返城知青和待业青年带了好头。"溢浦街道社区的干部一致认为，溢浦街道社区搞综合服务社，让作为王翔来带头人选是再适合不过的了，也相信在他的带领下，综合服务社一定能搞得起来、发展得好！

于是，溢浦街道社区的有关负责人找到王翔，向他表达了街道社区的这个想法并征求他个人的意见。

"你不等不靠，自谋出路，自立自强，自食其力，给我们溢浦街道社区的待业人员特别是待业青年们带来个好头，也给我们整个九江市的待业青年们带来个好头！"溢浦街道社区的负责人对王翔给予了热情的肯定。

而来自街道社区领导的这番热情肯定，让毫无心理准备的王翔感受到了莫大的鼓励，他怎么也没有想到，自己只是为谋得生计的刷油漆活计，却能得到街道社区领导的这番热情认可与肯定。

"街道社区不但要肯定你，今后还更要关心你和支持你！"溢浦街道社区负责人当面向王翔这样表态。

"有街道社区的鼓励、关心和支持，我就有信心把溢浦综合服务社办好！"王翔欣然向街道社区负责人作答。在王翔心底，他何尝不希望既把事情做得大一些，又让自己所做的事情更有意义。

当机遇这样不经意间出现在自己身边时，王翔是如此心怀激动，倍加珍视。

他随即以满腔的热情，投入到对溢浦综合服务社的创办之中。

1980 年，"社区"对于人们来说还是一个新鲜事物。

而社区服务社为何物，人们更是不曾知晓。怎样办这个综合服务社？综合服务社怎样服务？又怎样兼顾社会效益和经济收益？这些都没有任何的参照经验，一切都只能是靠王翔自己去摸索。

一段时间过后，王翔就如何办好溢浦综合服务社进行了认真思考并形成了清晰思路：先以为市民提供油漆家具服务为主要业务，然后逐步拓展到其他服务项目，市民们需要哪些服务，服务社就开展什么服务业务，这样一是体现服务社以服务市民为根本的宗旨，二是服务社自身得以逐步发展。

王翔这样的思路，得到了溢浦街道社区的高度认可。

在溢浦街道社区的大力支持下，溢浦综合服务社很快创办了起来。几名不想被动等待就业安置，也想和王翔这样自谋生存出路的青年，还有两名找不到工作的残疾人，加入了服务社。包括王翔在内，创立之初的溢浦综合服务社一共有 5 人。

"以前是自己单干，干好干坏那只是自己挣多挣少的问题，但现在成立了服务社，就是要领着大伙一起去干，那就必须要干好，否则，大家跟着自己就没饭吃了！"溢浦综合服务社开业之初，王翔心里的压力确实不小。

与此同时，一种被牢牢压制在心底多年的期盼迅速酝酿发酵成一种强烈冲动，仿佛时时要喷薄而出——王翔想要甩开所有有形和无形的桎梏，去大干一场，改变自己困顿的现实与心灵，为此他愿全身投入，哪怕饱经风雨、披荆斩棘！

凭着自己的经验，王翔深知，只要溢浦综合服务社的每一个人牢牢记着"优质服务，取信于民"这一条，那就一定不愁没有活干。

在溢浦综合服务社里，王翔既是师傅又是工人。

白天，王翔带领综合服务社的成员们，提着油漆工具，走街串巷去揽活干，揽到活计了，大家齐心协力地一起卖力干。

由于王翔在九江市做油漆已经有了一定的知名度，因此，他带着服务社的成员们一起揽油漆活，自然也就不愁没活干。加上他们的油漆活做得精细，一段时间过后，溆浦综合服务社的油漆业务活就十分多了。

尽管王翔已是在溆浦综合服务社领着大家一起忙碌了，但还是有许多人慕名找到他，单请他私人做油漆活。

"那个时候，整个人浑身好像有使不完的力气。"白天，王翔带领服务社的大伙儿一起干完了一天的活，晚上还要去给单独请他做油漆的居民家里做油漆，自谋创收，给自己私人干。

几乎每一次，王翔忙完当晚的油漆活后都已是时至深夜了。然后，他才带着一天的疲惫，饥肠辘辘地骑着那辆老旧得差不多要散架的自行车往家里赶。

"一回到家里，整个人一倒在床上，就再不想起来了，就只想好好睡一觉，最好永远都不要起来。"

辛劳的程度已到来极限，然而，第二天早上，一到要去综合服务社上班的时间了，王翔却总是会一骨碌就从床上翻身起床，匆匆洗漱和随便囫囵吞枣般地吃完早饭，就最早赶到服务社去上班。

在溆浦综合服务社，常年如一日，王翔总是每天上班来得最早的那个人。

如今再忆那段激情难忘的时光，王翔那样惊叹地发现，在一个人的生命张力之中，原来竟潜藏着那强大的爆发力与耐力！

事实上，那是一个人从内心深处迸发出的满腔激情，在全部转化为不知疲倦的巨大劳作后的力量！

靠着顽强的毅力和大胆的拼搏，王翔带领着溆浦综合服务社的全体人员，硬是在整个九江市打开了一片业务天地。

在短短几年时间里，溢浦综合服务社得到了长足的发展，原来只有5个人的服务社，发展到了60多人。而服务社的业务种类，也从当初的做油漆，增加到了五金销售、电器维修及搬运装卸等，拥有3个门市部和4个作业小组，真正成为一个为广大市民提供各类综合服务业务的服务社。

不仅如此，经过几年的发展后，溢浦综合服务社每年上交利税已达4万多元。

由此，王翔自己本人和溢浦综合服务社的名气也渐渐在整个九江传开。他们的服务社也成为整个九江市第一批个体户中的典范，不少想干个体的人纷纷前往溢浦综合服务社参观学习。

而王翔也在那些艰苦却充满激情的时光里，收获着自己劳动付出后的沉甸甸所得。上世纪八十年代中期，当九江市开始商潮涌动，数以千计的城市个体户开始涌现出来时，王翔已是名声在外、让人羡慕不已的"十几万元户"了。

依靠一把油漆刷子，王翔不但刷出了自己在城市里的一片天地，而且也刷出了个人名气。

特别值得一提的是，溢浦综合服务社到后来还解决了不少残疾人的就业问题。

王翔这样的有胆有识、敢闯敢干，白手起家的成功个体户，自然成为典型人物，王翔先后成了溢浦区、九江市和江西省的个体户群体中的榜样。

第三章
意气风发闯商海

从上世纪八十年代中期起，历经改革开放初期新旧经济体制在最初数年里的并轨与碰撞，计划经济模式开始在更为宽广的领域逐步向着商品经济模式转型。

这一时期，国家大力推行的各项改革开放政策，让各行各业开始显露出崭新的蓬勃发展生机。与此同时，改革又不断催生出各种新兴的商业和行业。

这一切，让全国经济迸发出前所未有的活力，整个国家和人们的精神面貌也焕然一新。

而此时，凭着一把油漆刷子，刷出了让自己对未来充满希望和信心的王翔，更是为这欣欣向荣的新时代景象而感到振奋。

身处计划经济向着商品经济逐步转型的时代大潮之中，意气风发的王翔，以敏锐的目光打量着眼前这充满蓬勃生机的一切。

在王翔的目光中，到处是机会，只要有足够的胆量和勇气。

1984 年，中国改革的主战场由农村而渐向城市，国家"城市改革实施意见"的出台如阳光雨露一般迅速催生着城乡商品市场的发展和商品经济的繁荣。

随着农村家庭承包经营的全面推开，农产品的丰富和农村集贸市场的活跃以及多种经济形式的发展，计划经济体制下的商业流通模式已越来越显现出其弊端。而在城市，随着经济的繁荣同样使得整个商品流通领域曾经国营商业一统天下的局面再也难以维持。上世纪八十年代中期开始，在国家有力推动商品购销政策的改革背景下，与省内外各大城市一样，九江市积极发展集体商业和个体商业，大力恢复与发展城乡集市贸易。

而改革开放短短几年所带来城乡人们生活巨大变化的同时，使得全国城乡居民的消费需求得以快速增长起来，商品市场的发展日益活跃繁荣。

置身于其中的王翔，敏锐地发现了正呈现于自己面前的一片阔大商业天地。更为重要的是，他果敢抓住了这一机遇，意气风发地闯进了时代的大商海。

第一节　创办江西首家民营企业

时间行进到了 1984 年。

今天，回望改革开放的壮丽画卷人们可以清晰地发现，在中国改革开放风云激荡的进程中，这是一个具有重要转折和特殊意义的年份。

一切从 1984 年的新年伊始就开始渐露端倪。

这一年的元月 1 日，冰河尚未解冻，春风乍暖还寒。

这一天，中共中央发出了《关于 1984 年农村工作的通知》（1984 年中央 1 号文件，简称《通知》）。

这份《通知》指出，1984 年全国农村工作的重点是：在稳定和完善生产责任制的基础上，提高生产水平，疏通流通渠道，发展商品生产。

元月 16 日至 26 日，农牧渔业部召开全国农业工作会议，讨论贯彻落实《通知》精神，表示要用大胆探索、勇于改革的精神，巩固和完善联产承包责任制，迅速把主要精力转到抓好商品生产上来，使广大农民尽快富裕起来。

元月 24 日，邓小平同志首次亲临深圳经济特区视察。此时，深圳经济特区刚刚成立 4 个年头，特区的建设热火朝天，但国内关于"改革开放"的争论、围绕创办特区的争论和非议同样不绝于耳。在目睹了深圳的发展变化后，邓小平同志欣然提笔题词："深圳的发展和经验证明，我们建立经济特区的政策是正确的。"

…………

1984 年，就是以这样令人欣喜的开端走进了人们的视野。

众所周知，在过去的六年间，全国的改革事业一直在"姓资姓社"的争论和政策摇摆中艰难地推进。

与 6 年前相比，1984 年的改革开放局面和市场经济发展形势，无论从广度、深度、力度还是活跃度来看，都那么令人兴奋和激切。

正是在这层意义上，在改革开放的发展历程中，1984 年后来才被人们视为是承前启后的里程碑。

首先是改革的主战场逐渐由农村向城市转移。

3 月 1 日，中共中央、国务院转发农牧渔业部《关于开创社队企业新局面的报告》并发出通知，同意报告提出的将社队企业名称改为乡镇企业的建议，并提出了发展乡镇企业的若干政策，以促进乡镇企业的迅速发展。

3 月 26 日至 4 月 6 日，中共中央书记处和国务院在北京召开沿海部分城市座谈会。根据邓小平的建议，会议确定：进一步开放由北至南 14 个沿海城市：大连、秦皇岛、天津、烟台、青岛、连云港、南通、上海、宁波、温州、福州、广州、湛江、北海，作为我国实行对外开放的一个新的重要步骤。5 月 4 日，中共中央、国务院转发《沿海部分城市座谈会纪要》，并发出通知，指出：沿海开放城市的建设，主要靠政策，一是给前来投资和提供先进技术的外商以优惠待遇；二是扩大这些城市的自主权，让他们有充分的活力去开展对外经济活动。

4 月 16 日至 25 日，国家体改委在常州市召开城市经济体制改革座谈会。会议认为，沙市、常州、重庆等市的实践表明，搞好城市综合改革试点，对于推动整个经济体制改革具有重要意义。根据改革形势的需要，会议提出：加快城市经济体制改革试点的步伐；简政放权，搞活企业；开放市场，搞活流通；探索城市新的计划管理体制，完善市领导县的新体制，增加一批改革试点城市等项措施和建议。

…………

由此，商品经济在城市的迅猛发展，带来城市经济渐渐走向繁荣，而商业的兴盛又是最先涌动而起的热潮。

"躁动的情绪迅速发酵，最终导致了'全民经商'浪潮的来临。"1984年，"下海"成了最流行的一个词，全国各地的私营公司纷纷设立。

经过最初的 6 年改革，农业生产取得巨大成功，城市改革开始启动。就是在这一年，日后在中国改革开放历史上叱咤风云的人物开始登场：张瑞敏进入海尔的前身青岛电器厂当厂长；柳传志创立了自己的公司，日后更名为联想；王石创办了一家商贸公司；赵新先创办了一家制药公司；李东生的 TCL 诞生；潘宁用手锤敲打出了第一台容声冰箱；张巨声进入合肥第二轻工机械厂并转产电冰箱；中国第一家股份制企业北京天桥公司诞生。

由此，1984 年后来被称为"中国现代公司元年"。

在中国改革开放的历史进程中，1984 年之所以如今被人们称为是"一个伟大的年份"，其真正的原因也正在于此。

中国改革的进程，至此又前进了一大步。

从十一届三中全会算起，当代中国的经济体制改革已跨入了它的第 6 个年头，1983 年，突破了对"先富起来"的语言禁区之后，经济改革中的中国，必然要面临一个新的话题。

这个话题就是"商品经济"。

1984 年 7 月，中共中央在北戴河开会讨论《中共中央关于经济体制改革的决定》的提纲，当年 10 月，中共中央十二届三中全会通过了这个决定，提出了"有计划的商品经济"，商品经济第一次写进党的决议。文件明确提出，中国要实行"有计划的商品经济"，改变了原来"计划经济为主、市场调节为辅"的提法，成为改革开放的纲领性文件之一。

其实，早在 1962 年，广东社科院原副院长、经济学家卓炯便提出了要建立"有计划的商品经济",并预言"商品经济必将万古长青"。

但一直到1981年底,商品经济仍然是个充满风险的禁忌话题。在1983年,主张"商品经济论"的经济学家薛暮桥还被批评"有知识分子的劣根性"。虽然这个时候离改革开放的标志性起点——十一届三中全会的召开已经过去了整整5年。

这是"商品经济"何等艰难的面世,但无论如何,这是一次重大的突破。

1984年10月,党的十二届三中全会通过了《关于经济体制改革的决定》,系统地总结了新中国成立以来特别是改革以来的经验,阐明了经济体制改革的一系列重大问题,在理论上有了新的突破。

《决定》突破了把计划经济同商品经济对立起来的传统观念,提出商品经济的充分发展是社会经济发展的不可逾越的阶段,是实现现代化的必要条件。

《决定》颁发后,改革开放的浪潮在城市迅速掀起。

同经济方面其他领域的改革相比,在当时,商业流通领域的一系列改革一直处于最为活跃的状态。

中国商贸流通体制改革起步最早,商贸业的民生情结最直接、最密切。

改革开放后,随着社会商品的日益丰富,商品流通问题越来越突出。我国的经济体制改革首先在农村获得突破,家庭联产承包制的实施,极大地焕发了农民的生产热情,农副产品的数量大幅增长,而当时以统购派购为主的流通体制环节多、流转慢、效益差的弊病就显得越来越突出。面对积压的农副产品,一些农民搞起了长途贩运,在当时这是典型的"投机倒把"。

《经济参考报》在1982年7月7日发表了《长途贩运中药材算不算投机倒把?》,报道了铜陵县委专门召开有关部门负责人会议,就农民长途贩运当地传统中药材丹皮是不是投机倒把,进行了讨论。县委纪检部门负责人说,这是投机倒把行为!县工商局长说,他们已把四起贩运丹皮的事列为经济案件，但感到吃不准。有的同志认为，有些东西，国家不收购，农民总不能个个都跑出去卖。有少数人平时务农，农闲时出去推销。如果把他们作为投机倒把打击，农民会对政策产生怀疑，不满意的。会上展开了一场激烈的争论。

稿件最后一句是："会议结束时，县委要求各部门再下去调查，学习政策，下次开会决定。"

如果说这篇稿件对于长途贩运是否为投机倒把还留有疑问的话，不到百天后的 1982 年 10 月 13 日，《经济参考报》在头版头条刊登的《农民进入流通领域大有必要》，对农民长途贩运给予了旗帜鲜明的肯定，这是全国性主流报纸第一次对长途贩运的肯定。标题的引题为"允许'二道贩子'推销商品开放三类物资长途贩运"，副题为"长子县部分农民组成专业商品推销户，积极推销农副土特产品，促进了专业户、重点户生产发展，搞活了商品流通"。稿件最后说："农民进入流通领域，促进了专业户发展生产，提高商品率；使农村商业形成一个以产促购，以购促销，以销促产的良性循环系统；在农村又开辟了一个新的生产门路，使农村中会经商的能人有了用武之地，为集体提供了积累，发展壮大了集体经济。"这一报道发表后，收到大量的读者来信，相当多的表示是，"感谢你们给我们的'定心丸'"。

1985 年 2 月 27 日，《经济参考报》发表的"本报评论员"文章《破除片面认识搞活商品流通》提出："发展商品经济，必须大力发展商品流通。就商业工作来讲，搞活商品流通，促进商品经济的发展，必须彻底破除一切不适应商品经济的陈旧思想、传统观念，明确树立市场观点、流通观点。"并针对"把分配式的流通看成社会主义商业的特征""把价值规律看成是可以在流通领域任意加以限制改造的东西""把流通领域的开放看成是'自由化'""把商业收购看成是社会再生产的'最终环节'""把给企业放权看成是对统一市场的冲击""把研究消费、引导消费看成是同艰苦奋斗、勤俭建国相对立的"等观点进行了分析和批驳，从理论高度明确了商品流通的本质。

在"守住一块求稳,放开一块搞活""稳活兼顾、双轨过渡"的思路之下,为冲破计划经济体制导致的僵死沉闷局面,为搞活经济、繁荣市场、改善民生,缓解就业压力,中国开始放宽政策,在城乡一统天下的国有商业之外,放活个体经营者,允许一部分人经商、做买卖,自谋生路。随后,流通领域开始尝试"三多一少"的改革(即多种所有制、多种经营方式、多种流通渠道和减少流通环节)。随着整体环境的日益宽松,以及实事求是、解放思想路线的指引,中国流通体制改革步伐逐步加快,始终走在各项改革的前列,为中国改革开放起到了宝贵的试验和示范作用。

众所周知,在改革开放之前的计划经济体制下,所有的工业品工厂不能自销,生产后全部交给国营商业。国营商业再统一计划和层层分配。工业企业非常分散,不好统一计划管理,而国营商业一直是垄断的,国家通过一统到底的商业部门来管工业产品,这样有利于在市场长期紧张的环境下,国家统一安排市场,有利于把工商的利润集中到商业部门,集中上交给财政,这样国家就可以一手掌握商品一手控制财政。

而 1978 年到 1984 年这一阶段,商品流通改革的重点是放开部分农副产品市场和对原国有商业企业进行扩权让利。

具体而言,这些改革包括国有商业企业内部经营机制和所有制改革,非公有制商业企业的发展,调整和改革部分农副产品、日用工业品和生产资料流通体制和价格体系,改变了国有独家经商和渠道单一的状况,初步形成了多种经济成分、多条流通渠道、多种经营方式并存的局面:

恢复和发展农村集市贸易,开放城市农副产品市场。农村集市贸易早在 1979 年便得到了恢复和发展。同年,开放了城市农副产品市场,允许城市郊区社员进城出售自己的产品。1982 年中央一号文件提出,允许"试办和发展社队集体商业,如贸易货栈、联合供销经理部和农工商联合企业等等";1983 年中央一号文件又提出,对农民完成统派任务后的产品(包括粮食、不包括棉花）和非统购产品，应当允许多渠道经营，可以进城，可以出县、出省，"农民个人和合伙进行长途贩运，有利于农副产品销售，有利于解决产品积压，销地缺货的矛盾，也应当允许"。1984 年，国务院《关于合作商业组织和个人贩运农副产品若干问题的规定》中允许有营业执照的商贩下乡采购、贩运农副产品，也可以在城市制定的市场向贩运者批量进货，就地销售。此后，陆续恢复和发展了一批日用工业品、小商品市场和旧货市场。

调整和改革日用工业品购销体制。日用工业品购销体制方面，调整了购销日用工业品的种类，到 1984 年商业部管理的计划商品由原来的 135 种减少到 26 种；改革日用工业品的购销形式，1981 年起全面实行统购统销、计划收购、订购、选购四种购销形式并存的购销体制，1981 年日用工业品的计划管理范围由原来的 131 种减至 35 种。1982 年增加代批代销形式，此后又发展了工商联营联销形式，从而形成了六种购销形式并存的局面。工业品价格管理改革，从放开小商品价格着手。1982 年，放开 160 种（类）小商品价格；1983 年 9 月，再放开 350 种（类）；1984 年小商品的价格实行全部放开。

改革日用工业品批发体制。第一，改革供应站点设置和管理。撤销多余站点，按经济合理的原则组织商品流通，打破各种不合理的限制，减掉一切不必要的环节；改革站点管理，改革日用工业品一、二、三级批发层次，将商业内部层次倒扣作价办法，改为以批发牌价作基础，按批量作价或协商作价。第二，着手创建贸易中心。1984 年，各地积极学习重庆贸易中心经营经验，在所有城市逐步建立日用工业品贸易中心。到 1984 年末，共建立起城市贸易中心 2248 个，其中工业品贸易中心 1254 个，农副产品贸易中心 753 个，综合贸易中心 241 个。

国营商业企业的调整和改革。第一，1979 年至 1981 年试行经营责任制。到 1981 年底，全国有 28 个省、自治区、直辖市的 3.5 万多个企业进行经营责任制试点，约占国有商业企业总数的1/3。物资流通企业的经营责任制起步较晚，但到1984年底，许多的物资流通企业依据自身情况实行了上缴利润包干、亏损包干、"三保一挂"、"目标利润包干"等形式的责任制。第二，试行经营承包责任制。据不完全统计，到1983年3月，全国商业系统实行经营承包责任制的门点达到10.3万个，占全部门点的56.6%。1983年下半年以后，国家开始实行第二步"利改税"。第三，1984年改革试行小型商业企业"改、转、租、卖"。到1984年末，全国有58060个小型国营零售、饮食和服务企业放开经营。其中，改为"国家所有、集体经营"的46589个。第四，供销社由"官办"变"民办"。供销社改革，实现了农民入股、经营服务范围、劳动制度、按劳分配、价格管理五个方面的突破。

非全民所有制经济成分的发展。第一，鼓励扶持集体、个人等多种所有制商业的发展。1980年8月，提出要大力扶持兴办各种类型的自负盈亏的合作社和合作小组。1983年3月5日，中共中央、国务院发出《关于合作商业组织和个人贩运农副产品若干问题的规定》中，允许贩运的农副产品价格，由购销双方协商。1984年社会商业、饮食服务业零售网点915万个，比1978年增长629.08%，其中，国营网点27.2万个，减少40.1%；集体网点159.4万个，增长55.86%；个体728.1万户，增长将近40倍。第二，调整国营商业所有制，将部分国营小型商业、饮食和服务企业，转为集体或个体所有。1984年底，全国有58060个小型国营零售商业、饮食业和服务企业放开经营，其中转为集体所有制的5554个，转为个人经营的5917个。

商业流通领域改革，总的是以促进商品生产、发展商品流通、繁荣城乡市场为中心，通过对流通体制、购销政策、管理制度等进行一系列重大的调整和改革，使我国商品流通体制逐步纳入了多种经济形式、多种经营方式、多条流通渠道、少环节、开放式的轨道。

与此相适应，在八十年代初，全国各地中小城市开始迈出放开零售体制，国营小型零售企业改得最早，可以改为国家所有、集体经营、自负盈亏；也可以直接转为集体所有，过去国家拨的资金可以有偿转让或分期归还；也可以租赁给经营者个人经营。同时，国家还实行了积极发展集体商业和个体商业的方针，并大力恢复与发展城乡集市贸易，恢复与发展工业自销、发展其他部门自行举办的商业等。

国有商业流通企业一统天下的局面开始被打破，逐步形成了多种经济成分并举、多种所有制流通企业共同发展的新格局，多元化、开放式、竞争型的商品流通体制格局。在继续发展国有、集体经济的同时，私营、个体及其他经济得到了迅速发展，给商品流通领域注入了新的活力，使九江市的商品市场出现了前所未有的勃勃生机。

商机，由此逐渐呈现在人们面前。

"机会总是留给有准备的人。"从商业上来说，在很多时候，一方面是体现于一个人对于机遇的敏锐感知度，而另一方面则是体现在他把握机遇过程中的胆识魄力上。

王翔正是具备以上商业特质的人。

到 1984 年，王翔的溢浦综合服务社的业务也逐渐拓展到了商业销售方面。也正是在这个过程中，王翔开始接触到商业流通方面。

"他的过人之处，就在于看准了国家在商业领域改革过程中赋予了个体工商户以巨大的发展机遇！"对于王翔当年由个体工商户果敢转入创办民营企业十分熟悉的人这样说道。

的确如此，王翔不仅敏锐地意识到了这一机会，而且，由于当时他还身处于商业流通领域的最基层，为此他又对商品需求领域的现实情况看得十分清楚。

改革开放之初的短短几年间，中国广大城乡发生的变化可谓日新月异。

对于现在的年轻人来说，花钱买商品是天经地义的，"购物票证"即使听说过也是完全陌生的东西。而经历过那段商品极度短缺年代的人们，对此却有刻骨铭心的记忆:对当时的人来说,票证是"第二货币"。没有票证,基本生活就没法保证。在某种程度上说,票证特别是粮票甚至比人民币还重要,因为有些农民出售鸡蛋等农副产品,不收人民币只收粮票。

凭票购物,就是限量供应,就是因为商品匮乏。"购物票证"是我国计划经济、商品短缺时代的产物,八十年代初,就有人预言,如果粮票和布票取消了,将会震动世界。

随着人们生活水平的逐步提高和商品流通流域的改革,1984年前后,各种购物票证先后开始退出历史舞台。

取消限制购买的背景下,全民的消费需求呈井喷之势发展。

商品极度短缺,一切都供不应求,尤其是自行车、缝纫机、录音机、彩电等这些商品的市场紧俏程度更甚。从商品紧缺年代中走出的人们,对什么都觉得新奇,对什么都想拥有。

经过在九江和省内其他一些城市的实地走访调查,王翔发现,家用电器、摩托车、建筑装潢材料及塑料制品几大类日用工业商品的市场需求量十分旺盛。

"在一定程度上说,改革开放最初数年中所呈现出的繁荣局面,最直接的就是显现在商业上。"大小城市中,在国营商业之外,开始越来越多地出现个体商店和自由市场。

城市商业流通领域的改革,一开始就从商业模式的内外两个方面同时推进:在国营商场之外,允许个体工商户开店经营,而在国营商场内部除自己经营外,还让出一定空间,向社会出租柜台。

但王翔否定了摆摊设点的个体商贩经营的方式,他想做一番大事!

"小打小闹成不了什么气候。"王翔想从做个体转变到成立公司,真正把经营做大做强,搞点"名堂"出来!

成就一番人生事业的壮志,就这样在王翔的内心生发,他似乎感到自己压抑多年的人生,隐隐要迎来阳光灿烂的春天!

"在九江市，有不少的民革成员、台属和侨属，他们在'文革'中不同程度受到打击，他们中的不少人至今仍没有安排合适的工作，有的甚至还徘徊在迷惘的情绪中，没有从心灵的阴霾中走出来。"王翔很快想到这些与自己有着相似经历的民革成员、台属和侨属。"能不能联合这些人，大家一起来创办一家实业公司？"王翔产生了这样的想法。

　　结果，当王翔找到九江市的一些台属、侨属和民革成员时，他们中的不少人对于王翔的这个想法欣然赞同！

　　1984年，王翔联系了一批志同道合的民革成员、台属、侨属，通过入股和银行贷款，筹集了百万元资金，创办了九江第一家大型民营企业——九江民生实业公司。

　　王翔出任总经理，民生实业公司下设八个经理部，每一个经理部经营一大类商品，分别是家用电器、摩托车、建筑装潢材料、塑料制品等。

　　上世纪八十年代初期到中期，与全国各地大小城市商业环境中的景象一样，到处是缺乏竞争的"计划经济"，只要稍稍引入商品经济的因素就能够把固守着"计划经济"的国企打败，在这样的大环境下，含有商品经济成分的私营和集体经济成分，在"计划经济"的环境下如入无人之境。

　　国营商业一统天下，由于短缺经济造成的商品供不应求，商品的售前、售中、售后服务不尽人意。

　　1984年，国家改革日用工业品一、二、三级批发层次，到1985年底，全国商业系统共建有工业品批发站近120个，工业品基层批发机构（包括供销社）近4万个。这些批发机构，都是自主经营的批发实体，彼此之间是平等的经济业务关系。直到经过1986年以后的治理整顿和深化改革，才打破了国营批发企业延续30多年的"三固定"（指固定供应对象、固定货源、固定价格）批发模式和"一、二、三、零"（指一级、二级、三级批发站和零售企业）封闭式经营，取消了日用工业品流通领域的指令性计划管理的商品和国家管理的价格品种。

因而，在这一时期，国营商场在商品采购方式上大部分商品主要沿袭逐级物质调拨站进货的渠道，只有少部分商品和厂家直接的供销科实行对接。

实际上，王翔早就看到了国营商业经营中的这一薄弱环节。

也正是由此，王翔特别强调，"民生实业"要格外注重服务质量，以此凸显"民生实业"各个门市部相比国营商场的优势。

注重服务质量上，"民生实业"首先做到的就是"人无我有，人有我优"。

而"民生实业"在采购渠道上，则十分灵活，和许多厂家开始建立了顺畅稳定的渠道。

开业后的九江民生实业公司，很快就以货源充足、服务优质而得到了广大市民的认可，公司经营状况一天比一天好。

此后，九江民生实业公司的名气越来越大，在社会上的影响力与日俱增。

八十年代初，"万元户"是一个与发家致富对等的名词，一个"万元户"的影响力在一定范围里已足够大，更何况，此时的王翔，已是在九江市拥有了8家商业门市部的私营企业老板。

由此，曾经名不见经传的王翔，迅速成为九江市的知名人物，也渐渐开始成为人们街头巷尾热切谈论的对象。

"一石激起千层浪"，王翔在商海大胆拼搏并赢得成功的事迹，在整个九江市引起了广泛关注。与此同时，王翔勇闯商海并带领公司一帮人把民生实业经营得风生水起的事迹，随后引起了九江市政府部门的高度重视。

有关部门在认真考察民生实业之后，对公司的经营发展十分赞赏。

当时的一位九江市主要领导还在一次会议上叮嘱各部门："民生实业公司的王翔的事一定要特办快办，要支持像王翔这样有经营能力、有闯劲的人！"

至今，王翔对此仍心存深深的感念。

忙碌而踏实的时光一天天悄然向前，在王翔带领公司员工的勤奋努力经营中，九江民生实业有限公司日渐发展壮大起来。

到1986年，九江民生实业相比创立时的规模与实力，经过仅仅两年的发展已不可同日而语，公司员工也达到了100多人。

王翔真切感受着自己人生沉甸甸的收获，他内心时常为此而百感交集，但更多的是一种激情。是的，他为自己人生迸发出的巨大创造力充满激情，而这激情又开始不断促使他想要去把现有的事情做得更大、更有影响力。

于是，在九江民生实业有限公司现有的经营业务之外，王翔的商业思维和视野逐渐变得开阔与宏大。

而此时，整个国家经济的快速发展和城市的繁荣，为王翔正呈现出越来越阔大的舞台。

王翔就是这样，他总能及时而敏锐地发现刚刚萌生出来的机遇，而且一旦看准了就会大胆抓住机遇。

"现在九江市的小汽车比前几年明显多了起来，特别是买摩托车的人不少。"

王翔决定开一家汽车修理厂，他认为，随着城市汽车、摩托车快速增长，机动车修理行业一定将有很大的发展空间。

随后的事实证明，王翔的判断极为正确。民生实业汽车修理厂成立后，经营状况又是一天比一天红火起来，为公司再添一个业务增长亮点。

与此同时，因为在商业经营过程中王翔得以渐渐对商品大市场有了深入的了解，他发现，各种商品的短缺不仅仅是某某地方存在的现象，自己所到城市和乡村无一例外都如此。

这也就意味着，生产行业有着巨大的前景。

王翔的视野又开始投向产品生产行业——于是，他又接着开始计划并为筹备创办工厂而投入巨大的热情和精力！

商业上的异军突起并渐向其他行业发展的强劲姿态，使得九江民生实业公司在整个九江市的知名度和影响力也越来越大。而在蓬勃发展的九江个体私营经济领域，民生实业公司更是其中的领头雁！

八十年代中期，全国各地在政策上开始对私营经济发展给予鼓励和支持。在九江市，为引导当地民营经济的发展，九江民生实业公司也成为九江市委、市政府树立的民营经济发展典型。

王翔取得的巨大成功，也开始引起了社会各界包括新闻媒体的关注。1985 年，《江西日报》以"夹缝中走出来的经理"为题，用醒目的版面深度报道了王翔的创业经历。

这是王翔以改革开放中江西勇闯商海群体里的典型代表人物形象，第一次出现在社会公众的视野里。

第二节　浴火重生新"民生"

从九江而至在江西全省开始具有一定影响力的民营企业，承载着王翔深切人生期盼的民生实业公司，一步步稳健发展前行。

然而，王翔怎么也没有想到，就在九江民生实业公司发展欣荣蓬勃，他充满激情和信心向着更为宏大目标迈进之时，却不料，一场突如其来的意外的大火让九江民生实业几近顿时置于生存的绝境。

1987 年的那一天，令王翔至今难忘。

"着火了，着火了……我们公司仓库起了很大的火……"

这一天，正在公司忙碌的王翔，突然被急匆匆跑进办公室的一位仓库管理员工告知了这样一个消息。

"什么？你再说一遍！"王翔闻听后大吃一惊。

"我们公司的仓库，起了很大的火……"来者再次重复道。

这无异于晴天霹雳，王翔震惊不已——仓库里存放有民生公司所有代售的商品啊!

他立即火速赶往民生实业公司的仓库所在地。

"那是自己含辛茹苦经营多年攒下的所有家当,那也是民生实业几乎所有的家底,可千万不能⋯⋯"一路飞奔去仓库的路上,王翔的一颗心提到了嗓子眼里,异常急切紧张中,他额头上豆大的汗珠渗流不停,他心中默默祈愿,上天不会在自己身上出现残酷的意外。

然而,到了距仓库尚有一里开外之处,王翔远远就看见前方的半边天被映照得通红。

那正是民生实业仓库所在的位置!

王翔直感到,前方的一片通红有如丝丝深刺进瞳孔里的炫光,他迎着火光混沌的方向,不顾一切地奔去。

眼前的情景,让王翔完全惊呆了——民生实业公司偌大的货物仓库,已整个被熊熊烈火完全给吞没了!

包括王翔在内的奋力灭火的人群拼尽全力,却怎奈火借风威,还是愈烧愈烈!

已经没有了任何办法,后来就只能是立于再也不能往前的那个地方,眼睁睁地望着面前的仓库在大火中一点点坍塌,看着仓库中的一切在大火中全部化为灰烬⋯⋯

王翔内心的那种煎熬之痛,无法言说。

最终,大火被扑灭后,展现在王翔眼前的是一片狼藉的景象:整个仓库里的货物几乎全部被烧毁,整座仓库只剩下残垣断壁。

这处仓库,是九江民生实业有限公司所有门市部存放货物的地方。

大火发生前,其中存有600多台电视机,200多辆自行车,以及其他众多商品。所有商品价值共计一千多万元。

一把大火,将一千多万元的公司新老家底给全部烧了个精光!

凝望着那已残垣断壁的仓库和已全部成了灰烬的货物,王翔痛心疾首,哽咽无语，一句话也说不出来。

从当初拎着油漆桶干起到现在，自己十多年里苦苦打拼而来的一切，公司两三年来一点一点累积起来的一切，就这样在一场大火中化为乌有。

对一个信心百倍、正欲施展更大抱负，实现下一个更大目标的创业者而言，还有什么比这样的打击更为残酷！

一连数日，王翔沉默不语，没有人能够体会，他心中该是一种怎样的痛。

然而，在痛彻心扉的过程中，王翔也在心底一遍遍地告诉自己：自己必须去接受这残酷的现实，而且这样陷入痛苦之中无济于事。

接下来，等待民生实业和自己个人的现实处境将是什么，王翔心里十分清楚——至少，无论如何也要把欠下别人的债务偿还清楚，而这，最为重要的是要重新让民生实业公司重新经营下去！

王翔重又开始了日夜的忙碌，他满脸憔悴，双眼布满血丝。然而，他的目光中却分明透着坚毅！

磨炼对于一位坚强的创业者而言，最为重要的，不是他拥有了多少财富，最为重要的是，他已拥有了创造财富的能力。

也许，王翔并没有意识到这些，然而，在接下来调整心态、重振事业的过程中，他很快发现，他所担心的大火之后九江民生实业公司面临的最大困境与他想象的完全不同。

王翔最担心的，是大火过后不久供货商就会上门来催货款，这在王翔看来也是能理解的符合常理之事。

然而，令人难以置信的是，在九江民生实业公司遭遇这场几乎倾家荡产的大火之后，不但没有供货商来催货款，反而都是温暖的关切。甚至一些供货商向王翔表示：为支持九江民生实业公司渡过难关，随时继续向公司供货，货款可以待公司能够周转开时再支付。

这些实打实的支持，让王翔感动不已！

是啊，俗话说"金用火试"。九江民生实业公司一把大火，验证了这么多真诚的信赖商业伙伴！

而事实上，了解其中原委的人都知道，这正是在九江民生实业公司经营发展过程中，王翔真诚待人、从不失信于人在此时得到的回报。

内心深处带着无限感动的王翔，决心一定要重新把民生实业经营好，而且还要一步步发展得更好起来！

有人说这是王翔性格中刚毅、好强的一面使然。然而，在他真实的内心深处，那实则是人生的希望重又燃起的内心深处的巨大激情。

是的，王翔知道，自己的内心深处只要生出哪怕是零星的希望，都会迸发出他身体里的巨大力量，为实现那个目标而奋力前行的力量！

重新振作起来的王翔，很快形成了对民生实业有限公司经营发展的清晰新思路：

在公司内部，通过认真总结仓库火灾这一事件，对民生实业公司管理等各方面、各个环节进行一系列理顺，让公司焕发出崭新的生机。

对外，通过自身努力并借助于商业合作伙伴们的帮助，在业务经营上把进一步丰富各经营部货源作为重点内容，拓宽公司与市场的空间。

这样，内外两方面同时发力，让浴火重生后的新民生实业公司快速走向发展。

自强者天不负！

当王翔再一次带领民生实业全体员工自立自强，在为重振民生实业辉煌而不懈努力的过程中，八十年代中后期改革开放进程中在商业领域跌宕起伏出现的巨大商潮，又一次赋予了民生实业快速崛起的良机。

1988年前后，尽管改革开放已经10年，但国民经济发展的主要问题，仍然是"社会总供给和总需求之间的矛盾仍未缓解，部分商品供应偏紧，物价上涨幅度较大"。

在这样的商业背景下，对于从事商贸流通的企业而言，从某种程度上可以说，依然还是谁能拥有顺畅稳定的货源渠道，那谁也就赢得了商机。

浴火重生后的新民生实业公司，就拥有了顺畅的货源渠道！

在王翔确立的"把进一步丰富各经营部货源作为重点内容"对外经营思路中，逐渐建立起来了通达上海、成都、武汉这些商品重镇的商业渠道。而且，这些地方的商业合作者，在与九江民生实业有限公司的商业贸易往来过程中，对王翔恪守诚信，为人豪爽的商道品格十分认可和赞赏。

这认可与赞赏，建立起的就是九江民生实业公司与商业合作伙伴之间稳固的真诚信赖。

"市场紧俏的货，别人拿不到那么多，但我们九江民生实业公司一报进货的数目就全部按量发货。而市场上紧缺的货，别人拿不到，可我们却能拿得到！"如今的民生集团老员工，对当年的情景记忆仍仿佛历历在目，回忆时语气里充满着自豪。

因此，在九江民生实业有限公司的各个经营部，不但商品品种齐全而且质量良好。同时，管理服务上的大大提升改进，又使得民生实业赢得了顾客们的交口称赞。

九江民生实业有限公司的经营，又很快重现出过去门庭若市的火热销售场景。

许多人都还记得，1988 年 6 月发生于全国各地的商品抢购风潮。而在其时，九江民生实业公司也因货源上的充足和经营上的特色而更加声名鹊起。

当时，社会流传一种说法：从 7 月 1 日起，全国商品价格全面放开，一千多种商品都要大涨价。

由于担心手中的钞票更不值钱，人们纷纷涌进商场疯狂抢购以保值：首先是抢购高档电器，如电冰箱、彩电、洗衣机等。其次是录音机、自行车、电风扇，甚至包括多年滞销的杂牌黑白电视机。后来，则是抢购毛毯、毛线、床单、被面、米面油盐，甚至在很多城市连大米和水果糖等东西，市民们也一麻袋一麻袋地抢购往家里扛。

因为货源广泛、渠道畅通，九江民生实业公司总是能及时补充热销的商品。因此，整个 6 月，民生实业公司的各个门市部很好地满足了市民购买商品的需求。其间，市民百姓纷纷涌向九江民生实业公司的各处门市部，他们也总是满意而归。

特别让九江市民们难忘的是，在当年那次绝好的商机面前，不少能有"门路"打通货源、弄得到热销商品的个体私营商贸公司，都不失时机地采取销售上的一些技巧而大赚一笔。但九江民生实业公司在千方百计组织货源供应的过程中，不曾在任何一种商品上趁机涨价，各个门市部的商品价格依然与平常一样，服务质量也一样。

"那一个月时间，九江民生实业公司从上海、武汉、成都等地组织的黑白和彩色电视机、收录机、洗衣机及自行车等热销商品一卡车一卡车地往九江市拉，有多少货就销掉多少货，要是各种商品涨点价，那是什么概念啊！"当年的九江民生实业公司老员工说，王翔就是坚持任何商品不能比平时多涨一分钱的价。

而王翔对此则这样说道：民生实业，公司成立时取"民生"二字就是要服务于民众，我们心里先有民众、真诚服务于民众，才有民生实业未来的发展！

"心里先有民众、真诚服务于民众，才有民生实业未来的发展！"王翔这番话情真意切，而在九江民生实业公司经营发展过程中更是这样做的。

九江民生实业公司不仅赢得了九江市市民百姓的信赖，也因在商业经营中对社会效益的高度重视而得到了政府的肯定。

浴火重生的九江民生实业公司，由此获得了更快更稳健的发展。

此时的九江民生实业公司总经理王翔，也成为九江市乃至江西全省商界名副其实的风云人物。

王翔的名字开始走出九江市，他的事迹在江西商界逐日为人所知，甚至声名已渐出省外。

1988 年，王翔的事迹为香港《文汇报》所知并产生了浓厚兴趣，该报派出记者专程前往江西九江市对王翔进行专访，后以《油漆匠刷出百万富翁》为题刊发专题报道文章，引起了强烈的社会反响。

香港《文汇报》是一份面向香港社会各界的综合性主流大报，自1948 年创刊以来，以爱国爱港为宗旨，坚持"文以载道、汇则兴邦"的理念和"包容、合作、创新、拓展"的准则，其权威性得到香港社会各界的肯定和认同。在中国内地改革开放过程中，香港《文汇报》除在香港发行外，还即日运销中国内地各省、自治区、直辖市。后香港《文汇报》又开设海外版以报道中国内地各个领域最新动态、讯息，以及香港新闻和海外当地要闻为主。香港《文汇报》海外版对报道中国内地在改革开放进程中政治、经济、文化及社会各领域的欣欣向荣发展变化和对促进中国内地招商引资等方面起到了积极作用。

人们注意到，从八十年代中后期起，香港《文汇报》海外版对中国内地那些在改革开放过程中敢闯敢干、崛起于商海的民营经济人士，开始投以热切关注的目光，对他们的创业事迹进行大篇幅的报道。

而王翔当时尚不知道的是，此时，对鲁冠球、曹德旺和刘永好等人创业之路的报道已先后出现在香港《文汇报》海外版上。

许多年以后，人们在深情回望中惊讶地发现，在那些与改革开放一路同行而来的商界巨子当中，王翔与鲁冠球、曹德旺及刘永好等这批民营企业家，在上世纪八十年代中后期，就已开始走进了历史宏大的视野！

而了解王翔在早年创立历程中，曾经历经的"一把大火将十年辛苦积累灰烬，却又在短短两年中奇迹般地崛起"这段往事，令人惊叹不已的同时，又那样给人深刻启示。

"十年辛苦不寻常，王翔靠千辛万苦从白手起家到拥有千万富翁。但后来，他又靠什么从千万家产化为灰烬却快速又东山再起？"人们想探寻他这样的商业智慧。

或许，洛克菲勒的那句著名商业智慧名言——"如果把我剥得一文不名丢在沙漠的中央，只要一行驼队经过，我就可以重建整个王朝。"从其中所昭示的内涵，人们可以得到最深刻的解答。

第三节　挺过漫长的"倒春寒"

在一场大火后重新站立于市场的九江民生实业公司，又在王翔的带领下，历经苦心经营开始渐渐稳步崛起。

然而，正当王翔对公司的未来发展信心满怀之时，他却怎么也没有料到，九江民生实业公司又一次面临着生存的严峻考验。

而这一次生存的严峻考验，并非是来自自身经营或市场变化的因素，而是来自于政策突变的原因。

1989 年，社会上对改革开放姓"资"姓"社"的争论又再度而起。

在这样的背景下，一场波及全国范围的对公司的清理整顿也开始展开，在此过程中，全国各地的民营企业发展出现了严重的滞缓。

因而，这一年，中国的企业改革陷入了"倒春寒"。

公司是发展社会主义商品经济必不可少的经济组织形式，公司的建立和发展对于促进生产、活跃流通起到了积极的作用。但改革开放过程中，由于公司的发展过多过滥，也开始出现不少问题。

从改革开放到 1989 年这十余年之间，全国各地成立了许多不同类型、不同规模的公司。

曾有这样的形容：毫不夸张地说，一觉醒来，满大街都挂满了崭新的公司牌匾，有方的有长的，有木质的，有金属镀铜的，上面都正儿八经地刻着公司名字，从贸易公司到发展公司，五花八门什么公司都有。

为什么公司增加得这样快呢？在国家工商行政管理局 1989 年 8 月 29

日向第七届全国人民代表大会常务委员会第九次会议所作的《关于清理整顿公司情况的汇报》中，这样写道："原因是多方面的。许多地方和部门在经济过热和片面追求利润的情况下，看到在流通领域赚钱容易，脱离商品经济发展的实际需要成立了过多的公司；许多机关和单位贯彻中央禁止党政机关经商办企业的决定不坚决，为精简行政机构、安置干部、解决经费或盲目提倡'创收'而开办公司；再加上有关公司的法律、法规和制度不健全，多头审批，把关不严，监督管理工作跟不上，导致了公司的发展过多过滥。"

一个十分值得人注意的细节是，尽管当时各类企业公司如雨后春笋一般相当繁盛，但是，在受表彰的民营企业经理厂长当中，却经常出现一些实际上并非是民营企业家身份的人的名字。

这些身份并非民营企业家的"民营企业家"，大多来自当时社会上出现的一类特色企业———"官办公司"。这类所谓的"官办公司"，多是一些机关事业单位，冠以"搞三产""搞实体"等的名义成立起来的各种公司。

这些公司挂靠在机关事业单位的名下，而机关事业单位又对公司"要钱给钱、要人给人，要政策给政策"，目的无非只有一个，就是让这些公司依靠自己单位的权力资源去更为便利地做生意赚钱。

这类依靠自己单位的权力资源的"官办公司"，有的倒卖彩电，有的倒卖钢材，有的倒卖棉花，有的倒卖卷烟，有的违法组装倒卖汽车，有的倒卖外汇，还有的钻价格双轨制的空子，利用手中的权力什么东西紧俏就倒卖什么东西。

众所周知，价格改革是市场发育和经济体制改革的关键。

中国价格改革不是"一步到位"，而是选择了渐进方式。

在改革初期一些价格政策基础上，1984年5月，国务院颁发《关于进一步扩大国营企业自主权的暂行规定》指出，属于自销和超产部分的工业生产资料，在不高于或低于20%的幅度内，企业有权自定价格。

次年1月，20%的幅度限制被取消，从而正式实施生产资料价格"双轨制"。同时，某些紧俏商品销售也采取了"双轨制"。

"双轨制"初衷在于"放调结合"，即直接放开一部分价格，同时有步骤地调整、提高计划价格，逐步缩小牌、市差价，形成单一价格。

但实际运行中双轨价差迅速拉大，1985年生产资料市价约比牌价高出30%~50%，到1989年底，两者价差有的竟已达到1~5倍。

于是，八十年代中期，开始出现了"倒爷"这个新词。"倒爷"，主要就指赚取双轨价差的人。有权力背景的"倒爷"，又被人们称为"官倒"。"倒爷"每每轻取暴利。

不言而喻，"倒爷"牟取暴利的行径，必使经济秩序混乱，必遭大众诟病。

其中相当一部分公司政企不分、官商不分，从事转手倒卖、牟取暴利等违法经营。

如果说"官倒"尚带有一些私人色彩和不光彩，"官办公司"则显得名正言顺和理直气壮，因为这些公司无论是手续上还是业务往来上，都披着合法的外衣。

一些无资金、无场地、无固定从业人员、无固定经营人员的"四无公司"和"皮包公司"，他们主要靠投机倒把、倒买倒卖、非法经营，钻改革和价格"双轨制度"的空子，牟取暴利、中饱私囊，有些人靠办公司很快成了暴发户。

有些公司的办公场地就在本单位，不过是在门口的牌子旁再多挂一块牌子，有的干脆就是一个"皮包公司"，皮包里除了能拿到紧俏物资的批文外，什么都没有。"公司"人员构成基本是：法人代表和主要领导均由单位主要领导兼任，然后委派一个得力亲信负责具体业务。职员主要为离退休职工和待业的领导子弟，许多时候根本不需要外出跑业务，只要想办法多弄些指标、批文一类的手续，就会有人主动上门来找你做生意……

这些公司的存在和发展增加了流通环节，哄抬了市场物价，助长了"官倒"歪风,扰乱了经济秩序,造成了社会分配不公,滋长了腐败现象,败坏了社会风气,引起了广大群众的强烈不满……

1985年8月20日,国务院曾发出《关于进一步清理和整顿公司的通知》。

实际上,当时的很多"官办公司",名义上是挂靠在党政单位下的"第三产业"和经济实体,其实不少就是单位的小金库,就是给单位赚钱的部门。

也正是因为这一点,整顿治理一度遭到了许多部门的消极应付甚至是抵制,进展缓慢。一些地方和部门清理整顿措施不得力,犹豫观望,各种公司仍然大量成立,进一步扰乱了社会经济秩序,清理整顿效果十分不好。

1989年8月17日,中共中央、国务院再次发出《关于进一步清理整顿公司的决定》,针对"官办公司"官商不分,牟取暴利等问题。

这次整顿清理的决定明确提出:清理整顿的重点是砍掉各级党政机关开办的公司,流通领域中过多、过滥的从事商业批发、对外贸易、物资供应的公司和金融性公司;要求通过清理整顿公司,解决政企不分、官商不分的问题,查处一批社会影响大的有县级以上领导干部参与的大案要案。

当年9月初,中央成立了清理整顿公司领导小组,决定中央国家机关各部门要坚决撤并11类所属公司,在清理整顿中起表率作用。

由上至下对公司展开的清理整顿,迅速在全国范围内展开。

事实上,在这一次整顿决定中,重点是针对1986年下半年以来成立的公司,主要解决公司"政企不分、官商不分、转手倒卖、牟取暴利等问题",严禁转手倒卖重要生产资料和紧俏耐用消费品,违者按《投机倒把处罚暂行条例》处理。

这也就是说,禁止党政机关和机关干部经商办企业,是清理整顿公司的另一重要方面。1988年10月3日和1989年2月5日,中共中央办公厅、国务院办公厅先后发出《关于县以上党和国家机关退(离)休干部经商办企业问题的若干规定》和《清理党和国家机关干部在公司(企业)兼职有关问题的通知》。

但令人始料不及的是，全国不少地方在执行《关于进一步清理整顿公司的决定》的过程中，不同程度地出现了扩大化的倾向。

这主要表现为：清理整顿的公司对象，后来大面积转向个体私营公司尤其是把重点放在商业流通领域。

在严厉的税收和行业整顿之外，另一个措施就是对流通环节开始清理。当时，全国已经出现了数千个专业市场，它们成为城乡消费品的集散地，也成为乡镇企业倾销和采购的枢纽，于是对之的整顿便成"蛇打三寸"之举。8月，上海市连续四日突击检查北京东路的"五金一条街"，理由是"今年来，外省市不少个体户假借当地国营、集体企业的名义到这里经销生产资料"，四天没收非法所得209万元，还处罚了五家"庇护个体户搞非法经营的国营、集体企业"。这种对专业市场的整治很快蔓延全国，在后来的一年多时间里持续进行。

于是，全国各地大大小小的个体私营公司，开始先后卷入进了这场整顿清理之中，直至局面到了几近失控和引发个体工商户及私营企业主心理恐慌的地步。

来自政策和经济上的双重压力，使很多私营老板产生极大的恐慌心理，当时距离"文革"还不太远，人们仍然对十多年前的极左年代记忆深刻。

显然，恐慌心理归根结底还是担心又会来一场"运动"。

还有就是，人们对六七年前那场全国范围的"经济严打"的记忆还未曾消去——1982年，国内经济趋热，个体私营经济的发展对原有计划经济体制造成了冲击，全国开展了严惩经济领域中的严重犯罪活动，以"投机倒把罪"抓了一批走在市场经济"风头浪尖"上的人。

特别是，因发展私营经济而备受争议的温州地区，成为重点打击区域。当地的"五金大王"胡金林、"矿灯大王"程步青、"螺丝大王"刘大源、"合同大王"李方平、"旧货大王"王迈仟、"目录大王"叶建华、"线圈大王"郑祥青以及"电器大王"郑元忠等8人被列为重点打击对象，他们有的被收审关押，有的"畏罪"潜逃。虽然 1983 年中央 1 号文件《当前农村经济政策的若干问题》下达后，人们清楚地看到中央对农村联产承包责任制给予充分的肯定，也是这一文件的颁布，农村经济政策获得了进一步放宽，"八大王"被羁押的人员中有的无罪释放，有的被取保候审，那些潜逃在外的也大胆回家了。但是，"温州八大王事件"留在人们潜意识中的阴影，当 1989 年全国范围内对公司的清理整顿展开时，是难免不让人产生直接联想的。

于是，在 1989 年全国各地展开对公司的清理整顿过程中，一些地方的个体工商户或私营公司老板们为防止因"气候"突变而导致"运动"突来，急急忙忙之中，纷纷主动向工商部门申请停业或自行歇业。

还有地方的一些私营企业老板，他们想，反正关也是关掉，不如主动地把工厂交给了政府或"集体"，这样一是做个无奈的顺水人情，二来也以防"秋收算账"时为自己争取态度上的主动。

比如浙江台州的李书福，"他当时在台州建了一家名叫'北极花'的冰箱厂，它当然是一个没有出生证的非定点厂，就在杭州对非定点冰箱厂一片喊打声中，他慌忙把工厂捐给当地乡政府，然后带上一笔钱去深圳一所大学读书去了"。

为了避免遭到更大的冲击，一些人主动地把工厂交给了"集体"。

王廷江是山东临沂市沈泉庄的一个私人白瓷厂厂长，1989 年 9 月，他突然宣布把千辛万苦积攒下来的家业——价值 420 万元的白瓷厂和 180 万元的资金无偿捐献给村集体，同时，他递交了一份入党申请书。在捐献财产的两个月后，他当上了村委会主任，接着又当选全国劳动模范和十届全国人大代表。跟王廷江很相似的还有江苏宜兴一位 27 岁的电缆厂厂长蒋锡培，他也把自己投资 180 万元的工厂所有权送给了集体，由此获得了"集体所有制"企业的"红帽子"。

接下来的 9 月 25 日，早已全国闻名的"傻子"年广久，终没能逃脱第二次牢狱之灾。这个大字不识、账本都看不明白的文盲，因贪污、挪用公款罪被捕入狱，"傻子瓜子"公司关门歇业。两年前，这个全国闻名的"傻子"跟郊区政府联营办了一个瓜子厂，他看不懂按会计制度制作的规范账目，于是企业里的财务自然是一本糊涂账，他抗辩说："我知道进来多少钱，出去多少钱就行了。"

年广久的案子后来拖了两年，最终认定他虽然账目不清，却并不构成贪污和挪用。不过，法院最终还是以流氓罪判处他有期徒刑两年。有意思的是，到了1992年，邓小平在南行的一次谈话中，突然又说起了这个"傻子"，一个多月后，年广久就被无罪释放回家。

浙江萧山那个花2000元买回一勺盐办化工厂的徐传化，在1989年10月前后，则想干脆把自己的工厂关掉算了。由于镇长怕失去这个私营企业纳税大户，便一再力劝并在年底给他申报了一个县劳模，这才最终让他安下心来。

在民间经济最为发达的广东省，从1989年到1990年一年中，则出现了一次私营企业家外逃的小高潮，除了最知名的万宝邓韶深之外，还有深圳金海有机玻璃公司的胡春保、佛山中宝德有色金属公司的余振国等。根据新华社记者顾万明的报道，到1990年3月为止，广东全省共有222名厂长经理外逃，携款额为1.8亿元。

后来在回忆自己公司从1989至1990年那一年最难忘的经历时，刘永好这样说："那一年大环境很紧张，没有人愿意来私营企业工作，希望集团几乎招不到一个人。"

姓"资"与姓"社"的讨论直至到争论，开始在社会上愈争愈激烈。"私人开公司如果越来越多，那将来社会姓'社'还是姓'资'"这样的讨论质疑，随后又渐渐将整个社会激辩的这个大主题引向深入……

这些讨论、争论和激辩，渐渐成为改革大潮里的"礁石"。

而事实上，在这一年4月全国人大通过的修宪过程中，增加了"私营经济是社会主义公有制经济的补充"这一明确内容。

然而，当时整个社会围绕"姓'资'与姓'社'"的争论，一度让很多人开始模糊了对私营经济发展的清晰认识。在这样的氛围之中，人们自然也就很难一时冷静深思《宪法》中新增的"私营经济是社会主义公有制经济的补充"的这一重要内容，更难以从这一表述中前瞻到前方私营经济必定将迎来蓬勃发展之势的广阔天地。

一时，全国整个民营企业界仿佛那样近切地感受到了"山雨欲来风满楼"的气氛骤起。

"迷雾"渐浓，谁也说不清，谁也不敢预言，接下来私营经济发展的形势走向会朝着什么方向而去。而在这样的社会氛围里，办私人公司的那些人，似乎又成为社会上人们眼里的"极不体面的人"和"颇有争议的人"了。

"迷雾"渐浓之下的整个九江市，谈"私"色变的噤若寒蝉气氛似乎分明在蔓延开来。而对于干个体、开私营公司的人群，自身商业上的敏锐感知也很快体现在他们对社会气氛的极度敏感上来了。

"恐怕是又要来大的整治'运动'了。"

"政策说不定可能会变啊。"

…………

凡摊子有了点规模特别是开公司的老板，整日整夜开始猜测、担忧以及惴惴不安起来。更有一些"谨慎从事"的个体户和私营公司老板开始悄悄收摊和半遮半掩经营。

特别是不知哪一天，从长江那边传来的一个消息在整个九江市不胫而走——"安徽芜湖市那个炒瓜子卖赚成了百万富翁的年广久，又被抓起来了，这次不是因为投机倒把而是因为扰乱社会经济秩序！"

"傻子瓜子"年广久，对于九江人尤其是做生意的九江人来说是再也熟悉不过了。

如果说在这个消息在九江不胫而走之前，九江很多干个体开公司的人们在猜测、担忧以及惴惴不安的心理状态下似乎还抱着观望的态度，那么，当听到年广久因为扰乱社会经济秩序而被抓了起来这个消息后，就再也不敢抱侥幸心理了。

没有人知道，当王翔突然意识到的整顿态势时是一种怎样的心境。

但是，外界的"明白人"从"民生实业"丝毫没有半点掩饰的日常经营中，实际上已清楚地知道，王翔正处于巨大的心理压力之下。

确实如此！王翔正陷入前所未有的迷茫——民生公司还能走多远？

果然不出所料，就在接到国家有关部门的通知后，江西省工商部门在全省公司的整顿清理部署中，九江的"民生实业"一开始就被点了名。

很快，九江民生实业有限公司，也很快接到了关于"整顿"的通知。

"接下去，民生实业公司还能不能继续往前走？"

一时，王翔陷入了前所未有的困惑与迷茫。而面对这样的内心煎熬和疑问，他所能做的就只有等待。

然而，在接下来江西省工商等部门对民生实业公司展开深入调查了解的过程中，最终给出了实事求是的调查结论：

九江民生实业有限公司自成立以来，合法经营，依法纳税，不仅没有任何违反相关法律法规方面的行为，而且在同行业中处处起到了表率作用。同时，还解决了近百社会待业人员的就业问题。

撤并公司的对象，是那些不符合社会需要、重复设置、不具备条件、严重违法乱纪的公司，以及长期经营不善、严重亏损、已经资不抵债的公司。从这些来看，"民生实业"哪一点也沾不上。

另外，比照"撤并砍掉流通领域中过多、过滥的从事商业批发的公司"这一点，更是没有丝毫道理。因为，经过大量深入的调查显示，在九江市，"民生实业"不但对促进商业流通、引领市场繁荣起到了极大的作用、产生了良好的社会影响，而且，九江的商业流通市场正需要这样的公司来引导整个九江商业市场的健康发展。

…………

王翔心里顿时轻松了许多。

而他更感怀的是，亲自率队前来九江民生实业有限公司进行考察的江西省工商局的一位主要领导同志，语重心长地对王翔说，"你该怎么搞仍旧怎么搞，步子要迈大一点，只要坚守责任和道德，其他的不要怕"。

同时，江西省工商局的这位主要领导同志，还嘱咐随行到民生实业考察的九江市工商局的同志："你们不要管死了，可以不要求搞变更登记。"

江西省工商部门主管清理整顿工作的领导头脑清醒，认为民营公司和'官办公司'是性质不同的企业，民营公司不应是本次清理整顿的对象。

在实际调查中，对九江民生实业有限公司先前的各种争议一步步得以澄清。最终，江西省工商部门主管清理整顿小组作出决定——九江民生实业有限公司不属于这次清理整顿的公司对象之列！

至此，一切峰回路转！

在这次全国公司清理整顿大潮中，九江民生实业有限公司避免了被"误伤"。

获得肯定支持的王翔，内心备受鼓舞，他又开始以巨大的热情和全部精力投入到九江民生实业公司的经营之中，几乎停滞发展的民生实业公司，又重新迈出了发展的步伐。

到九十年代初，九江民生实业公司已成为九江市乃至江西全省一家颇有实力和影响的民营企业。

实力早已今非昔比的九江民生实业公司，开始建设自己的公司大楼，公司在九江市区的经营门市部和营业场所也在不断拓展。

北眺长江，东临甘棠湖，随着九江民生实业有限公司大楼的落成，那幢崛起矗立于九江市这座城市繁华中心的扬子江大楼，是当时九江屈指可数的高楼之一，成为后来九江人记忆中深刻的浔城标志性建筑。

在当年很多人看来，那幢矗立的高楼，不仅是改革开放中九江民营经济蓬勃而起的象征，也是江西民营经济在改革开放中崛起的标杆之一！

宏观调控所造成的经济骤冷，对通货膨胀下的投资过热确是起到了遏制的效应，不过却也让所有的商业活动变成一局乱棋。回过头去重新审视1989年，这一年承前启后，在一次必要的、有效的调整后，中国社会又开始踏上一条稳健发展之路，就像一辆挤满了人的、乱哄哄的公交车，在突然踩了一下急刹车后，乘客们的秩序仿佛好了许多。

对此，经济学界对改革开放全国民营经济发展历程中的这一时间节点，曾有这样的评述：在百废待兴的关键时期，在许多人战战兢兢、左右徘徊于"姓资姓社"的僵化时刻，商贸改革以它"一放就活"、立竿见影所带来的生机活力，让人们最早感受到了市场的力量和实惠，从而为解放思想、下定决心全面改革立下了汗马功劳；商业领域的艰难崛起，最早播下了市场化的种子，使市场机制最早从"体制外"开始了一发而不可收的、合乎内在逻辑的"发酵"进程，是全面市场化改革的"第一推动力"，放活个体经营者比1979年承认包产到户、政府调整收购价格的农村改革还早，其贡献和意义永远不该被低估、被遗忘。

而在王翔的内心深处，至今都为自己亲身融入了改革开放历程中那最早播下市场化种子的全国商业崛起倍感自豪。

"在宏大的时代潮流中，没有一个人不为自己有意或是无意亲历尤其是参与了一段历史的开端而心有万千感怀！"或许，这是王翔留在心底最为深情的记忆。

第四章
忽如一夜春风来

一个人命运沉浮的背后,总是折射出其身处的那个大时代的变迁轨迹。

正是在这种意义上,我们说,个人命运的脚印与时代行进的辐轮总是同向合辙,个人命运沉浮变迁在时代大背景里的一段段历程,往往也就被视为是刻印着时代鲜明印记的另一种深刻注释。

在从最初的为在城市立足谋生出发,渐渐向着改革开放赋予的商机舞台行进的过程中,王翔那样深刻地意识和认识到,自己对于人生渴望有为的追求,同样与这个激情的时代密切相关。

1992年初,中国改革开放的总设计师邓小平同志视察南方发表讲话,深刻回答了曾束缚人们对于改革开放的许多重大认识问题,吹响了全国加快改革开放步伐的号角。这一年十月召开的中国共产党第十四次全国代表大会,首次明确提出了建立社会主义市场经济体制的目标模式。

由此,1992年成为中国改革开放进程中具有分水岭重大意义的一年。

而对于全国的广大民营经济人士而言，这也意味着他们终于走过了对前路心怀未知迷茫的历程，他们心中豁然开朗，终于有了大胆放手去闯去干的底气。

不仅如此，随后的1993年则更成为全国个体工商界和民营企业家们扬眉吐气的一年——作为改革开放进程中应运而生并不断发展壮大的一个群体，王翔、刘永好、张宏伟等23位民营企业家当选为全国政协委员。

当选为全国政协委员，这不仅仅是23位民营企业家们个人的荣耀，这是个体工商业和民营企业家阶层获得国家认同的一个重大标志。

穿越历史的时空坐标，回溯到风云激荡的1992年，对于王翔而言，这注定是值得铭记的一个重要年份。从当年挨整和接受改造的"阶下囚"，到如今成为参与商议国是的"座上宾"，发生在王翔身上的这一巨变，以独特的视野记载了中国民营企业家群体个人命运和人生事业在改革开放历程中波澜起伏的历史变迁。

前方之路无比豁然壮阔，王翔由此向着那阔大的人生事业天地纵深激情而行！

一

改革开放历经第一个十年的岁月年轮，时间悄然行进到九十年代。

回望返城后走过的这十年，王翔心有万千感触。

虽历尽艰辛尤其在创办和发展九江民生实业公司过程中的坎坷，但令他倍感无限感怀的是，在那风雨兼程的来路中，自己一步一个脚印并带领公司全体员工奋进而为，终于有了今天这样过去连想都不曾想到的一切。

而当"这过去不曾想到的一切"如今这样真实地立于自己面前，王翔内心却反而平静如水："我们没有大起大落，更没有经历一夜暴富，都是一步一个脚印往前推进，我们一直坚守着脚踏实地、勤勤恳恳地实干准则和精神。"

在内心平静如水的深思和领悟中，王翔渐渐明白：为何这十年一路艰辛也伴随着一些波折，但自己个人的现实境况却十年前已发生翻天覆地的变化？为何从一把油漆刷子和一个油漆桶干个体起家到办公司尽管一波三折，但依然最终还是不断发展壮大？这是因为，改革开放顺应时代的大潮流，在自己所努力而为的一切背后，始终有一种坚定强大的力量在推进。这正如那奔涌向前的浩荡长江之水，虽然在奔流向前的进程中不时会与暗礁激遇，但这却始终无法阻挡其向前奔流！

这样的深刻认知解悟又渐而让王翔坚信：只要自己带领大家努力、善谋并心有远略搞经营谋发展，只要守法诚信遵章纳税和争取多向国家交税，那么，就不怕九江民生实业公司的经营发展出问题，而且公司一定会继续取得更大更好的发展。

为此，当日历倏然翻开九十年代的第一页，不少干个体尤其是开公司的人因心里仍存有对政策风向把握不准的顾虑而在经营上显得有些缩手缩脚时，王翔却带领九江民生实业公司的全体同仁们满怀坚定信心，意气风发投入到了公司的经营发展中。

未雨绸缪广增货源尤其是在市场热销的产品上下功夫，同时又再度扩大门市部规模和提升服务质量水平……王翔带领公司上下同心协力，奋力而为。

王翔和大家的努力自然赢得了丰厚的回报，1991 年，九江民生实业公司的经营业绩十分喜人。特别是拥有电视机、自行车和摩托车等十分畅销的商品销售商，其一家全年的销售量几乎占据了全九江年销量的一半左右。

在忙碌与欣喜中，时光飞逝，1992 年悄然而至。

王翔没有料到，他和所有人一起迎来的 1992 年，将是一个标志着改革开放重大历史进程的年份。

1992 年 1 月 18 日至 2 月 21 日，中国改革开放的总设计师邓小平同志南行武昌、深圳、珠海、上海等地并发表了著名的"南方谈话"：改革开放的胆子要大一些，敢于试验，看准了的，就大胆地试，大胆地闯。

紧随其后的 3 月 26 日，一篇 1.1 万字的长篇通讯《东方风来满眼春——邓小平同志在深圳纪实》在《深圳特区报》刊发，第二天，全国各报均在头版头条转发。以往，此类重大报道均由《人民日报》或新华社统一首发，这篇通讯的非同寻常实在耐人寻味。而通讯的发表之日，正值北京召开两会期间，它所产生的轰动和新闻效应可以想象，一时间，解放思想、加快改革步伐，成为举国上下热议的话题。

至此，改革开放以来时断时续的"姓'社'与姓'资'"的争论转而渐渐淡去。随之而起的，是改革开放开始迈出稳健快速的步伐，全国民营经济发展大潮正蓄积涌动。

这是中国改革开放进程中一个具有重大历史意义的时间节点。

这次后来被称之为"春天的故事"的南方视察，在中国整个经济界产生了强烈的震动，许许多多的人也由此迎来了改变人生命运的机遇。一大批社会精英人士如后来成为商界巨子的陈东升、冯仑、郭凡生等人，就是从这一年开始先后"下海"创业的。在商业大潮涌动和商机迸发的感召中，无数人开始告别庸常而自得的生活，开始投身到一个充满无限活力又富有激情想象的行业——商业之中去。

对于全国民营企业的蓬勃发端与发展来说，那的确是一个激情燃烧岁月的欣然开启。

1992 年 5 月，国家体改委连续颁发了《有限责任公司暂行条例》和《股份有限公司暂行条例》这两份与公司建构直接相关的文件。时隔 5 个月后召开的党的十四大，又正式确立了市场经济体制的改革目标，这标志着改革进入到了以制度创新为主要内容的一个新阶段。

一切开始以远远超出人们心理接受适应程度的巨大变化，在那样广阔的时空天地里，欣然呈现在人们面前：

"仿佛在一夜之间，几乎所有的禁令都被取消了。政府部门可以办公司，学校可以办校办工厂，教师和工程师业余可以兼职，官员也可以做买卖，倒卖紧俏物资的人可以合法地从中谋利。一个省的检察机关公开声明：对回扣、提成和兼职收入，将不追究法律责任。另一省的工商部门跟着宣布，谁要是想办公司，可以不必申请营业执照，也不必缴纳管理费……"

大背景下出现的许多事情，给人们带来那样强烈的内心冲击：

例如，人们从电视上看到，1992 年 5 月的一天，黑龙江省绥芬河市长赵明非带着一件夹克、两个饭盒、一套取自宾馆的牙具、一台小收音机，和他母亲带上从北京捎来的蜂王浆，一起走上街头摆地摊去了，头一天晚上他通知了电视台第二天来摆摊现场采访。赵明非以"摆摊秀"的形式，呼唤人们经商、办厂，发展经济。随后，为了方便全市的公务人员利用业余时间经商，在赵明非的主导下，绥芬河市还推出了机关单位 7 小时工作制，并推行机构精简。此举经媒体报道后，在全国引起强烈反响。

再如，许多报纸上报道了一个名叫袁岳的年轻人，他在 1992 年离开了自己工作的中国司法部、辞掉他的第一份工作并且开了一家调查公司。当时他的同事对这种做法充满了怀疑。市场调查那时在中国还是个新鲜、甚至有点陌生的概念。"没有人理解我在做什么。"复旦大学的几位中青年教师辞去了令人羡慕的工作，共同开始了经商之路。当时在国务院发展研究中心做宏观经济研究，同时还担任了一本管理类杂志《管理世界》常务副总编（副局级）的陈东升，同样毅然辞职，义无反顾地走进了商海。

国家人社部曾做过一次统计，1992 年全国各地政府部门的辞职下海者超过了 12 万人，而不辞职却投身商海（停薪留职、兼职）的人，则超过了 1000 万人。

在中国的各个角落里，那些聪明而勇敢的人们，敏锐地从时代的宏音里寻找到了自己的未来。无以计数的人们，开始以巨大的热情加入商海之中去，或者正以热切的目光打量和关注着眼前热闹喧嚣的情景。

在这一年里，全国各地出现了一股前所未有的办公司热。

从 1992 年 2 月开始，北京市的新增公司以每个月 2000 多家的速度递增。到 8 月 22 日，全市库存的公司执照已全数发光，市工商局不得不紧急从天津市调运来一万个公司执照以解燃眉之急。在中关村，1991 年的科技企业数目是 2600 家，到 1992 年底冲到了 5180 家。四川、浙江、江苏等省的新增公司数量均比前一年倍增，在深圳，当时中国最高的国际贸易中心大厦里一度挤进了 300 家公司，"一层 25 个房间，最多的拥挤着 20 多家公司，有的一张写字台就是一家公司"。

…………

这样前所未有的巨变，怎能不让人们在耳闻目睹中充满着惊讶和激越。而对于几年来，那些一直跌跌撞撞在个体私营经济领域里小心翼翼前行的人们，则更是热血沸腾——他们真切地看到，自己心里对政策是否会变的那种担忧和顾虑已完完全全是没有必要了。

要知道，仅仅回头看看三年过程中的时光，在此前的三年里，中国的个体私营企业主们，哪一个不是在心惊胆战的状态里小心翼翼地前行着，他们怀揣着改变个人命运的强烈愿望始终不肯放弃努力，然而又无时无刻不在为自己未知的前路担忧。

"生意不好心里发急，生意好了又寝食难安。"这可谓是1992年之前全国大多数私营企业主和个体经营有些规模的个体工商户们共同的心态。

由1992年的春天渐向时光深处，全国各地个体私营经济曾在发展中畏首畏尾、乍暖还寒的状况正快速消去。迅速代之而起的，是一个让个体私营经济那样分明而真切地感受到蓬勃生长热度的潮涌而起的崭新阶段。

个体工商户和私营企业主们开始大胆阔步走向市场经济的大舞台，民营企业家们更是开始成为这个时代最瞩目的明星。

当市场经济体制这一改革目标得以确立之后，对于前路曾一度出现迷茫徘徊的当代中国改革开放，终于廓清了未来前行的清晰航标。

在此之后，人们即将看到，在国营、民营和国际三大商业资本壮观和激烈的竞争、博弈与交融发展过程中，中国经济列车很快驶入发展的快车道。

…………

现在这样的情形，人们的内心无法不充满着欣喜与振奋，而且时间越向前，他们眼前越发地明朗——现在真的是可以放开手脚去干事的时候到了！

对于从干个体到办实业公司已走过了十来个年头的王翔而言，从1992年春天开始出现的各种巨大变化，在他的内心里又何止是欣喜与振奋！

他心中更有无限感慨和豪迈之情！

而在从最初的立业谋生出发，渐渐向着改革开放赋予的商机舞台行进的过程中，王翔那样深刻地意识和认识到，自己对于人生渴望有为的追求，仿佛在前方变得清晰可触。

没有了原来小心翼翼的种种顾虑，王翔和公司全体同仁铆足了干劲，人人心里仿佛都是在将蓄积已久的力量全部释放出来，放开手脚去用心经营。

巨大的欣喜也同样反映在市场的空前活跃程度上，九江民生实业公司下面的 8 个门市部，无一例外生意出奇地红火。

这一年时光里的王翔，心底的最深感触就是，尽管比以往任何一年都辛苦劳累，可是心里却比以往任何一年都要酣畅淋漓：他最大限度地调度着商业资金在最大时空里的周转；他敢于在看准了商机的过程中大手笔地去运筹帷幄；他有把握能预测商品市场的基本走向，因为政策的稳定给了分析的依据；他底气十足地在经营规模上进一步扩大规模，这还是因为他不用担心政策会变……

1992 年，九江民生实业有限公司赢得了沉甸甸的经营收获——公司全年的商品销售额一举突破了千万元大关，实现产值达到了 300 万元，两项指标均比前一年翻了数番！

民生实业这样的销售额和产值，不仅在九江市的私营企业中屈指可数，就是在全省私营企业当中亦不多见。

在当年的企业纳税上，九江民生实业有限公司成为九江市民营企业纳税大户。

九江民生实业有限公司，也由此一跃成为九江市乃至江西全省颇具规模的一家私营实业公司，声名迅速在社会上传播。

对此，《九江日报》和《江西日报》先后予以了报道。

《九江日报》和《江西日报》在报道九江民生实业有限公司快速发展的同时，也对王翔大胆出色的经营才能给予了报道。此时的九江民生实业和公司领头人王翔，在江西全省的影响力也迅速提升。

这一年的岁末，因公司快速发展而带来的喜悦之情时时充盈在王翔心底。

从拿起油漆刷子干个体到开公司，整整十多年了，王翔从来就没有感受过这等的扬眉吐气，内心深处如此充满畅快愉悦。

而在此过程中，王翔又那样真切地感觉到，自己内心深处还常常涌动着一种无法抑制的冲动。在那样喜悦的心情中，他情不自禁地要去思考公司来年和将来的发展。

"现在，国家政策鼓励和大力支持，我们可以放开手去大胆干了，那么，九江民生实业公司下一步该怎么走？"

"公司底子更坚实了，就不能停留在原地止步不前，那怎样让公司更好更快地壮大发展起来呢？"

…………

王翔心底常常涌起的那种冲动，正是在即将到来的新的一年里，公司进一步发展壮大的问题。

显然，王翔并没有一味地沉浸和满足在九江民生实业现有的发展状况之中，他的目光已开始投向了公司未来发展的前方。

在 1992 年这一整年里，王翔从自己亲历的那些可触可感的变化中，似乎已经明晰地意识到：种种变化都在预示着，时间向前，将是越来越阔大的市场和机遇！

他顺着这样的思路，决意要抓住更为宏阔的机遇，将九江民生实业有限公司的发展再延伸、再扩大。

于是，1993 年，当新年的第一缕明丽阳光洒在王翔的脸上，在他沉稳的表情之下，胸中正酝酿和期待着一个全新的开篇——经过慎重的反复考虑，王翔决定进一步扩大九江民生实业公司的经营规模。

此外，他还开始着手考虑，要将九江民生实业公司的经营领域在现有基础上向其他行业扩展。因为，在 1992 年里，每一个行业都在快速发展，这对于九江民生实业公司而言，意味着更为广阔的机遇空间。

这些思考和计划的实施，让王翔深知，自己的 1993 年将更加忙碌。

但是，王翔却怎么也没有料想到，刚刚步入 1993 年之初，突然而至的一件又惊又喜的大事，会在没有任何思想准备的情况下降临到自己的身上。

而且，这件大事将如此深刻改变和影响着自己人生事业的将来走向。

历史如镜。至今深情回望，王翔记忆中的点滴仍是那样清晰如昨：

那是 1993 年元月底的一天，其时，王翔正在忙碌公司事务。

突然，接听完从江西省会城市南昌打来的一个长途电话，竟让他"吓了一大跳"！

电话是江西省委统战部打来的。

"通知我立即赶到省里去开会，说推荐我做全国政协委员。"

接到江西省委统战部打来的这个电话，王翔怎么也不敢相信，竟然"要推荐自己做全国政协委员"！

但上级部门电话里所说的这件事，千真万确！

随后，王翔才清楚了事情的来龙去脉：

从十一届三中全会到 1991 年，全国个体、私营经济虽然在不断地壮大，但在政治层面上，个体工商业者和民营企业家们仍属于弱势群体。这个人数已颇为庞大的群体，对他们当前和未来的路似乎心中仍充满着未知的迷茫。例如，1991 年，刘永好兄弟虽然已成立了希望集团，但仍面对着社会各方的压力，曾一度向四川新津县委领导提出，想把自己的企业"送给国家"。

而之所以会这样，一定程度上是来自于整个社会特别是政策对他们地位作用、认识角度的不确定性。

"在新的历史条件下，民营经济作为市场经济的组成部分，民营企业家作为新的社会阶层，都是改革开放的一种产物，是社会主义市场经济发展的一种必然结果。"

"民营经济和民营企业家为促进经济社会发展发挥了积极作用，这是有目共睹的。"

…………

1992年，是中国经济和社会的转折点，邓小平南方视察，当年召开的中共十四大，明确中国经济体制改革的目标是建立社会主义市场经济。而对于广大个体工商业者和民营企业家群体，从中央高层到整个社会开始给予了热情的肯定和鼓励。

《潇洒走一回》是九十年代初被唱到滥俗的一首流行歌曲。新华社当时使用这个标题描述的是民营企业家群体意气风发的一种状态。

也就在这个时候，中央下发了专门文件。文件规定，把全国个体工商户和私营企业家的思想政治工作，交由全国及各地工商联负责，中央统战部也把私营经济群体纳入到统一战线的范围。

1992年底，从全国政协传出消息，全国政协将吸纳一批民营企业家为全国政协委员。

这样一来，就要立即着手在各地开展通过相关渠道来确定委员人选的工作。当时推荐委员人选的标准，是在非公经济群体中或所在的行业里，要有一定影响力的人物，要爱国、拥护社会主义，要有社会责任感，守法经营等。

在确定推荐委员人选之初，因江西民营经济并不算发达，一开始没有获得推荐民营企业家担任全国政协委员的名额。但江西省统战部门为此进行了积极争取，最后，江西作为"革命老区"，分配到了一个推荐的名额。

对于这一来之不易而又具有特殊意义的全国政协委员推荐名额，将选择报谁？江西省统战部门极为重视，为此而召开专门会议进行讨论研究。

经会议研究，江西省统战部门决定，先由全省各地统战部门上报推荐者名单，然后再从各地报上来的推荐者名单中来确定推荐候选者。

随后，全省各地一批民营企业家的名单先后报送到了江西省统战部门。

江西省统战部门在认真研究之后，结果最终确定王翔是最符合条件的人选！

当然，对于整个这一切的过程王翔毫不知情。

江西决定推荐王翔担任全国政协委员的人选确定之后，统战部门立即通知王翔到省里来开会，准备填表等有关事宜。

这才有了王翔突然接到电话，得知省里要推荐自己当全国政协委员的消息。

接下来，在江西省统战部门把王翔作为江西非公经济群体的全国政协委员人选报至中央统战部、全国政协后，随后不久就正式确定，王翔当选为全国政协委员。

接到电话通知的那一刻，王翔内心激动不已！

当选为全国政协委员，这样的政治荣誉落在了王翔这个过去有着"地主家庭"成分的商人头上。再看全国其他各地当选为全国政协委员的非公经济人士，张宏伟是做小"包工头"起家的，韩伟就是个养鸡的农民，李安民在煤炭行业摸爬滚打多年……这些人都曾是为谋生和摆脱贫穷或不愿再过长久以来的沉闷时日而走上经商做买卖之路，走向其他行业的。

在改革开放开启个体私营经济萌发生长的那方天地，为改变个人现实境况和未来命运，在敏锐发现并果敢地抓住机遇后，他们都无一例外地义无反顾地走进了那方天地，始于个体私营经济萌发生长初期那方天地的阡陌，一路风雨兼程、信念坚定与执著前行，在历经十多年的过程里最终成就了令人注目的企业和业绩。

新华社当时刊发的一篇具有时代特点的通讯——《潇洒走一回——记新一届政协中的私营企业家》，这样概括了这些当选为全国政协委员的私营企业家代表们的共性：爱国、敬业、守法；已经担任社会职务，具有参政议政能力；热心社会公益；懂经营；会管理……他们在经商办企业的过程中，有的获得省市领导鼓励以及电台报刊介绍过他们的先进事迹，甚至有的人还得到了中央领导同志接见、国务委员题词……

"包括我在内的这些人，当时谈不上有什么很高的社会知名度，也不是有什么高学历或者社会名流，经商办企业甚至那时在社会上一些人心里还是不入流的社会行业和职业。但这些人却被推了出来，我自己也从阶下囚变成了座上宾。"如今，深情回忆20多年前自己当选全国政协委员，王翔认为，包括自己在内的那批人的幸运，是改革开放时代给予的机会！

二

1993年3月14日，这是王翔终生难忘的一个日子。

这一天，王翔和刘永好、张宏伟、王祥林、李静等来自全国各地的23名民营企业家一起，激情步入庄严雄伟的人民大会堂，以全国政协委员的身份出席全国政协八届一次会议。

尽管在2093名全国政协委员中，王翔等23名民营企业家只占到了百分之一，然而，他们的当选和参会却引起了巨大的社会反响和强烈关注。

改革开放中应运而生的工商业界人士，登上了中国参政议政的政治舞台，这可以说是对中国个体私营经济的最高肯定和"奖赏"。

事实上，在改革开放中国民营经济的发展历程中，这是一个具有重要标志性意义的大事件。

因为，在个体私营经济领域，此前这样全国性的政治荣誉只属于脱胎于民族资本家的"老工商业者"——他们在解放前拥有显赫一时的企业和雄厚经济实力，但经过新中国成立后的社会主义改造，已经退出经济舞台，变成了"没有企业的企业家"，主要承担起联络工商界人士的作用。而此时，改革开放以来从事商业和实业活动的广大私营企业主中的23位代表人士，第一次集体当选为全国政协委员，踏上了国家参政议政的最高舞台。

由此，在历经偷偷摸摸经商做生意、躲躲闪闪搞经营，在内心深处似乎总是怀揣着一种隐忧担心与迷茫、对经商办公司的前路说不明也看不清，甚至在全国公司大整顿其间压抑躲藏的改革开放初期阶段后，私营企业主们第一次有了群体的深刻认识——国家改革开放的政策不会变，鼓励发展民营经济的政策不会变！更为重要的是，广大私营企业主中的这23位代表人士当选为全国政协委员，不仅已充分表明党和国家对广大民营经济人士社会地位、价值等的认可，也意在鼓励支持广大个体私营经济界人士大胆去放心搞经营、放手去办企业！

在这次全国"两会"期间，来自民营企业界的政协委员们格外引人瞩目，并吸引了国内外众多记者的视线，媒体将他们称为手提"大哥大"的政协委员。在会议期间，中央统战部还专门把这一新群体的全国政协委员们召集在一起开了座谈会，征求他们对全国非公有制经济发展的意见。

至今已时隔20多年，但王翔对于那一年首次当选为全国政协委员参加全国"两会"的情景，仍然记忆犹新，那些场景也仿佛历历在目。

"那是一种怎样激动万分的心情！"从步入庄严雄伟的人民大会堂那一刻开始，王翔仿佛感到了自己人生的一种重生。

王翔更深知，当选为全国政协委员，这不仅仅是自己个人的荣耀，更是全国民营企业家群体从"偷偷摸摸"发点小财到"登堂入室"成为国家政治生活参与者的地位大转折。这份来自国家赋予的重视和尊重，是自己和全国所有个体私营经济界人士的无上荣耀！

是啊，自己从昔日的"阶下囚"到如今的"座上宾"，能在首都北京走进人民大会堂参政议政，这是王翔曾经想都不曾去想过，也从来就不曾敢去想过的。

而现在，这一切却在自己身上如此真切地成为了事实！

还有十分重要的一点，那就是，没有哪个人不在内心深处希望自己所努力而为的事情被社会和时代认可，没有谁不希望自己所从事的职业得到社会和时代的尊重。现在，自己个人和自己所代表的这个群体的在身份地上的变化，正是来自整个国家和社会的认可与尊重。

这一切，又怎能让王翔不心生万端感触，他心中又如何能不涌动着无比激越的情感！

政协委员是人民政协履行职能的主体。作为政协委员，涉及怎样去参政议政，去履行职责的问题。

"当选全国政协委员，不仅仅是自己个人的荣誉，最为重要的是自己作为全国非公经济人士群体的一位代表，要积极尽职履责，参政议政。"在当选全国政协委员后，王翔就给自己提出了这样的要求，并开始认真准备赴京参会的提案。

"提案建议一定要讲真话、道实情。建议应具有针对性、现实性和可操作性。提案要做到言之有据、言之有理、言之有策、言之有度。"从认真思考提案一开始，王翔确定了这样的建言献策思路。更为重要的是，他认为自己的提案要对当前和今后亟待解决完善的重大社会问题有积极推动作用。

在一思路视角之下，王翔经深思，决定将从法律层面对个体私营经济加以保护从而促进个体私营经济快速发展，作为自己的提案。

从十一届三中全会到1992年的这十多年过程中，个体私营经济从无到有，由弱渐强。但王翔又在这一过程中深刻意识到，个体私营经济在社会重视程度上还较弱，这也是今后个体私营经济在蓬勃发展和不断壮大过程中需要切实加强的一个重要方面。

比如，在个体私营经济的保护方面，法律上尚没有明确涉及。因为，我国法律规定，只有贪污国有财产或者集体财产才算贪污罪，构成刑事案件。

在民生实业公司中的一件事，对触动王翔的思考十分深刻：公司的一名中层干部"贪污"了公司几万元钱，最后虽将财产追了回来，但这名干部却逃脱了法律的制裁。王翔当时就深感到，私人合法创造的财产也应受法律保护。

对此，在认真研究《宪法》《刑法》的过程中王翔深刻认识到，《宪法》和《刑法》对财产的保护实际上在无形中是分了两个范围——国有集体所属范围和私人所属范围。按法律规定，贪污国家和集体的财产就是贪污罪，要受到法律制裁。而如果私人企业内部的员工贪污公司的财产，法律没有规定，只能算民事纠纷。

王翔认为，法律应该与时俱进，既然十多年来个体私营经济在改革开放过程中已不断发展壮大，那么，现在就应该重视和关注这一经济领域中出现的新问题和新现象。

在确定这一提案主题后，王翔又广泛走访了有关法律专家并深入个体工商户和私营企业主中间广泛调研，最终形成了《在引进外资的同时，进一步保护民族私营经济的发展》这一提案，向全国政协八届一次会议提交。

这一提案，实际上已从个体私营经济财产的法律保护这一具体问题切入点，提出了对改革开放以来个体私营经济发展领域的社会关注、支持和推动这一重大层面问题，提案既立足于现实具体问题的破解，又立意远远超越了单一具体问题的解决。

因而，王翔的《在引进外资的同时，进一步保护民族私营经济的发展》这一提案，引起了"两会"代表的高度关注并随后又引起了社会的强烈反响。尤其是在全国广大非公经济人士看来，王翔这一提案提出的关切问题正代表了他们的心声！

由此，在1994年全国"两会"期间，王翔也成为与会代表、新闻媒体和全国民众尤其是广大非公有制经济人士关注的人物。

第二年，在全国政协八届二次会议上，王翔又提出了一个《关于修改刑法中贪污罪内容的建议》的提案。

在这份提案中，王翔提议淡化所有制，再次对当时的《刑法》中规定非法侵占公有制财产才是贪污罪的规定提出了不同意见：私营企业的员工非法侵占私企的财产算不算罪？刑法中对此没有明确。所以他提出，在《刑法》中增加非法侵占他人（私人）财产罪，在法律上增加"侵占罪"，无论侵占国有集体资产还是私营企业，都叫侵占罪。同时，王翔建议国家修改和补充保护私营经济的相关法律法规。

两年提案紧紧围绕"个体私营经济发展"这一大主题的提案，关切国家经济社会发展进程中的热点重大问题。王翔的提案引起了广泛的社会关注，更引起了国家层面的高度重视。

后来，《刑法》中把公有财产和私有财产平等纳入了保护范围。此外，一些保护私营经济发展的相关法律法规也陆续出台和进行修改、补充与完善。

而这些，对于促进民营经济更好更快发展无疑起到了推波助澜的重要作用。

....

再次深情回望，1994 年 3 月在王翔的情感深处之所以百感交集、刻骨铭心，除了来自全国政协委员政治荣誉让他深切感受到的无上荣光，还有他由此而对于自己未来人生事业规划在更高层面的深刻理解和更大抱负。

会议期间，王翔切身感受到，国家对个体私营经济地位和发展高度重视，支持力度空前，对广大非公经济人士深情鼓励，寄予热情厚望：

3 月 29 日，第八届全国人民代表大会第一次会议高票通过了《宪法》修正案，正式将社会主义市场经济写入《宪法》。

宪法第十五条原文：国家在社会主义公有制基础上实行计划经济。国家通过经济计划的综合平衡和市场调节的辅助作用，保证国民经济按比例地协调发展。禁止任何组织或者个人扰乱社会经济秩序，破坏国家经济计划。修改后为：国家实行社会主义市场经济。国家加强经济立法，完善宏观调控。国家依法禁止任何组织或者个人扰乱社会经济秩序。

通过修改前后的对比不难发现，把市场经济写入《宪法》这是根本性的突破，这意味着，发展个体私营经济作为国策开始从国家根本大法层面作了法律界定。

还有，在大会报告和发言中，在电视、广播和报纸上，"国家对国有经济、个体经济、私营经济、外商投资经济等各种所有制经济'一视同仁'，平等参与市场竞争，并为此而创造发展的更好条件……"等这些决议、决定和表述，无不彰显出包括非公经济在内的国家整个经济领域发展可以预见的将来蓬勃之势。

…………

这些，对于全国个体私营经济群体中的每一个人来说，都是一种巨大的鼓舞力量！

正如后来有学者在写到首批成为全国政协委员的民营企业家，面对自身地位巨变和国家对个体私营经济发展支持的空前力度时的心情那样：他们从一开始就知道，这是一个有无限可能也有无限想象力的世界，只要有成长为参天大树的可能，他们就愿意为此全心倾注自己的信念！

是的，从北京归来的王翔，内心开始涌动着一种强烈而宏大的深切渴望——他渴望去成就一番大事业！他的眼前已呈现出了国家民营经济发展的广阔天地！

其实，在王翔的胸臆之间，是早就有成就一番人生伟业的宏大志向的！

"历史和时代给我们正打开机遇的大门，自己怎能不顺应这涌动的时代大潮，一是个人事业在时代前行中取得更大发展，另外就是要为九江和江西全省乃至全国的个体私营业主中做出表率！"

王翔那样真切地感觉到，自己内心时时在涌动着一种激切之情，那是迫不及待想投身去干出一番大事的按捺不住的激情！

与此同时，1993 年，九江民生实业又被评为全国二十家非公有制经济的典型代表之一。

王翔已深刻意识到，自己只有倍加努力，不断前行以在个体私营经济群体中引领更多的人积极发展，才能不负党和国家对自己的关怀与鼓励，这也是自己作为一名全国政协委员的荣光责任。

"天地间荡起滚滚春潮，征途上扬起浩浩风帆；春风吹绿了东方神州，春雨滋润了华夏故园……"改革开放的春风吹活了一池春水，激活了民营经济的发展。

透过扬子江大楼自己办公室的明窗，王翔一次次深情地远眺九江城外苍茫奔流的长江，大潮奔涌向前的前方一派壮阔的景象。

天地正开阔，当今正是扬帆时！

此时此刻，王翔仿佛那样真切地看到，自己人生事业的阔大机遇就在前方！

第五章
胆略豪情筑就民生基业

从靠着一把油漆刷子艰辛谋生到组织"溢浦综合服务社"干个体，再到识得商机大胆进入商业流通行业领域经营贸易实业公司，在十多年过程中，王翔一步步改变着自己在城市的现实境况。

在这一过程中，王翔也一点点蓄积着自己有朝一日"要成就一番大业"的人生梦想实力。

是的，王翔的内心深处一直深藏着对有为人生的渴盼与追求。因而，只要他拥有更阔大的事业舞台的机遇，那他一定会以胆识和勇气果敢地去抓住机遇并奋力而为。

1994年，也就是在王翔担任全国政协委员的第二年，他渴望实现人生事业壮阔抱负的机遇悄然呈现在了他的面前。

京九铁路九江火车站建设以及九江市老城区龙开河治理工程这两大工程项目，在创新引入社会资本投资建设的过程中，九江民生实业有限公司连续成为这两大工程项目的承建者。

1994 年，王翔以深富胆略的卓识眼光，积极探索投融资体制改革，投资 2 亿多元建设京九铁路九江新火车站，之后又成功投资 2.6 亿元开发九龙街，兴建泄洪闸，首开全国民营企业参与社会公共事业建设之先河。

王翔事业的经营方向，开始了第一次重大转轨——从流通领域转向大型项目的投资和房地产开发。

一系列运筹帷幄的成功运作，让王翔的民生实业迅速稳健崛起，民生实业也开始朝向集团化的方向，在市场经济的大潮中以纵横捭阖的姿态破浪前行。

这是王翔迎来人生事业第一个重大机遇的起点，也正是这一重大机遇，才奠定了江西民生集团此后实力迅速壮大、获得快速发展的坚固基石。

时代赋予了王翔人生命运的天翻地覆巨变，更赋予了他阔大的事业舞台，他决心要在改革开放的大好时代成就一番人生伟业！

第一节 荣光承建京九铁路九江站

王翔渴望在这大潮激荡的时代里去成就一番人生伟业，渴望把握时代赋予的大好机遇，去书写人生事业的精彩画卷。

正当这样的渴盼在王翔心底变得越来越激切之时，民营经济发展在改革开放历程重要阶段中的又一次重大的机遇，也正悄然而来。

而且，这一重大机遇，将为王翔提供的，也正是他所热切渴望的那种成就一番大业的广阔舞台！

众所周知，到九十年代初年，通过在市场体制、投资、金融、财政、税收、外贸、外汇、价格及流通等各方面改革探索的不断推进，我国国民经济市场化进程不断加快，市场在资源配置中的基础性作用不断增强。

从 1992 年邓小平同志南方视察讲话后开始，国家在宏观调控上，由原来的行政手段和计划手段为主，逐步朝着以财政政策和货币政策为主并辅以其他手段相配合的大方向转变。而随着 1994 年社会主义市场经济这一经济体制改革目标的明确，市场的主体地位随之又进一步凸显。

在这一过程中，个体私营等非公有制经济，逐渐成为促进我国经济社会发展的重要力量。

这一切的变化都在清晰昭示着，波澜壮阔的改革在跌宕曲折中走过十多年的历程之后，又行至了一个重要的历史阶段。

而随后人们将看到，与前几次具有重大标志性意义的阶段不同，改革在行至这一次重要历史阶段之后，对于非公有制经济发展重大意义的深刻认识，在民营经济快速发展在广度和深度两大维度上，提供了更为阔大的天地空间。

这是改革开放在进入九十年代崭新阶段后，国家经济发展的必然走向，也是民营经济发展的内在期盼：

国家经济发展的必然走向——正逐驶入发展快车道的中国经济，一方面是改革开放不断提供越来越强大动能的结果，而另一方面，也只有在改革开放纵深两个层面不断打开深度和广度空间，也能为行驶在发展快车道上的中国经济源源不断地注入强大的动能。

民营经济发展的内在期盼——经过十多年的发展，一批民营企业尤其是具备了一定规模实力的民营企业，期望获得更高层次上的发展愿望开始变得越来越强烈。而此时，全国民营经济发展有逐步呈现出蓬勃之势，发展的热情空前高涨。前行的改革也只有在纵深两个层面不断打开深度和广度空间，才能进一步引领推动民营经济的全面崛起。

由此，在 1994 年前后，国家在坚持公有制的主体地位，发挥国有经济的主导作用，积极推行公有制的多种有效实现形式的改革探索过程中，逐步加大清理和修订限制非公有制经济发展的法律法规和政策的力促，从而不断消除影响非公有制经济发展的体制性障碍。

这其中，十分引人注目的，是国家在加快调整国有经济布局和结构的过程中，为适应经济市场化不断发展的趋势，开始探索大力发展国有资本、集体资本和非公有资本等参股的混合所有制经济，推动实现投资主体多元化。

实现投资主体多元化，一个重要的前提就是放宽市场准入。即逐步允许和鼓励非公有资本进入法律法规未禁入的基础设施、公用事业及其他行业和领域。同时，为非公有制企业在投资基础设施、公用事业等领域的投融资、税收、土地使用众多方面创造有利条件。

从 1994 年开始，引进社会资本进入更为广阔发展空间，实现投资主题多元化，国家逐渐尝试在大型基础设施建设、公用事业工程等领域展开。

回望整个改革开放的发展历程，今天人们可以看到，上世纪九十年代民营资本开始迈入国家大型基础设施建设领域的重大标志，在某种意义上说，是从一项举国注目的国家工程铿锵起步的。

这项举国注目的国家大型基础设施建设工程，就是纵观京九铁路工程。

而激情迈进国家大型基础实施建设工程领域的民营企业，开始以纵横捭阖之势进军社会经济发展的纵深领域，荣光承建京九铁路线上九江火车站大型工程项目的江西民生集团，又可谓其中最引人注目的民营企业代表之一。

让我们把目光再次投向 1994 年。

这一年，是王翔担任全国政协委员的第二年，也是他人生事业历程中具有重大标志性意义的一个崭新开端。

王翔渴盼在更广阔天地空间去实现事业抱负的一个重大机遇，悄然而至。

这一重大机遇，正是国家逐渐探索在大型基础设施建设、公用事业工程等领域中对社会资本的引入。

上世纪九十年代以前，在从北京到改革开放最前沿的广东南部的 2400 公里地域里，仅有京广、京沪两条铁路连接南北。买票难、运货难、沿线革命老区脱贫难，铁路运输的瓶颈状况严重制约了国民经济的发展。

1992 年，为完善我国铁路布局，缓和南北运输紧张状况，带动沿线地方资源开发，推动沿线经济发展，促进港澳地区稳定繁荣，国家决定开辟一条新的贯穿我国南北的运输大通路——京九铁路。

当年 10 月，京九铁路全面开工建设。

交通大动脉的兴建，对于地方经济社会发展的巨大促进作用不言而喻。

京九铁路的规划兴建，将形成三线（京广、京九、京沪）呼应穿南北的态势。这条铁路大动脉北端通过北京、天津枢纽与京山、京原、京秦、京包等主要干线相连，通往华北、东北地区，与环渤海经济区融为一体，与东北亚市场直接沟通；中间与石德、新荷、陇海、阜淮、浙赣、赣龙等线交会，与我国东西部地区沟通；南接广梅汕、广深等铁路干线，连通广东、广西，并通过津霸、麻武、武九、合九等联络线，分别与京广、京沪铁路相通，将使我国铁路网的布局更加完善合理，铁路运输的机动性大为增强。

早在京九铁路规划兴建时，沿线地区就已深刻认识到这一纵贯我国南北的铁路交通大动脉给当地经济社会发展将带来重大机遇，各省市纷纷成立京九铁路研究课题组，结合本地实际情况，对如何利用这一有利时机，加快经济发展进行深入研究。

穿境而行的京九铁路，把江西全省分为东西两个大区域，又与东西走向的铁路干线浙赣线在江西中心位置形成黄金"十"字交叉。这种独特的沿线走向优势，使京九线将成为江西经济社会发展的大动脉。

对此，江西省委、省政府深刻认识到，京九铁路的建设对江西的发展无疑将带来重大的契机。因而，提出要举全省之力支持和配合京九铁路的建设。

九江地处赣、鄂、湘、皖四省交界处，是大京九铁路与万里长江交点城市，独特的地理位置造就了交通发展的天然优势。而将来京九铁路开通后，就使得九江处于了京九大动脉和长江黄金水道的交叉点，横贯全国东西南北的物流和人流将在此聚集、转运。

九江是江西的老工业基地。中华人民共和国立后，江西的第一根火柴、第一颗钉子、第一块肥皂、第一艘轮船等多项工业第一都诞生于九江，"九江制造"一度成为江西工业的代名词。在地理位置上，九江是江西唯一通江达海的港口城市，拥有152公里沿长江黄金岸线。1992年，九江又被国务院列为长江中下游5个对外开放城市之一。

九江地处京九铁路与万里长江交汇之处，正规划建设中的大京九铁路，对于九江的发展而言无疑是一次历史性的机遇！

而事实上，国家在对大京九铁路的规划和建设中，已将九江列为大京九铁路沿线上的重要一站。

京九铁路，赋予了了九江人民对于城市未来发展的无限憧憬和期待。

按照铁道部的规划，大京九铁路线上的九江火车站将是全线中最为重要的站点之一，一开始规划京九铁路九江火车站总建筑面积仅 5000 平方米。

一次性建成双线线路长达 2500 多公里、贯通南北的宏伟铁路工程，在给建设施工带来严峻的技术挑战同时，整个工程所需 300 多亿的巨额投资，使得这项工程成为当时我国铁路建设史上规模最大、投资最多的国家重点工程。

根据规划，建设京九铁路九江火车站的拨付建设资金为 2000 万元。

上面已说到，鉴于京九铁路贯通后将带给九江经济社会发展的千载难逢重大机遇，从江西省委、省政府层面到九江市委、市政府层面，对京九铁路从规划到建设都高度重视。

1993 年前后，九江正在对未来城市发展构建新的规划发展蓝图。

在铁道部对京九铁路九江火车站的规划出来后，基于城市建设和发展的前瞻性眼光，九江市委、市政府认为，铁路方面对九江火车站建设的规划，在规模上还具有很大局限性，按照九江市在新世纪发展的蓝图规划，如果按照原规划来建设九江火车站，那将来势必难以与九江城市发展相适应。

经过研究和论证，在铁路方面建设规划的基础上，九江市委、市政府提出了新的设计方案。在新的方案中，京九铁路九江火车站站房扩展至 16200 平方米，另外，火车站的站前广场面积，扩大到 10 万平方米。

京九铁路九江火车站在原基础上新修订的建设设计方案，报给铁路及上级有关部门，立即得到了肯定回复。而且，铁路及上级有关部门还一致认为，新建设方案既着眼于未来九江城市拉大框架发展，又大大提升了九江火车站的现代风格品味。

然而，根据新规划的建设方案，需要静态总投资 1.27 亿元，而国家预算承担的建设资金只有 2000 万元。

这缺口的 1.27 亿元静态总投资，只能是由九江市来承担。

其时，九江市正处于新中国成立后城市基础设施建设中的第一次大规模投入时期，市财政在这方面的投入也显得财力十分紧张，完全依靠市财政来投资建设九江火车站有不小的困难。

京九铁路九江火车站如此巨额的建设资金投入，怎样突破因资金难题而带来的项目顺利推进实施的困扰？

对此，九江市委、市政府在经过多次研究并借鉴一些外省市探索的经验基础上，最终，在参考沿海发达城市经验的基础上，提出了破解这一难题的思路方案。

这一思路方案即是——引进民营投资者参与九江火车站的建设！

民营企业投资建设国家大型基础设施工程项目，当然需要赢得工程项目收益。那么，引入民营企业参建九江火车站本身就是希望引入社会资本从而解决工程项目资金缺口的问题，这又产生了一个问题——投资的民营企业从何处获得工程收益回报呢？

这其实也正是破解引入民营企业投资的一个核心问题。

而这一核心问题解决的方案，即是"基础设施建设带动商业地产开发"。具体而言就是：通过九江火车站建设来整体带动整个车站周边商业的发展，从而提升九江火车站一带土地的开发升值，利用商业土地的开发来获得火车站建设的资金。

如此，既解决了九江火车站建设资金缺口的问题，又使得投资建设的民营企业收益问题有了来源，同时整个车站周边商业的发展还打造出了九江市一个新的商务繁荣区域。

这一方案，可谓一举三得。

但在当时，这可谓是一个大胆而又极富创新的做法。

九十年代初，通过商业开发带动城市建设经营的探索还刚在沿海发达城市起步，在江西等内陆省份城市还难以找到这种模式的先例。

经反复研究探讨后，九江市委、市政府决定大胆采用这一具有创新性的做法。

而接下来，选择引入具备开发经验和能力的投资开发者，又成为确保九江火车站工程建设能否确保顺利完成的关键问题。

对此，在关于向社会公开招标引入民营企业投资建设九江火车站的会议上，几乎每一位发言者的每一次发言，都可谓是经过深思熟虑的。

"从各方面条件综合考察，首选者就是九江民生实业公司。"

"这不仅是因为民生实业具备运营这一大项目的基础资金实力，而且还在于这家企业负责人王翔同志多年来在创业过程中所展现的敢闯敢干的胆略与勇气，以及通过取得一系列成功所体现出来的经营眼光与才能。"

"如果民生实业敢于承接九江火车站建设项目，我们有理由相信，这一工程将在确保工程质量的基础上如期顺利竣工和交付使用。"

…………

信任的目光，就这样一起投向了王翔。

当这一机遇摆在王翔面前时，他内心无法抑制那种无法言说的激动。他没有想到，正当自己心底萌发出要去干出一番大事业的强烈渴望之时，一个如此大的机遇呈现在了自己的面前。而且，参建的还是大京九铁路线上备受瞩目的九江火车站。

获得施展人生抱负机遇的激越之情，以及参与国家世纪铁路大动脉建设项目的无比荣耀之情，一齐涌上王翔的胸臆。

在严谨缜密的深思过后，凭借胆识和气魄，王翔果敢地承接了这一项目！

"这既是国家铁路建设的一项世纪大工程，也是一项造福九江人民的工程，更是一项全市乃至全省上下都在关注的工程，只许成功，不许失败！"王翔深知，承接大京九铁路线上九江火车站建设的特殊意义，他更深知，这一项目能落到自己肩上，其中饱含了来自政府和社会各界的深切信赖。

同时王翔还深深懂得，承接了大京九铁路线上九江火车站建设这一项目，这实际上也就承担了来自政府和社会各界的莫大期待。

1994年9月，在项目签定之后，王翔随即以巨大的激情投入项目工程紧张的筹建工作之中。

在最短的时间里筹集巨额资金，以最高得效率组建建设队伍，到1995年年初，在民生实业公司投资承建九江火车站、开发火车站周边商业区域的准备工作基本就绪后，宏大的建设大幕拉开了序幕。

按照九江市政府和铁道部签署的工程项目相关协议，九江火车站站房要在1996年11月25日全面交付使用。这就意味着，民生实业公司完成九江火车站站房和广场等附属设施这一切的工期只有一年多的时间。

九江火车站主体和附属整个工程的竣工日期，只能提前，不能延期，否则将影响到大京九这一"国"字号铁路大动脉工程的顺利建成通车，责任何其重大！

"必须有缜密的计划、科学的方案和铁的纪律，哪一个环节如果有半点差池，都会成为历史的罪人……我们必须要以努力去建设优质工程，我们必须要用汗水去赢得荣光！"在民生实业举行的九江火车站工程开建誓师大会上，王翔以项目工程总指挥和负责人的名义，用这样铿锵激情的话语表达出了将与民生实业全体人员不辱使命的坚强决心。

由此，位于九江长虹大道上的京九铁路九江火车站建设工地上，各种施工机械开足马力，昼夜不息，一派热火朝天的忙碌场景。

整体工程项目中的各个子项目工程，其施工进度必须在确保工程质量的前提下，严格逐日推进并尽可能一点点提前，方可保证整体工程推进的时间进度。而要做到这一点，又必须保障对各个子项目工程相互之间的良好协调调度。

作为项目工程总指挥和负责人，没有人知道王翔内心承担着一种怎样巨大的无形压力。强烈的责任感、迸发的激情和确保工程顺利如期竣工的紧迫感，促使着不知疲倦地日夜奔忙在建设工地上指挥若定，和民生实业公司的建设者们一起风餐露宿、顶风冒雨。

　　…………

经过近一年艰苦卓绝的奋战，1995 年 10 月，京九铁路九江火车站站房工程顺利通过各项验收，这标志着九江火车站主体工程顺利竣工。

随后，火车站广场和其他各项附属工程的建设施工陆续竣工。

从站房主体工程到各项附属工程，都比原定的建设规划日期有所提前，且工程质量在严格的验收中均赢得了高度赞誉。

1996 年上半年，京九铁路九江火车站整体交付使用。

1996 年 11 月 16 日，这是王翔至今记忆中充满激情感怀的日子。

这一天，京九铁路全线建设竣工通车的庆典在九江火车站隆重举行，时任国务院总理李鹏亲临庆典大会并视察了火车站！

纵贯南北的铁路交通大动脉京九铁路全线建成通车，庆典盛况让举国上下瞩目，而举行这举国注目庆典的九江火车站雄姿也展现在国人的眼前。

民营企业投资参与国家重点工程项目的建设，这在上世纪九十年代，可谓是一大重磅新闻。

民生集团投建京九铁路九江火车站的消息传开，全国主流媒体记者纷至沓来，采访这位深具胆识气魄的浔阳赤子王翔。

而对此，铁道部赞誉道，一家民营企业投资建设这样一个大型火车站，然后拱手送给铁路，这在全国属于首例。

国家有关部门和经济领域专家认为，这是投资体制改革的重大突破，其中，更显示出一位民营企业家的胆识气魄与高度社会责任感！

第二节　开民企投资城建开发先河

1994 年，就在投资承建京九铁路九江火车站几乎同时，九江市又一项重大工程建设的机遇历史地落在了民生实业公司的肩头。

此时的王翔没有料到，他渴望成就一番大业的机遇接踵而来，而且与京九铁路九江火车站建设一样，这同样是一项具有特殊意义的大型城市建设工程项目。

江西赣北重镇九江市，紧邻长江沿岸而建。

中华人民共和国成立之前的九江市，城区面积尚不大，主要城区位于现在整个九江城区的西北面，即九江市民称之为的"老桥头"。由于整个九江市近 30% 左右的居民居住在这一区域，是九江市居住人口最为密集的区域，这里渐而形成了年久板壁房、简陋砖瓦房、破败棚户区和一些中华人民共和国成立后先后建起的居民楼杂间而居的居民区。

这里有一条穿城而流的大河，就是龙开河。

龙开河与长江相通。因而，在洪水季节里，长江水位只要一抬涨到没过龙开河的入江口位置，江水就会倒灌进入龙开河。这时，洪水就会溢出龙开河而进入九江城区，引起这一带市区的大面积内涝。

而在长江九江段水位与龙开河水位维持着平衡时，龙开河由入江口延伸至城区很长的一段河面，就成为一河不流动的静水。

长久以来，龙开河沿河两岸居民习以为常地把龙开河当作天然的排污河，因而，在九江丰水期，一潭静水的龙开河河水中生活污水、各种垃圾长久滞留和发酵，形成名副其实的一河死水，太阳照射与风过河面时，龙开河飘散出的阵阵恶臭，令两岸居民门窗紧闭，行人掩鼻而行。

在九江主城区并没有太靠近龙开河的时候，龙开河给整个九江城区所带来的，则是洪水季节里长江水倒灌进龙开河而引起的城区内涝，其他影响并没有显现出来。但中华人民共和国成立尤其是自改革开放后，随着九江城市建设的日新月异，城区逐渐向龙开河一带推进。更为重要的是，到八十年代末九十年代初，龙开河一带已成为九江市区人口稠密、商业十分繁华的一个区域，而且这里还是九江城区重要的交通枢纽地带。由此，龙开河对九江这座城市发展的影响也日益凸显出来。但作为九江市发展地位如此重要的一个区域，长期以来内涝和脏乱差的情况却一直没有得到解决，这极大地影响到了九江市城市的发展。

九江市委、市政府越来越深刻意识到，新时期九江城市发展和城市形象品位的提升，就必须要把龙开河这一带的城区重新规划和建设好，使之面貌焕然一新。

而这一切的关键，就必须首先围绕龙开河治理来展开。

一定要治理好龙开河，改变龙开河一带的城区面貌！1993年上半年，在经过前期多轮论证和反复研究后，九江市委、市政府作出了实施治理龙开河的市政工程计划，随后把整治龙开河摆上了重要的议事日程，而且该工程被列为1994年的九江市重大市政工程。

此时，龙开河治理工程在规划过程中不断补充和完善，被赋予了与九江这座城市快速发展崛起中的深远内涵。

龙开河治理工程的核心主体，根据治理的目的，一开始主要包括两大部分：一是使伸入市区的龙开河退到城市外围以提高九江城区的防洪能力，防洪能力的设计标准提高到50年至100年一遇。其二，是彻底消除龙开河在水位静态时带来的脏乱差面貌。后来，九江市委、市政府在规划中，着眼于城市发展，又将城市建设发展融入于龙开河治理工程之中。

这样，龙开河治理工程就最终逐渐成为一个集城市防洪、旧城改造与新城开发为一体的大型城市公共基础设施建设工程。于是，龙开河治理工程的整体效应就得到了进一步的延伸。这即是，在龙开河治理工程过程中，对龙开河一带的建设进行重新规划，达到不仅治理了龙开河而且建设一个崭新的城市区域的目标。

关于龙开河治理工程的规划方案，得到了各方的一致肯定。

那么，随之而来的，又是一个极具挑战的问题：按照工程规划的预算，整体项目投资巨大，仅龙开河治理工程所需的资金就高达 1.2 亿元。

显然，九江市财政为一个市政建设项目投入如此之巨，不得不考虑财政资金的压力问题。

投资总量如此之大的城市公共基础设施建设工程，资金的巨额缺口该怎么解决？

自八十年代中期开始，随着改革开放过程中城市建设步伐的加快，全国众多城市基础设施建设投入不断加大。到九十年代初，更是如此。

在这种背景之下，不仅仅是九江市，江西全省和全国各地的城市都面临着城市基础设施建设资金缺口巨大的问题。

为此，九江市委、市政府深感困扰，在较长一段时间里，虽为解决龙开河治理工程的资金来源而费尽心力，却始终没有找到化解这一难题的好路径。

也正是在这一过程中，率先在沿海发达城市摸索出的"以城市开发带动城市基础设施建设"的资金筹措模式，引起了九江市委、市政府的高度关注。这一资金筹措模式的大致思路，是政府通过出让土地开发经营权，向社会公开引进民营企业投资者，利用社会资金投入城市基础设施建设。而政府出让一定面积的土地开发经营权，对民营投资者回报。

这一模式的实践证明，作为解决城市建设中对基础设施建设投入不足的问题，是一条很好的途径。这就是后来自九十年代末期开始，全国大中小城市纷纷推行的"盘活土地开发以建设经营城市"的模式。

经过考察和研究，九江市委、市政府决定在龙开河治理工程中采用这一具有创新的城市建设开发模式：龙开河周边有 400 亩土地，而这 400 亩土地恰恰又是规划方案中纳入建设一个新城片区的重要内容。那么，政府将这 400 亩土地出让给投资者开发经营，以作为投资治理龙开河工程的回报。运用市场经济手段进行资本运作，以科学的经营盘活城市，有效经营城市的有形资产和无形资产，发挥土地最大效益，破解资金难题，实现"投入、经营、增值、再投入"的滚动发展，为城市建设筹集了大量资金，一举突破了城市建设中的资金瓶颈，使龙开河治理工程"不差钱"。

如此一来，既解决了龙开河治理工程的资金来源问题，又实现了龙开河一带建设新城区的目的。可谓是全盘棋都带活了！

事实上，当出让土地开发经营权、换取龙开河治理工程建设资金形成后，尽管九江市委、市政府的做法超前大胆，但因为这一模式在江西还属先例，因此，反对者也大有人在。

反对的声音，主要是为引入的社会投资者能否具备这样的能力而担忧。

同样的原因，由民营企业投资城市公共基础设施建设，在江西也不曾有过。

这就是说，如果一旦某个民营企业承接了这一项目，那实际在江西也就首开了先河，那这家企业就是"敢于吃螃蟹者"！

1994年年初，九江市委、市政府正式向社会公布开发方案。

然而，对于这亿元级投入的大体量城市公共基础设施工程项目，一段时间下来，却没有响应者。

其时，这样的结果并不意外。

究其原因，是多方面的。工程项目的资金体量巨大，自然是一个主要原因。而另外一个重要的因素，就是整个工程项目运作的难度和风险也极大，任何一个环节出现问题，都有可能导致整个项目推进实施的失败。

但鲜为人知的是，龙开河治理工程整体方案向社会公布后，虽然表面上一片寂静，但随即在社会上引起了巨大反响，热切关注者亦不少！

当然，热切关注者中的绝大多，是那些对"谁将是吃这个螃蟹的人"充满着期待的人们。

这关注者当中，就有王翔，而且，在对方案进行详细了解后，王翔很快就心动了！

"虽然对龙开河治理工程的投入资金高达 1.2 个亿，但如果开发经营好了这 400 亩出让土地，那公司将会从中获得巨大的收益！"或许是对于土地创造价值有着先天的敏感，使得王翔意识到，龙开河治理工程对自己意味着是一个巨大的机遇！

王翔几乎全部的注意力，都集中在了龙开河治理工程所带来的 400 亩土地的开发上，这正是他眼里的一座"金矿"——如果这 400 亩土地开发经营成功，那将使得这里变成寸土寸金，何愁没有丰厚的回报！

因而，正是基于这样的商业眼光，让王翔对于巨额工程资金的投入以及项目操作中的风险等等方面，思虑却并不多。

实际上，王翔何尝不知道，这是一个巨大的机遇，同时也是一个充满挑战的项目。

但在王翔的理解中，成功商机与风险挑战总是相伴相随的。

"过多地考虑清楚项目的风险，想清楚绝对地把握，恐怕什么事也做不成。"在一番长久的思考和权衡中，王翔最终做出了决定——抓住机遇，向市政府请缨，拿下了龙开河治理工程这一项目！

一切的可能，都与龙开河治理工程的成败密切相关，也必须以龙开河治理工程的成功为首要前提。

从城市大型公共设施本身的工程情况而言，它的特征是投资大、周期长、消耗多，要进行融资不言而喻。

其时，民生实业公司自有资金虽已达数千万之巨，然而，这些资金却连项目前期的土地平整所需尚不足。而且，民生实业公司承接的京九铁路九江火车站建设工程必须如期推进。

经过粗略测算，按龙开河治理工程和 400 亩商业地产开发项目的资金总体量，民生实业公司需要外借 4 亿元！

筹措到 4 亿元项目资金的渠道在哪里？即使找到了资金来源的渠道，

又如何给出使对方信服的放款的理由？此外，假如前两个关键问题都顺利解决了，那接下来又必须解决好每一个阶段中还本付息的问题……

王翔必须首先要解决项目资金难题。

在城市基础设施建设等大型工程项目的贷款上，一直到上世纪九十年代，情况是这样：一般都是国有银行向承担这些工程项目的国有建设企业提供贷款，而鲜有向承担这样工程项目的民营企业提供贷款的。

作为中国银行业改革试验田——中国第一家以民营资本为主体发起设立的全国性股份制银行中国民生银行，刚好成立于 1993 年 11 月 28 日。到 1994 年上半年，成立不到半年时间的中国民生银行甚至在北京还没有正式开展信贷业务，更遑论向位于江西省九江市的一家民营企业的一项城市大型基础设施建设工程提供大额度贷款。

事实上，至少在九十年代中期，由民营企业来承建的城市大型基础设施建设等工程，在全国都少之又少，四大国有银行自然也鲜见向这方面项目提供贷款的案例。

至少在江西全省，当时的情况是这样。

因而，当民生集团在向江西省工、农、商、建四大银行提出龙开河治理工程项目贷款申请之后，这实际上是等于向银行提出了一个贷款业务的问题——哪家九江市的国有银行敢轻易应允？！哪家九江市的国有银行又愿开先例？！

"纵然现实情况就是这样，那我们也必须明知异常难为而要努力去为之，而且还必须要成功贷到款！"在工程承接下来后民生集团第一次全体管理层会议上，王翔作为工程总负责和调度人缜密部署各部门、各管理人员的具体责任分工。同时，他把向银行贷款作为自己分工落实的第一要务。

是啊，如果银行贷款资金不能切实落实到位，那整个工程再缜密的部署也终将落空。而且，银行贷款资金落实到位的进度，那也将直接关涉到龙开河治理整个工程的推进进度。

由此，王翔深知，控制龙开河治理整个工程能否顺利展开和推进的咽喉通道，一开始就在银行的贷款项目上。

在工程各项大层面的工作部署完毕之后，王翔随即将大部分时间精力放在了银行贷款资金这一关键大事上。

果然，开始的一切都在王翔的预料之中——在连续奔波近一个月之后，没有一家九江市的国有银行应允！也没有一家九江市的国有银行愿开先例！

甚至还有的银行负责人直截了当地对王翔说："龙开河治理工程项目想要向国有银行贷款，这条路走不通！"

"在市级层面的国有银行走不通，那就走省级层面的国有银行去努力！"王翔抱定志在必成之心，随后在九江与南昌两座城市之间往来奔波，有时一连数日，在九江南昌之间的往来和各银行之间的奔波不分昼夜。

这风尘一路的奔波甚至有时不分昼夜地奔忙。

其间，疲惫奔波、陷入苦苦思索中的王翔，其焦虑的内心深处时时感到有一股股巨大的压力——他必须要闯过资金来源这一道关口！

终于，在王翔的不懈努力和九江市政府主要领导的关切下，中国建设银行江西分行对民生实业公司有了提供贷款的初步意向。

但是，基于这笔贷款数额巨大，贷款对象又是一家民营企业，建行江西省分行对此显得极为谨慎。在接下来的一段时间里，建行江西省分行在对贷款风险进行几经考察、评估和论证的过程中，始终对龙开河治理工程项目的贷款举棋难定。

这些日子里，王翔又是一趟接一趟地在九江与南昌之间往返奔波。终于，几个月下来，贷款一事有了实质性进展突破——建行江西省分行同意向总行汇报，如果得到总行批复，将放出贷款。

这意味着，王翔接下来只能按捺住内心的焦急，耐心地去等待结果。

时间在一天天过去，工程进展一天也不能停下来。

"我们的自有资金已不多了，如果银行后续资金不能很快到位，那么到时候工程势必要停止下来……"一天，负责龙开河治理工程项目的财务负责人向王翔报告了实情。

"再这样等下去，实在等不起了！"在经历了犹似"度日如年"的一段时间的煎熬等待又无果后，这一天，王翔做出了一个大胆的决定——去北京找中国建设银行总行行长当面陈情。

"立即去北京！"内心无比激动和兴奋地王翔，果断地做出决定。

来到北京的当天，王翔就来到中国建设银行总行，迫不及待地请有关部门负责人向总行行长汇报，希望能见到行长。

但是不巧，王翔得到的答复是：行长重要事务繁忙且在外地开会，要过两天才回京。

无奈，那就得耐心等。

两天后的一大早，王翔再次前往中国建设银行总行。

王翔又被告知，行长刚从外地返京，这几天工作日程中的事务早已排满，且件件都是急办的事务，今天不可能有时间来接见王翔。

接下去的数日里，王翔在急切的等待中一次次前往中国建设银行，可依然没有见到行长的机会。

"这该怎么办？！"

王翔思考良久，终于想出了一个实在无奈的办法——到行长家门口去等候，行长忙完后公务后总是要回家的！

于是，经多番努力打听到中国建设银行总行家里住址后，王翔在一个寒冷的冬夜来到行长的家门外等候。

时值深冬，北京的雪夜冷彻肌骨。王翔站立于行长居住的小区大门外，在寒雪冷风之中仿佛人已冷得失去了知觉一般。

大约深夜12点半左右，一辆小车驶入了小区，停车时借助于车灯，王翔看到是行长回家来了，他兴奋地立即跑了过去。

在简明扼要向行长进行自我介绍，并说明风雪寒夜立于门外等候的原因后，王翔随即向行长汇报了关于中国建设银行江西分行有意向向九江民生实业公司提供龙开河治理及周边土地开放贷款，而要征求总行批复意见一事。

"这么冷的天，在外面等了这么久！你这人可真不简单！"原来，从王翔眉毛上都冻结成地白冰这一细节，行长知道，王翔立于寒风中已等候了自己很久。

显然，行长的内心被王翔的举动触动了。

"这样，你先回去休息吧。"随后，行长并没有就王翔汇报的关于项目贷款一事作答复或是多谈，而是对他说道："明天来我办公室。"

闻听行长此言，王翔心里顿时涌起一阵欣喜——行长让自己去他办公室，这就起码意味着贷款一事有了希望呵！

回到宾馆的王翔，全然没有半点睡意，他焦急地期盼着天早一点亮起来。

第二天早上，王翔在单位刚一上班的 8 点，准时来到了中国建设银行总行。

这一天，行长在办公室亲切接见了王翔，就项目贷款情况的许多细节问题仔细询问王翔，和他热情交谈。

"从龙开河治理及土地开发项目贷款到九江民生实业公司的发展情况，行长在和我交谈过程中十分关切。同时，在交谈中得知我个人创业经历后，行长还给予我热情的鼓励……"对于当年在龙开河治理及土地开发项目贷款过程中十分关键一环的情景，王翔至今仍存留着温暖的记忆。

工夫不负苦心人。不久，中国建设银行总行向江西省分行批复同意了向九江民生实业公司提供的 4 亿元贷款。

资金难题终于解决了，龙开河治理及土地开发工程顺利推进！

4 亿元银行贷款，一天下来，利息就是 18 万元。

"当时那是什么概念，打个形象的比喻，那就相当于一天就是一部'桑塔纳'开进九江甘棠湖啊！"王翔知道，在确保工程质量的前提下，如何加快工程施工的进度，事关重大，他必须精力高度集中，整个人高速运转，和工程的施工进度保持高度一致。

这是一场夜以继日、旷日持久的攻坚战。

处于总指挥核心位置上的王翔，内心承担着常人难以想象的压力。

长时间巨大压力所引起的身体反应，渐渐呈现出越来越明显的症状。

起初，是神经的高度紧张所带来的头晕和眩目，继而，是严重的失眠和食欲大减，在整个人已连续处于日夜紧张工作、异常疲惫的状态下，却丝毫没有睡意。

医生告诉王翔，这是十分严重的情况，必须要赶快扭转过来，最好的补救措施就是放下所有的工作放松休息一段时间。

可王翔知道，对于自己而言，这根本就是不可能去做到的事情。

"那就只有吃安眠药来强制自己休息了！"医生无奈给出了这样的建议。可是即便如此，每天晚上，王翔在吃了安眠药之后，也最多仅仅只能入睡两三个小时而已，随后自然就会被惊醒。

"已经顾不了那么多了！"之后，在工程推进关键时期的很长一段时间中，王翔是在持续的超负荷工作和睡眠严重短缺的状态下度过的。超负荷工作使得他的身体处于持续的透支状况，面容憔悴而疲惫，但在那一天天异常紧张的工作运转中，他却思路有条不紊，对整个龙开河改造工程各方面的调度丝毫不乱，确保了工程稳健向前推进。

那是强大的精神在支撑着王翔！

龙开河改造工程的顺利推进，使得这一代城区的面貌日新月异。

这一切，得到了九江市委、市政府和九江社会各界的一致赞誉。

与此同时，民营企业投资建设大型城市基础设施工程项目，又使得九江民生实业赢得广泛的社会影响力。在九江民生实业的率先垂范下，从九江市到江西全省，一大批民营企业开始踊跃进入城市公共基础性项目的建设行列。

第三节　为一座城市的崛起而荣耀

投建京九铁路九江火车站建设和龙开河治理工程这两个项目，将民生集团与九江这座城市的发展紧紧相连了在一起。

对于这两个项目，王翔十分清楚，政府出让土地的商业开发不仅是项目整体不可分割的部分，而且对于这两个项目商业土地开发经营成功与否，将直接关涉到京九铁路九江火车站建设和龙开河治理工程的成功与否。

而从城市发展的视角来看，对政府出让土地的商业经营开发还关系到九江这座城市的未来发展与形象提升。

九江市委、市政府对龙开河周边400亩土地的开发经营，其清晰的定位是，借助于龙开河全面治理，将龙开河周边400亩土地开发建设成为九江一个融住宅、商业和娱乐为一体的黄金地段，从而成为九江市主城区的一大亮点。

而对于九江火车站周边土地的开发定位，则被九江市委、市政府赋予拉开城市框架和再造一个融商业、居住和休闲为一个体的繁华区域，使之成为九江市未来沿长虹大道沿线纵深发展新城区的繁华中心区域。

再看，京九铁路九江火车站一带区域和龙开河一带区域中间是九江市最美的双湖风光——甘棠湖和南湖，双湖连接着九江火车站周边这一区域和九江龙开河这一区域。因此，九江火车站周边这一区域和九江龙开河这一区域将和甘棠湖与南湖连成一片，成为几乎占据九江市三分之一面积的城市区域。

站在高处一次次鸟瞰占据九江市三分之一面积的城市区域，王翔内心总是涌动着一种激动之情。他深知，伴随着京九铁路九江火车站建设和龙开河治理工程的推进，自己和民生实业全体同仁正在实施建设的，不仅仅是一种简单的城市商业土地开发建设，同时也是九江市委、市政府和九江市人民赋予的一种莫大信任和深切期待。

总是在这样的时候，一种强烈的责任使命感也随即会在王翔的心底升起——重担历史地落在我们肩上，我们别无选择，唯有艰苦拼搏，背水一战！一定要将九江火车站周边这一区域和九江龙开河这一区域打造成为九江这座城市未来发展崛起过程中宜商、宜业和宜居的城市靓点！

随着京九铁路未来开通、九江火车站的建成，九江火车站周边区域如何定位？这是对这一区域进行商业开发建设的关键。

春秋战国时期，九江地处吴头楚尾，当时并未设立专门的行政区，人口稀少，居住十分松散。直至西汉初年，江西有了行政版图，设南昌为豫章郡，下辖18个县，柴桑即为18县之一。行政机构设于现在的八里湖和赛城湖一带，这里也就成了九江历史的发源地。此后，由于湖区生活不便，九江城慢慢地移向紧靠长江江岸的高地上，并由此逐步固定。九江城也因此一直偏坐于沿长江岸的狭长地带。九江老城区人口稠密、建筑密度大、建筑容积率高、交通拥挤、基础设施相对滞后，城市品位和形象一直难以有效提升。

以京九铁路九江火车站的开发建设，使九江市中心城区的地理空间迅速打开，彻底改变了九江城市建设2000多年来围绕"两湖"（南门湖、甘棠湖）打转的格局，使九江的城市发展空间豁然开朗，奠定了九江在未来跨入新世纪发展崛起的空间基础。

王翔认为，随着京九铁路建设，九江市委、市政府对于九江城市发展的未来战略定位在拉大城市框架，那么，九江火车站周边土地开发的定位，就要紧紧围绕"城市新框架"这一精准定位。

"在作为火车站服务配套设施建设的功能定位上，周边土地开发的商业定位当然是极为正确和必须的，但同时我们还应以前瞻性的眼光看到，京九铁路京九火车站区域并不是孤立的地块，而是位于未来九江拉开城市空间发展的新框架之内，是融入其中的一部分，且是具有极强辐射中心的部分。"在这样的理解基础上，王翔提出，九江火车站商业地块开发在宜商这一基本定位的基础上，还必须融入宜业和宜居的定位。

根据这一定位，王翔又以开阔的眼界，聘请国内当时一流的城市区域规划专业团队，对京九铁路九江火车站周边土地商业开发进行充分的开发定位和严谨规划。

最终，规划定稿获得了九江市委、市政府和各界的高度认可！

随着九江火车站周边土地的成功开发，发展的事实证明了王翔当初的远见卓识：这里一栋栋高楼拔地而起，众多精明的商人投资在周边开起了众多宾馆、酒店、土特产超市等，生意异常火爆，而各大银行把地区总部搬迁至附近。

此后，九江火车站前的长虹大道已然成为九江市繁华的商业街与金融街，在此发展的精明商人凭着自己独到的商业眼光，享受了九江壮大而带来的财富积聚。

与此同时，自上世纪末本世纪初年，在九江城市商业地产蓬勃发展伊始，以九江火车站为中心辐射的周边区域地块开始持续升温，这一带的区域南望匡庐，远山如黛，雄姿挺拔，近观碧湖，湖水如眸，青睐选择在这一点区域购买商品房的九江市民趋之若鹜。

如今的九江火车站周边地区，早已成为九江市寸土寸金的黄金地段！

九江火车站周边土地的成功商业开发，让民生实业获得了丰厚的商业利润回报。而在王翔心底，这也是他为自己能在九江这座城市崛起的起步阶段书写下精彩一笔的无限自豪。

那对于老城区龙开河周边 400 亩土地的开发建设，又如何呢？

一座繁荣兴旺的城市背后，一般都能找到商业精神的支撑。

纵观城市发展的历史进程，人们不难发现，许多城市是在集市的不断发展下而逐渐形成的，集市在何时、何地兴起往往不受到人的意志的决定与转移，通常是由其相对特殊的环境与地理位置所决定，这也就是古人说的"市兴后以城守之"。

在城市中合理布置商业区，是城市极其重要的组成部分。更何况，龙开河周边400亩土地的商业开发中还要融入宜居、宜业及娱乐等元素。

多少个不眠之夜，王翔沉浸在深深的思考之中；多少次，王翔率领民生实业团队奔赴沿海一些发达大城市进行实地考察；一遍又一遍，王翔策划、设计和施工人员一起反复探讨和修改规划开发方案……

为了充分展现和挖掘出这片城市中心土地的价值，为了九江市一个崭新繁荣新中心的崛起，王翔殚精竭虑，为之投入了全副身心和巨大热情。

纷繁的思绪逐渐在王翔脑海中清晰地呈现出来："绝不是一个推动以后再盖一大片新楼的简单开发项目！"站在机器轰鸣并着人声鼎沸的大工地现场，王翔摊开规划图，一次次向前来考察指导工作的有关领导和人士阐述商业开发思路。

整体开发中的九龙街，王翔在考察沿海发达地区城市商业开发的基础上，大胆提出，在填平龙开河之后，规划建设一条3.82公里长、42米宽南北走向的九龙街。

这条街的特色将集购物、娱乐及餐饮为一体的复合型繁华商业街。在十多年经商的过程里，王翔对于商业带动一个城市区域发展的驱动效应，早已深谙其中的规律。

同时，王翔又敏锐地意识到，随着经济发展，城市居民对住房改善的需求开始萌发，将来城市商品房的需求量将会稳步增长。正是这一点，让他决定在400亩土地的开发中凸显房地产这一项目。

同时，王翔又基于这一区域在九江城市的重要商业地位考虑，以及他在沿海发达城市考察中获得的启示，决定在这400亩土地的交通最为便利的区域兴建一座大型高档写字楼和一座高档宾馆，使这一区域成为九江市重要的商务区。

然后围绕商务区的定位，还有配套的酒吧、歌舞厅等配套建设。

…………

跃然图纸之上的，那是九江市一片400亩空间的繁华图景，是王翔即将为这座城市精心打造的城市建设崭新精品。

龙开河一带的这400亩商业用地，细分为房地产开发项目、城市商业群项目、亮化美化工程项目……而这些项目之间，从单个项目功能来看区分明显，而整体连贯来看，彼此之间共同形成了城市综合能力的一体。整体开发气势如虹，而对于每一个项目的规划又如此令人怦然心动！

在时间的推进中，沿全面治理后的龙开河两边沿岸，九江老城区里的一个崭新区域日渐崛起。当打造完成后的九龙街完全展现在九江市民面前时，王翔和九江民生实业为九江这座城市呈现出的城市精品之作令人赞叹不已！

一部城市建设的精品之作，堪称是展现这座城市脉动的经典元素，不但经得起时间流逝的检验，更在时光中传达出这座城市的独特气质。

九江有"九派浔阳郡，分明似画图"之美称。

改革开放中的九江，城市随着经济的发展而不断崛起，现代商业文明元素和这座城市底蕴深厚的文化元素相融互渗，使得浔阳古城日渐跃动现代城市的气息。

而民生集团开发建设的九龙街，正可谓是九江城市发展进程中第一个悦目的乐章。

从上世纪九十年代中后期到如今，时间虽已过去了20多年，九江城市面貌早已焕然一新，城市框架已拉开为原来的数倍，但置身于九龙街，人们依然那样强烈地感受到，九龙街仍然是九江市最为繁华热闹的区域。而且，作为九江市主城区的核心商务区之一，这里的写字楼同样依然是众多商家办公的首选之地。民生集团的总部，也在此一直没有变动。

开发后的九龙街，成为聚商聚财的宝地，为九江这座城市的快速发展注入了强劲持久的发展驱动力。

而对于当年王翔果敢融入房地产开发的胆略，今天回望，人们又无不感叹王翔是极富前瞻的眼光。

众所周知，1978年之前的二十多年中，我国几乎没有房地产市场，没有房地产业，只有建筑业。城镇住房主要由国家投资建设；建好的住房不出售，主要是通过职工所在单位，按照工龄、职务、学历等打分排队进行分配；对于分配后的住房，只收取象征性的、近乎无偿使用的低租金。这种住房制度通常被概括为"国家统包住房投资建设，以实物形式向职工分配并近乎无偿使用的福利性住房制度"。1978—1991年，随着住房制度改革和土地使用制度改革的启动与推进，房屋和土地既是产品和资源，又是商品和资产的认识由浅入深，房地产价值逐渐显化，房地产市场初步形成。

但仅仅是市场初现，而且还只是在广东等沿海发达地区，1994年的江西各城市，"房地产""商品房"对于很多人来说，这是一个新鲜概念。

因而，1994年当王翔提出房地产开发时，不少人认为这是在冒极大的风险。

而王翔何以敢冒这一风险！

其实，王翔是在深入洞悉国家对城镇住房改革政策的推进中发现前瞻机遇的。

1991年6月，国务院发布了《关于继续积极稳妥地推进城镇住房制度改革的通知》，提出了分步提租、交纳租赁保证金、新房新制度、集资合作建房、出售公房等多种形式推进住房制度改革的思路。同年10月，召开了第二次全国住房制度改革工作会议，提出了"多提少补"或小步提租不补贴的租金改革原则，指出房改"贵在起步"。同年11月，国务院办公厅转发了国务院住房制度改革领导小组《关于全面推进城镇住房制度改革的意见》，明确了住房制度改革的指导思想和根本目的。这些推动了全国特别是大城市的住房制度改革，标志着房改已从探索和试点阶段，进入全面推进和综合配套改革的新阶段。

王翔认为，国家积极稳妥地推进城镇住房制度改革，未来必定会出现住房福利货币化的大趋势，全国房地产市场的繁荣将为期不远。

还有一点就是，从1990年前后城市的快速发展中王翔敏锐地意识到，在城市的发展过程中，土地的价值将越来越大，实际上土地也是资源，只要抓住资源，不管它涨还是跌，就终归都不要怕。

正是基于这样深刻的分析判断，在1994年房地产开发在内地城市还是一个极为陌生的概念时，王翔却敢于大胆投入房地产的开发。

果然不出所料，1998年国家开始启动取消福利分房政策，实施住房补贴政策，城市商品房的需求开始逐渐升温。

在九龙街商业地块开发中的商品房，很快受到九江市民的青睐。

精准的商业开发定位，让昔日的龙开河一带旧貌换新颜，更带来了全新的商业繁荣气息，形成了强大的聚集效应，使得九龙街成为九江市不可替代的商业核心。而因商业繁荣被誉为九江市的"小香港"，又极大提升了九江市的城市品牌形象，促进了九江城市经济发展。

对于京九铁路九江火车站建设和龙开河治理工程中这两个商业地块项目的成功开发运作，让民生实业最终获得丰厚的商业回报，在确保了京九铁路九江火车站建设和龙开河治理工程顺利实施的同时，奠定了企业雄厚的实力。

两大整体项目的成功，更使得民生实业一跃而成为江西全省乃至全国知名的民营企业，这时的民生实业公司，在发展中也开始逐渐朝着集团化方向。

1995年，经中国企业评价协会评定，江西民生集团成为全国最大500

家私营企业之一。

这是江西民营企业界正开始冉冉升起的一颗企业明星。也正是从这时起，王翔执掌民生集团又站在了发展的更高起点。

一座城市在改革开放的发展进程中，留下了一位企业家努力和智慧的痕迹。

在王翔的内心深处，九江这座城市在改革开放不断崛起的历程中，曾有自己为之倾情努力付出而写就的精彩一笔，这是他一生都感到自豪的深情记忆！

第六章

迈出民生光彩事业舞步

时光在奋进者手中，总是创造出令人惊叹的辉煌。

从 1994 年起，先后承接京九铁路九江火车站建设、龙开河治理工程，并历经数年在这两大工程项目关联商业土地开发上的成功。到本世纪初年，昔日的民生实业公司已从一家单纯的商贸流通民营企业，壮大崛起为一家涵盖商业、文化娱乐、工程建设、房地产开发产业在内的实力雄厚的民营企业集团公司，跻身全国民营企业 500 强之列。

深情回望一路风雨兼程而来的创业发展之路，王翔心中百感交集。

而面向时代大潮激荡的新千年，王翔更加自信满怀。

蓄势待发的民生集团，在王翔制定的"立足江西，走向全国"发展战略思路下，又迈出了铿锵的远征脚步——民生集团的发展开始由九江走向江西、走向全国，去谋求在更为壮阔天地里实现深远发展的蓝图。

不过，王翔在将民生集团定位"立足江西，走向全国"发展战略蓝图的同时，又与自己的立志高远的人生价值追求紧密相连，围绕光彩事业这一核心展开产业实施部署。

从新世纪初年开始，民生集团开始在全国多个城市成功投资建设了多个大型项目。如全国光彩事业重点项目总投资10亿元的安徽宿州光彩城大市场，辐射皖、苏、鲁、豫四省，成为当地新的经济增长点，提供了大量的就业岗位，大市场是当地农业发展的龙头企业，为黄淮海地区的农业发展起到了很大作用。总投资30亿元的安徽省淮南市广场北路综合开发建设项目，是淮南重点工程，将为提高城市品位，加强基础设施，改善民居条件作出积极贡献。投资开发的民生·淮河新城荣获"中国百佳经典楼盘绿色、人文、和谐、设计经典楼盘范例奖"。民生集团挺进素有"豫州之腹地，天下之最中"美誉的河南驻马店市，开工建设五条城市道路，为完善驻马店市路网体系，优化城市形象，促进经济发展作出积极贡献……

光彩事业项目领域的纵横拓进，让王翔的奋进追求，融进了博大深切的企业家家国情怀。

与此同时，迈出光彩事业舞步的民生集团，以稳健铿锵的步伐纵横时代发展的天地，在新千年走出了一条越来越宽广的发展崛起之路。

第一节　为一种责任的深情感召

时光跃入新千年，每个人心中都涌动着一种对于人生事业无限畅想的激越之情。

从 1994 年起先后承接京九铁路九江火车站建设、龙开河治理工程，并历经数年在这两大工程项目关联商业土地开发上取得的巨大成功，到本世纪初年，昔日的民生实业公司已从一家单纯的商贸流通民营企业，壮大崛起为一家涵盖商贸、文化娱乐、工程建设、房地产开发产业在内的实力雄厚的民营企业集团公司，并跻身于"全国民营企业 500 强"之列。

历经二十年的奋进拼搏，王翔实现了从当年个体户到全国知名民营企业家的华丽转身。

深情回望一路风雨兼程而来的创业发展之路，王翔心中怎能不百感交集？而面向时代大潮激荡的新千年，他又更是自信满怀。

真正的强者总是选择不断挑战，开辟新的征程！

激情迈入新千年的民生集团，在外界的目光中已是一家江西首屈一指、全国知名的民企集团公司。而作为全国政协委员、知名度高的民营企业家，王翔也开始在社会各界享有广泛的影响力。

然而，王翔心底却对自己事业追求和民生集团的发展定位有着清晰的界定。

在王翔看来，意气风发的民生集团还远没到拥享辉煌成功的阶段，而是正待蓄势而发的开端之时。

是的，王翔深富前瞻的眼光其实早已越过新千年的地平线，他仿佛真切看到了这激情时代正从壮阔天地间潮涌而来的民企发展重大历史机遇——民营企业的兴起，得益于国家改革开放基本国策的实施，党的十五大进一步确立了民营企业在国民经济发展中的地位，把民营经济由作为公有制经济必要的、有益的补充，提升到我国社会主义市场经济的重要组成部分的高度，表明了我国民营经济经过改革开放二十年的不断发展，从无到有、从小到大，已形成越来越强的经济实力，开始在我国的国民经济宏观格局中占有着越来越重要的地位。由此，新千年的到来，正是民营企业大展宏图、实现更大抱负的大好时代！

当然，在王翔深远的思考中，还有基于由民生集团而至全国民营企业整体发展层面的挑战之思考。

"随着新的一个世纪的到来，知识经济已然成为全球不可遏制的发展潮流，信息技术的突飞猛进，日新月异也使得经济发展的传统模式遭遇愈来愈严峻的挑战。"王翔认为，"在这样一个时代背景下，作为在市场机制下通过近二十年的发展和努力摸索刚刚练就了一身适应市场经济运行规律基本本领的民营企业，如何保持自己旺盛的生命力，在新一轮的经济全球化的竞争格局中实现可持续发展，并为我国最终实现经济的振兴和全面繁荣作出举足轻重的贡献，应该是每一个民营企业管理者在定位企业的发展战略中最应高度关注的课题。"

正是对于新千年赋予民营企业和民营经济发展机遇和挑战的深刻洞悉，让王翔深知，民营企业的发展如逆水行舟，不进则退，退则将最终要为时代发展的大潮所涤荡淘汰。

因而，这使王翔清晰地意识到，民生集团必须未雨绸缪，全面制定在新千年的阶段性发展新战略与发展新目标。已具备一定实力，蓄势待发的民生集团，在新千年迈出的发展第一步该如何走，将关系到未来的发展格局。

对此，王翔在开阔的视野里谋划着思维中的蓝图。

"立足江西，走向全国"——发展战略主体思路逐步清晰，民生集团将由九江走向江西、走向全国，去谋求在更为壮阔天地里实现深远发展的蓝图。

发展思路大方向清晰后，接下来就是重点产业的布局。

最终，王翔在严谨深远的思考中将民生集团未来在"立足江西，走向全国"发展战略中的重点产业确定在了工程建设和房地产开发上。

"真正意义上的房地产商品化改革拉开帷幕，全国房地产行业正在迎来新的发展机遇和挑战！"王翔认为，进入新千年，对于全国房地产的发展而言，现在才是真正开始的时候。

王翔对新千年即将迎来的全国房地产产业蓬勃发展重大机遇的自信判断，来自于1998年国务院明确停止住房实物分配和1999年元旦国家货币化分房政策的正式出台。

而环视全国城市发展，王翔更是看到，日新月异的城市建设，将随着经济的不断发展而在城市基础设施建设工程项目领域呈现出广阔机遇。

…………

从"立足江西，走向全国"发展战略在产业定位方向上的深入研判，王翔逐渐完成了他对于民生集团在新千年迈出发展步伐的宏大构思。王翔的这宏大构思，在紧密围绕国家宏观产业发展趋势方向的前提下，谨严而清晰。

既然思路方向皆已明晰，按照王翔的行事风格，那接下去当是付诸于企业发展的实施。然而，在从2000年到2001年的一年多时间里，王翔却又似乎显得"犹豫"起来，民生集团并没有对已定的发展战略启动实施。

了解王翔的人知道，他一定是因为自己为企业制定的发展新战略内容中还有所缺失而如此。因为，在他果敢的性格中还有稳健的一面。

的确是这样的。

在这一年多时间里，王翔其实在寻求民生集团新千年发展战略实施过程中，怎样与自己心底另一种责任使命之思融为一体。

王翔心底深藏的，那又是一种怎样的责任使命之思呢？

而这一切，还要从1994年那个让王翔激动不已的春天说起。

1994年初，《国家"八七"扶贫攻坚计划》刚刚发布，中国的扶贫开发进入攻坚阶段。

这一年的4月3日，刘永好等十位非公有制经济代表人士发表了"让我们投身到扶贫的光彩事业中来"的倡议书：

"我们的祖国、我们的民族是个水乳交融、血浓于水的和睦大家庭。改革开放以来，广大人民群众的生活水平有了显著提高。但是，老少边穷地区8000万人民的温饱和贫困问题始终牵动着我们的心。消灭绝对贫困是每一个中国人的责任，是时代赋予我们的光彩事业。"

"我们发起人在此郑重宣誓：我们将竭尽全力，投身到这一光彩事业中来！切切实实，认认真真地为老少边穷地区做成几件实事。"

这是当年饱含真情的誓言，这份名为《让我们投身到扶贫的光彩事业中来》的倡议，号召全国先富起来的民营企业家到老少边穷地区兴办项目、开发资源，为缩小地区差异、促进共同富裕作贡献。

这份倡议书，随即得到全国一批民营企业家的积极响应。这其中，王翔就是积极的响应者之一。

用市场经济的方式，投资扶贫的行为，把非公有制企业的资金、技术、人才和管理等优势同贫困地区的资源、劳动力等优势结合起来，优势互补，互惠互利、共同发展。当时这些民营企业家的想法很简单，就是他们这些先富起来的人用实际行动在老少边穷地区发挥资深企业的优势：他们有资金、有市场的观念、有解决就业的渠道。而贫困地区之所以穷，穷在观念、穷在交通、穷在没有就业门道。他们对经济发展规律有一定的认识。他们到相对贫困地区去做投资，做一些发展，既能解决就业，又能促进这些贫困地区经济的发展，又能以自身的投资行为，向老少边穷地区展示新的市场的观念。他们这种行为叫做开发式的扶贫。他们认为跟传统输血式的扶贫还不完全一样，当然输血式的扶贫也需要，比如遇到地震等这样的灾害，大家伸出援助之手，立竿见影，能够帮助这些地区解决问题。

对这一顺应时代发展趋势和国家发展战略部署的新生事物，中央统战部和全国工商联给予了充分肯定和大力支持，迅速确定了把光彩事业"办大、办好、办出成效"的工作方针，下发了《关于大力推动光彩事业的意见》，成立了以全国政协副主席、全国工商联主席经叔平为名誉会长，全国政协副主席、中央统战部部长王兆国为会长的中国光彩事业促进会，并采取一系列措施，推动了光彩事业在各地的蓬勃发展。

光彩事业一开始，就确立了以项目推动为主的工作思路。要求各地从实际出发，确定重点项目。通过对重点项目的联系支持帮助，摸索光彩事业项目运作的普遍规律，使重点项目发挥典型带动作用，产生连锁效应，吸引和促进众多民营企业家到贫困地区投资兴办光彩事业项目，从而有效地推动光彩事业的全面发展。

"如果没有党的十一届三中全会，没有党的改革开放政策，或许我仍然是一个黑五类的人物，改革开放彻底改变了我的人生，我是改革开放最直接的受益者，理当回馈社会和人民。"王翔成了中国光彩事业最为拥护的民营企业家之一，而且，凭借他全国政协委员的身份，他竭尽所能，希望力促光彩事业早日在全国形成了影响力。

把企业未来发展定位于光彩事业领域，在以实际行动推动全国光彩事业发展的过程中实行企业发展价值和自己人生价值追求的高度一致，从1994年开始就成为王翔要奋力去实现的目标！

在王翔的内心深处，光彩事业本质上远远超出了纯粹商业价值的崇高使命感，正是与他情感中所崇尚的人生价值追求产生深深共鸣的事业。

然而，正是这一年，因承接京九铁路九江火车站建设、龙开河治理工程，王翔必须全副身心投入以确保工程顺利实施推进而无暇他顾。更为深层的原因还有，两大工程巨大的资金压力和随后数年在这两大工程项目关联商业土地开发的投入，也使得民生集团无法实施其他发展项目。

但将企业发展产业大方向转向光彩事业领域的这一目标，从1994年而来，王翔却从未有过任何的改变。

他把这一目标和远景，一直深藏在心底。

"现在，民生集团已具备了去朝着这一发展大方向走的实力和时机！"为此，王翔要在民生集团既定的新千年"立足江西，走向全国"发展战略的产业项目上，坚定地选择适合民生集团去做的光彩事业产业项目。

这就是从2000年到2001年一年多时间里，王翔在引领民生集团新发展中迟迟不见有大动作的真正原因。

事实上，这一年多时间里王翔异常繁忙。

其时，随着全国光彩事业活动的不断深入，已逐步形成了以项目的选择、考察、论证、落实为主，辅之以政策协调、资金支持和服务咨询的支持方式，并在全国初步形成"一线、一片、多点"的项目布局，确立和推出了一批重点项目和示范项目。

从2000年到2001年一年多时间里，王翔频繁往来于九江和北京，不断与全国光彩事业促进会接触以找准民生集团既定发展方向和光彩事业产业项目的准确对接；他奔波于全国光彩事业重点投资的经济欠发达地区，寻找与民生集团既定产业发展方向吻合的光彩事业投资项目；他走访一些已在光彩事业领取项目投资上取得显著成效的企业，并实地考察项目以总结经验和获得启示……

最终，光彩事业投资的专业大型市场开发这一项目领域，吸引了王翔关切的目光。

从1994年全国光彩事业启动，经过数年的不断探索与稳步推进，到

2000 年前后，在全国一些经济欠发达和落后地区开发建设带动物流、资金流、信息流的大型专业市场带动型项目，因对当地经济社会发展产生的积极促进作用而引起了广泛的社会关注。

由此，一条"市场扶贫"之路——在全国率先开发建设区域性商贸物流中心——光彩大市场的成功模式已初步形成。光彩大市场项目的投资开发，也开始成为光彩事业的一个重要方向，

传统意义上的专业市场是一种以现货批发为主，集中交易某一类商品或者若干类具有较强互补性或替代性商品的场所，是一种大规模集中交易的坐商式的市场制度安排。

而专业大型市场的主要经济功能是通过可共享的规模巨大的交易平台和销售网络，节约中小企业和批发商的交易费用，形成具有强大竞争力的批发价格。专业市场的优势，是在交易方式专业化和交易网络设施共享化的基础上，形成了交易领域的信息规模经济，外部规模经济和范围经济，从而确立商品的低交易费用优势。

九十年代末期开始兴起专业大型市场，是传统集贸市场向专业化方向发展的结果，因此其"专业"性是相对于集贸市场而言的。

与集贸市场相比，专业市场的"专业"性主要表现在：首先是市场商品的专门性，其次是市场交易以批发为主，再次是交易双方的开放性。将这些特点综合起来，简而言之，专业市场的内涵就是"专门性商品批发市场"。

根据以上特点，可以比较清晰地把专业市场同综合市场、超级市场、百货商店、菜市场、零售商店、专卖店、商品期货交易所、集市、庙会等各种市场形态区别开来。

在考察已建成的具有相当规模的光彩事业专业大型市场项目的过程中，王翔内心深处越来越激动兴奋。

"专业大型市场的投资开发，这与我们制定的在新千年伊始发展的新

阶段以城市工程建设投资产业项目上相关，大型专业市场作为配套的居住项目又和我们的房地产开发项目吻合。而重点投资于经济欠发达和落后地区，与我们'立足江西，走向全国'的启发发展战略不谋而合！"

"我们到贫困地区投资，是商业行为。是商业行为就要有价值和回报，这就是'利'。但是我们要有'义'。'义'大过'利'，以'义'为先！"至此，王翔将民生集团投资光彩事业产业项目，与"立足江西，走向全国"的企业发展战略完全融合！

蓄势待发的民生集团，在王翔制定的"立足江西，走向全国"发展战略思路下，开始真正迈出铿锵的远征脚步——民生集团的发展，开始围绕光彩大市场项目、促进城乡综合发展项目等投资领域，由九江走向江西、走向全国，去谋求在更为壮阔天地里实现深远发展的蓝图。

一种源于感恩和社会责任的感召力量，就这样悄然融进了王翔的人生事业追求之中，融进了他博大深切的企业家家国情怀！

第二节　光彩大市场耀目皖北大地

2002年9月，这是江西民生集团在新千年伊始发展历程中的一个重要时间节点，也是王翔人生事业的一个全新开端。

这一年的9月，王翔来到安徽省宿州市进行考察。

正是在这一次考察结束后，他把民生集团首个光彩事业投资，确定为在这里投建宿州市光彩城大市场项目。

安徽省宿州市，曾经的宿州县，著名的革命老区。这里是淮海战役的主战场，这方土地为新中国的成立作出了巨大贡献。

1998年，国务院批准撤销宿县地区和县级宿州市，设立地级宿州市。

位于皖北地区，襟连沿海，背倚中原，处于安徽省北大门区位的宿州，有徐南形胜、淮南第一州、奇石之城、马戏之乡、酥梨之都等美誉。从区域位置上看，宿州东邻宿迁、徐州，西连商丘、淮北，北扼菏泽，南接蚌埠，是具有很强商业辐射功能的区域。

很显然，宿州市具有较好的区位优势和交通条件。

然而，由于诸多历史原因，宿州经济发展一直较为落后，缺乏竞争力。查阅资料显示，宿州所辖的萧县、砀山县、泗县和灵璧县，从上世纪九十年代到本世纪初年，均被列为国家级贫困县。

在宿州各地的一路考察过程中，看到当地经济状况与全国经济的发展相比，还是那样落后，王翔心里很不平静。

"宿州是革命的老区，淮海战役的主战场，曾为新中国的成立作出了巨大贡献。作为民营企业家，应该对老区人民有所回报，我希望能为宿州的经济社会发展做实事。"考察过程中，在与宿州市各界交流时，王翔情真意切地表达了自己内心的愿望。

而宿州市委、市政府则事先早已对民生集团的实力做过了解，尤其是王翔的社会声誉令人钦佩。为此，宿州方面以百倍的诚意恳盼王翔能来这里投资。

其时的宿州，在制定新世纪实现全新发展开局的目标后，正大力推进各项发展目标。

从 2001 年到 2005 年的国民经济和社会发展第十个五年计划，是新千年、新世纪开始的第一个五年规划，也是宿州市成立后，市委、市政府率领全市人民实施的第一个五年计划。

让汴水之滨、沱河两岸的宿州，成为一颗皖北的明珠——宿州的发展思路方向十分明确清晰！

期待经济社会发展在新千年实现腾飞的宿州，正以极大的热情诚挚欢迎前来投资的四方投资客商，招商引资被宿州市委、市政府列为重点推进的工作内容。

而王翔立足以"义"为先，旨在投资项目在促进当地经济社会发展基础上获得投资回报的光彩事业项目投资，就更是宿州市委、市政府所热切亟盼的。

　　为此，对于王翔和民生集团一行的投资考察，宿州市委、市政府高度重视。

　　"宿州市安徽乃至全国重要的农业区域，同时自然资源十分丰富，价值具有地理交通等区位优势。如果能形成大市场带动与辐射，那完全可以预见将来这里潜在的经济发展优势。"在详尽的考察过程中，这样的思路逐渐在王翔脑海中形成。

　　…………

　　结束在宿州的考察回到九江后，王翔经全面深入思考，他的决定很快做出来了——他决定首先在宿州要建一个农资大市场。

　　之所以首先形成投资建设这个专业大市场项目的考虑，王翔主要基于两点：一是宿州是重要的农业地区，具有大力发展基础农业的良好优势，农业强则为宿州工商业的进一步发展打下坚实的基础。农业的大发展离不开农资的良好保障。二是假农资伤农问题的解决，建立专业农资市场是一条很好的途径。

　　同时，黄淮海经济区包括北到山东胶东、南到安徽淮北、东到苏北盐城、西到豫西晋东7省（市）319个县（区），是全国重要的商品粮基地，传统农业占据较大份额，对农机、农资等产品的需求也相对较大。安徽宿州地处黄淮海地区腹地，依托资源优势，大力发展农机农资交易，力求将宿州打造成黄淮海地区农机、农资交易中心，促进宿州与黄淮海地区间的经济合作，提升地区农业经济的品质和效应。

　　因此，王翔认为，在宿州投资兴建一个大型农资大市场，既对促进当地农业发展起到积极作用，又能有效解决假农资伤农问题，同时借助于宿州良好的区位优势，这一大型农资大市场建成后势必能通过农资贸易辐射和带动的效应促进宿州当地经济发展，可谓一个专业市场产生强大的市场边际效应。

此外，还有王翔内心深处的情怀。

作为全国政协委员，王翔对"三农"问题始终投以关切的目光，他曾亲眼看到有些农民由于买了假冒伪劣种子，一年下来却颗粒未收的悲惨情景。对假农资伤农问题，他还亲自作过深入的市场调研，结果发现，不少农村地区的农资产品质量的确存在问题，主要集中在种子、化肥、农药三类重点农资商品上，以假充真的现象也比较严重。为此，王翔向全国政协提交了杜绝假冒伪劣农资产品的建议案，呼吁全国各地建立规范的、大的农贸市场，杜绝假冒伪劣农资伤农事件。

…………

对于这一项目的思考，王翔渴望既立足于宿州经济社会发展的阶段现状，又着眼于基础带动、辐射带动效应，足可鉴证其对光彩事业项目投资用情之真，思虑之深！

王翔在考察过程中形成的投资兴建农资专业大市场的意向方案，在交付宿州后，随即在宿州市委、市政府专门会议上引起了强烈共鸣。双方对项目价值意义认同的高度一致，让民生集团和宿州市很快进入到项目的完善和实质性推进阶段。最终，又由农资专业大市场延伸到在宿州建立一个集批发交易、仓储运输、休闲消费、居住生活为一体的城市功能组团，成为未来宿州新商业模式、新消费模式和新居住模式的典范。该项目商业规划为服装布匹、日用百货、烟酒副食、建筑材料、家具家居、农资农贸六大重要交易板块，设置市场交易、仓储运输、信息展示、银行结算、饮食娱乐六大配套功能。至此，形成了整体的宿州光彩城大市场项目方案。

根据规划，宿州光彩城大市场占地1000亩，总投资为10亿元。大市场位于宿州西北新区，地处城市规划核心物流区，以建筑面积50万平方米的物流大市场为核心，以建筑面积30万平方米的美庐城市花园为居住配套。

这一体量庞大的大市场项目，为宿州历史上投资规模最大的商业项目。宿州光彩城大市场项目一个重要的目标意义，还在于打破宿州落后的商业形态，促进当地专业批发市场的优化组合，实现市场升级换代，提高区域性综合辐射能力，为宿州的经济发展加温、提速作出贡献。同时，既可以涵养税源、解决就业，又能够整合和提升宿州及周边地区商品流通业业态，有力带动宿州全市相关产业的发展，有利于进一步提升宿州在皖北地区的商贸物流中心城市地位。"这一项目对于宿州未来的发展有着举足轻重的作用！"对于宿州光彩城大市场项目，中国光彩事业促进会、安徽省委、省政府、省委统战部和省工商联给予了高度重视和大力支持，中国光彩事业促进会将宿州光彩城大市场项目列为"2002 年全国光彩事业重点项目"。

历经两年多时间的稳步推进，宿州光彩大市场建成交付使用。大市场拥有三层连体式黄金商铺 1729 间，仓储面积 6000 余平方米。依据商贸品类分为三大区域，分别为农资农贸、陶瓷建材、装潢材料等交易版块。农资农贸区经营种子、农药、化肥、饲料、兽药等上千个农资系列产品；陶瓷建材区域经营地面砖、墙砖、卫浴、洁具产品，世界级、国家级知名品牌拥有量居皖北地区之首；装潢材料区经营木地板、橱柜、灯具、油漆、涂料、木业、玻艺、梯艺、太阳能、五金电料及门业等各种系列现代化家装产品。

"大流通必将形成大商圈，大商圈也必定会促进宿州经济加速发展。"宿州光彩城大市场的建成，深受宿州社会各界关注，令人充满期待！

2005 年 9 月，宿州光彩大市场隆重开业。

正如当初所预料的那样，各方商家识得宿州光彩大市场的良好商机，纷纷抢购入驻。

开业之初，宿州光彩大市场的商户进驻率，竟然高达到90%以上。其中，30 多家全国著名的大型农资企业在此设立了分公司或直销窗口，居全国农资市场前列，更是一石激起千层浪，引起广泛的市场关注度！而作为市场配套工程的16万平方米住宅小区，在之后不到一年的时间里，就热销一空。宿州光彩大市场取得如此火爆的反响，着实让人惊讶！那在运营之后，宿州光彩大市场带来效益到底如何？

让我们分别来看《宿州日报》《安徽日报》和新华社，对宿州光彩大市场的采访报道评价：

"宿州光彩大市场不但为各类商品流通创造了良好的聚散条件，还为广大经销商提供了投资置业的场所，且拉动了房地产、交通运输、产品加工、建筑材料、餐饮服务、通讯等行业的发展。"

"借助于宿州优越的区位和交通优势，辐射皖、苏、鲁、豫四省，这一大市场快速成为宿州地区新的经济增长点和地方经济发展的推进器，极大促进了宿州地区的经济繁荣。"

"这是一项现代商贸物流与光彩事业相得益彰的宏伟工程。"

而在评价宿州光彩大市场对促进当地经济社会发展中的作用，宿州市委、市政府给出了下面这样的评价：

"由于诸多历史原因，宿州经济较落后，缺乏竞争力，这是必须正视的现实。我们必须忍辱负重求发展，扬长避短，努力做强一产，做大二产，做优三产，闯出一条振兴宿州的路子。光彩城大市场项目，已成为宿州的新亮点和新的经济增长点，成为了宿州人民增强信心的兴奋点工程，这一项目真正成为了振兴宿州经济的突破口和经济腾飞的平台。"

2008年全国农资市场调查数据显示，以光彩大市场中的农资专业市场为例，在开业不到3年的时间里，市场农资的年交易额就突破了20亿元，迅速成为国家重点农资专业大市场。

特别值得一提的是，宿州光彩大市场还被国家农业部评为安徽省唯一的全国定点农资市场，先后多次成功举办全国农资博览会，被农业部授予"国家级定点农资市场"。开业仅3年时间，宿州光彩大市场的影响力可见一斑。

在改善当地就业和民生方面，宿州光彩大市场取得的社会效应，更是很快得以显现。开业短短几年，宿州光彩大市场就为近当地万余名农村贫困人口和城市下岗职工，直接和间接提供了就业机会。而在大市场辐射能力越来越强、辐射区域渐广的过程中，宿州当地特色农业、商业资源围绕光彩大市场也在不断形成具有当地特色的农业与商业贸易链，对促进宿州地区经济社会发展逐步显现出积极的作用。

宿州光彩大市场，由此成为耀目皖北大地的一个光彩事业项目。宿州光彩大市场的成功，也由此成为全国光彩事业项目中的标杆之一。与此同时，成效显著，经济效益和社会效益相得益彰的宿州光彩大市场项目，不仅为全国光彩事业项目的推进与投资做了又一次成功探索，而且更为光彩大市场提供了一个堪称典范的借鉴项目。

众多地方的考察团和参与了光彩事业的民营企业家，纷纷前往宿州光彩大市场调研考察，学习其成功模式，借鉴其成功经验。

正因为如此，中国光彩事业促进会在给予宿州光彩大市场的高度评价中说："这一光彩事业项目的成功，远远超出了其光彩大市场项目本身！"

…………

饱含民生情怀的光彩事业项目，赢得了社会对民生集团的敬意，也赢得了来自更广阔市场青睐民生集团的机遇。

而王翔对于民生集团果敢进入城市基础设施建设，拓展房地产市场的前瞻性研判，果然也很快得到验证。

进入新千年，谋求腾飞发展的城市建设和快速崛起的房地产市场，为民生集团打开了在基础设施建设项目和房地产项目发展中的广阔空间。

在宿州光彩大市场项目取得成功的同时，民生集团又在城市基础设施建设项目和房地产项目上乘势而进，先后投资建设安徽淮南市广场北路综合开发建设项目以及民生·淮河新城项目。

总投资 30 亿元的安徽省淮南市广场北路综合开发建设项目，被列为淮南重点工程。

这一大型项目的建成，又成为淮南市城市亮点工程，对提高淮南城市品位，加强城市基础设施，改善民居条件做出了积极贡献。

投资开发的民生·淮河新城，占地约 2800 亩，其中包括一个 1000 亩大型生态公园。

秉承"用一线城市的理念，运作三线城市的项目"开发的民生淮河新城，是集商业、住宅、办公于一体的大型现代化社区，建成后将是淮南市最大配套最齐全的一个高档社区。这一大型综合地产项目，荣获"中国百佳经典楼盘绿色、人文、和谐、设计经典楼盘范例奖"。

由此，民生集团又跨入了全国房地产百强企业之列！

激情纵横于皖北这片发展的热土，光彩大市场、城市建设综合开发项目和大型现代社区共崛起，民生集团迈出了"立足江西、走向全国"发展战略稳健而铿锵的第一步。

第三节　挺进中原大地

光彩事业的核心宗旨，在于促进经济相对落后、发展速度相对滞缓的地区的经济社会加快发展。因而，自 1994 年以来，积极践行光彩事业的民营企业家们，一开始就有着这样的目光导向。

在安徽宿州投建光彩大市场过程中快速显现的成效，让王翔内心充满无限欣慰。新千年开端的民生集团发展脚步，终于与他心底多年来渴望去实现的人生事业轨迹，这样悄然交集在了一起。

"市场经济大潮中，企业靠发展立足，靠效益做大做强。但一个企业不能光考虑赚钱，还要考虑在赚钱的同时为经济发展和社会进步作出应有的贡献。"王翔为人豪爽、个性率真，而他行事的风格又兼容豪爽与率真，体现于做企业过程红，将"利"与"义"并重而视。

这就是王翔心底真正崇尚的人生事业追求方向——自己的企业在赚得丰厚经济回报的同时，又对推动国家发展作出一定的积极贡献！

由此，随着安徽宿州光彩大市场项目的稳健推进，王翔倾情光彩事业的目光继而又开始投向更广远的地方。

2006年，王翔的目光落在了中原腹地河南省的驻马店市。

中国改革开放进程的纵深推进，有一个显著的标志，那就是，以地理大区域为整体发展规划格局的逐步形成。2003年前后，紧随中国东部沿海地区率先发展并涌现出环渤海、长三角、珠三角等城市群强势崛起的态势，国家又先后提出了"总部崛起"和"西部大开发"的宏伟战略。

在改革开放初期，广东以其大胆探索实践和地域优势，率先成为全国经济发展最具活力的区域；江浙地区则是小商品市场的萌发地，并在随后凭借小商品市场的蓬勃兴起而迅速崛起为民营经济强省；上世纪九十年代，上海重振雄风，"浦东新区"被重新定位，其发展战略也被提升为"国家战略"；随着中国加入世贸组织，全球市场的重新分工，中国在全球市场扮演着日益重要的主导者；而与广东、上海、江浙相互呼应的山东半岛，也获得了从未有过的发展机遇。后来有学者提出"80年代发展看广东，90年代发展看浦东，21世纪发展看山东"……

到新世纪初年，纵观生机蓬勃的华夏大地，比照中国经济发展"强大引擎"的东部沿海地区，相比正以"旭日东升"之势崛起的中国西部地区，处于中国地理中部地区的中原六省——江西、湖北、安徽、湖南、河南、山西，经济发展显现出相对滞后的状况。

从经济社会整体的发展视角而言，犹如中国经济巨人"腰"与"心腹"的中国中部地区，其地位和意义凸显。只有"腰板"直了，中国这位经济巨人才能行得稳、走得快。加快中部地区经济发展，是提高中国国家综合实力的重大战略举措，是东西融合、南北对接，推动区域经济整体大发展的客观需要。

中原定，天下安；中部强，全国强。

新千年伊始，党中央高度重视中部地区的经济发展，对这片依靠全国10.7%的土地、承载全国28.1%的人口、在中国地域分工中扮演着重要角色的广袤大地，投注以前所未有的关注目光。

决策中部，强势崛起！党中央、国务院以宏远的战略眼光，提出了"中部崛起"的宏伟战略。

较之东南沿海各省市的经济社会发展，河南这个地处内陆的省份，因其人口、地域和资源等多方面的差异，在经济、文化等领域的发展长期处于较为落后的状况。

作为以"实现共同富裕"为目标的我国，仅东南沿海发展是不行的，近30年的发展，沿海省份的改革红利日益减少，经济发展几近乏力，中部发展发力正旺。中部地区广袤的投资热土，热情好客的人们，真诚优质的投资环境……均已呈现在世人面前，那里的市场和人民蓄有强大发展后劲。

为贯彻党中央、国务院促进中部崛起发展战略，支持中部六省发展的重要举措。2006年经国务院批准，由商务部、国家税务总局、国家工商总局等部委发起成立"国家级经贸盛会"暨"中国中部投资贸易博览会"（简称"中博会"）。该盛会由山西省、安徽省、江西省、河南省、湖北省、湖南省人民政府联合主办，每年一届，由中部六省轮流承办。

第一届"中博会"，于2006年9月在湖南长沙举办。

作为主办方的湖南省政府，自然深谙这次盛会对于促进本省经济发展的重大契机和意义。

为把第一届"中博会"办得更成功，主办方湖南省政府使用了浑身解数，力邀全国各地实力企业和知名企业家参会。据说，2006年春节刚过，以时任湖南省周伯华省长同志为组长的工作小组，就展开了轰轰烈烈的"中博会"大招商准备工作。

工夫不负有心人。最终，莅临这次盛会的世界500强企业负责人就达近千人，中部六省近百位市级以上地方党政领导参会。

作为江西乃至全国的知名民企民生集团，自然被邀参加此次盛会。

而在王翔那里，国家出台"中部崛起"战略，无疑为广大民营企业打开了投资发展的广阔空间。事实上，在"中部崛起"战略出台后，王翔就酝酿了投资中原地区的想法，他还多次率民生集团高管层对河南、湖北进行考察。

"国家大力推进实施中部崛起战略，这将是商机广阔的一片投资热土。通过项目积极促进落后地区的经济发展，这也是光彩事业投资的重点方向。"王翔敏锐地意识到，民生集团的光彩事业投资与国家中部崛起战略的推进实施，在进程的重要时间节点上如此恰到好处的交际重合！

王翔在一路引领企业发展的过程中，总是如此——密切关注国家经济发展的大走势，在此基础上，他一次次敏锐识得企业自身发展的重大机遇并果敢抓住了机遇。

他深信，"中博会"上一定有属于民生集团光彩事业项目的好机遇！

为此，作为参加这次盛会的一员，王翔为参会做了充分准备，他携带投资中部地区的大计划荣耀参会，希望能圆满落实心中的这个夙愿。

…………

2006年9月的长沙，金秋送爽，满城洋溢着喜迎八方来宾的热烈气氛。在如期召开的"中博会"期间，王翔和河南省驻马店市委、市政府领导们不期而遇。不曾想到，尽管是各自受邀为参加"中博会"而来，为接触与寻找各自的机遇而来，但真诚的交谈、交流过程中，很快让双方都产生出相见恨晚之感：

驻马店市委、市政府领导们对民生集团"创造财富、贡献社会，阳光下的利润，温馨的劳资关系"的企业发展理念，尤其对集团新千年"立足江西、走向全国"的发展战略赞赏不已，更对民生集团倾情光彩事业投资项目的"立足江西、走向全国"发展战略推进充满敬意。

于是，驻马店市委、市政府领导们热切地表达了希望民生集团投资驻马店的热切愿望。

驻马店市，位于河南省中南部，环境优美、交通便利、历史悠久，文化厚重，是我国的重阳、冶铁铸剑、嫘祖文化之乡。说这是块风水宝地，毋庸置疑。由于处于中原腹地，加之产业经济相对较为薄弱，改革开放后的驻马店市经济发展在河南全省、在中部各主要城市显得相对缓慢。

进入新千年，尤其是在国家"中部崛起"战略出台后，驻马店市积极响应，渴望抓住重大发展契机，实现当地经济社会的腾飞。

可以预见，在中部崛起战略过程中，随着东部产业向中西部转移，其中部的阶梯地理位置优势，具有承接东部产业转移的显著优势。如果驻马店市抢抓机遇，趁势而进，那将赢得发展先机。

作为已有在商场征战 20 余年丰富经验的企业家，王翔以其敏锐的眼光和卓越的战略思维，认定投资驻马店，将是前景可期的选择。

缘于驻马店良好的区位优势、投资环境和民生集团强大的企业实力，以及集团光彩事业的项目投资定位，特别是双方建立在深入交流基础上对于投资项目达成的高度共识。最终，在第一届"中博会"期间，江西民生集团与驻马店市政府签订投资合作意向协议，民生集团在驻马店西区投资一个 20 亿元的地产项目。

今天，回望全国房地产行业在新千年第一个十年中的发展，人们很容易发现，2005 年前后的全国房地产行业正处于发展蓬勃期的肇始阶段。因而，无论是对于东部沿海地区发达城市还是正积极谋划大发展的中部地区城市而言，房地产投资项目的招商引资项目都可谓方兴未艾，招商方和投资方对于达成一个房地产项目并不难。

然而，民生集团与驻马店市政府之间的这个房地投资项目，却有别于一般的房地产投资项目。

　　那么，民生集团投资驻马店市的这个房地产项目究竟有何特别之处？

　　对此，郭市伟先生以《驻马店出了个美庐园》一文，对民生集团挺进中原腹地河南驻马店市的前后历程做了完整记录。其中，这一房地产项目对正处于希冀借助国家中部崛起战略推进实施，而实现崛起的驻马店市发展意义的重大，清晰地呈现在了我们面前。

　　2008年，一条从北向南直通的铜山大道彻底改变了驻马店西区的命运。

　　昔日的驻马店西区，像一个无人问津的边陲小站，荒凉而被冷落，杂草丛生，风沙漫漫，秋风萧萧，交通滞后，位置偏僻，这里依然保留着日起而出、日落而归的乡村田园种植生活，宁静而祥和。

　　不知道什么时候，在一片静悄悄之中，一个不速之客在这里安营扎寨、厉兵秣马，在这发起了一场无声的造城运动，千亩土地被他吞入腹中。尔后，他又消失了。奇怪的是，2009年10月，只见巨型推土机饥渴地吞噬着这片普遍不被看好的土地，轰隆的机器声绞碎了这里的清梦，泥浆飞溅，尘土飞扬，直到深夜依旧灯火通明，分外热闹。而有的却不为周围的喧嚣所动，依然一副沉睡的样子。

　　有人意识到，西区，这个与驻马店市唯一的上市公司"天方药业"，一路之隔的地方，正酝酿着一场迄今为止驻马店地产史上"开发规模最大、开发水平最高、开发进度最快"的战斗。因为铜山大道的全线贯通，逐渐取代107国道的交通地位，国家"十一五"重大工程"石武高铁"开始动工，西区也有了更大的名气。

　　这场战斗什么时候打响，它将会给驻马店的楼市带来怎样的震撼，没有人知道。

　　然而，周围的老百姓每天来来往往从这里经过，只见一座欧式凯旋门，横跨在交通路西段，美丽而庄严。这种气势时常袭击着从这里经过的人，如果没有足够的实力，开发商绝对不会造这种声势。虽然帷幕已经拉开，但他似乎并不急于打响这场战斗。但只要稍微了解一下他的"家底"，就不能不使人感到惊叹。

这家开发商企业正是"民生集团"。

"西区"，只是按照驻马店人生活常识划分的一个区域，是以乐山路为中心的坐标点划分，通常人们把107国道（今"天中山大道"）以西的区域，称为"西区"。但从06年后，随着城市化进程的加快，驻马店城市框架被拉大，人们意识中的"西区"又向107国道以西延伸许多，至于"西区"区域的东西边界线，并没有明确的界限。此时的"西区"按照行政区域划分，属于驻马店驿城区橡林办事处。

近几年，面对国内不少城市掀起的新一轮城市化进程，驻马店政府结合自身优势，抢抓机遇，顺势启动了"两县三区"等区域化发展战略，在各个区域进行了产业细分，自此大驻马店的定位轮廓初现端倪。

而此时的驻马店东、南、北区却是另一番景象。东区因"工业集聚区"的特殊定位，加之扼守四通八达的交通，为其发展制造、化工等产业奠定了便利的基础设施，而且享有了良好的政策扶持，涌现了一批像"中集华骏"这样在国内如雷贯耳的大企业集团；南区依其人口密集、交通便利等优势，也吸引不少外地的知名企业前来投资浅谈；北区作为河南省的知名开发区，其发展现状极其乐观，其发展前景也被普遍看好；而"西区"好像被人遗忘，几年前的"西区"还不是今天这个样子。"西区"的边沿地带刘阁乡是驻马店另一个工业区，工业区给人一种天然非适合居住之地。又受"宁要北区一张床，不要西区一间房"的思维影响，不少人确实没有在西区置业的打算。而经验又告诉人们，一切都是变化的。

不久，民生集团入驻马店西区，将彻底改变"西区"。

熟悉民生集团董事长王翔的人都知道，此君绝非等闲之辈，作为江西最早一代成功的企业家。他在竞争激烈的商场上征战20余年而不倒，绝非偶然。本世纪初他和万向的鲁冠球、传化的徐传化、美的的何亨健等被国内学界认为是"全国民营企业的常青树"。民生集团凭借在全国多年积累信誉和实力如愿购得驻马店西区千亩土地后，王翔曾对"驻马店项目"说过这样一段话："这里是建设大驻马店的门户，驻马店的脸面，作为一名外来投资者，作为一名有责任感的企业家，我一定要把它开发好、建设好、决不辜负天中父老的期望！"

那么，王翔在相对荒凉的西区，如何兑现自己的承诺呢？

2006年的驻马店远未有今天这样的漂亮面貌。王翔在其当年考察驻马店房地产市场时，曾有这样的笔记："驻马店这个内陆小城的发展，与我想象里大相径庭，房地产均价每平方一千五百元左右，城市框架略显狭窄，缺乏高端的房地产项目，老百姓对居住的要求也较低，对自己生活的小区环境和小区规模尚无明确要求……"如"市场有待于规范、起点低、人口多，市场刚性需求大，有发展潜力"等是考察报告里核心词汇。通过这些词汇，我们多少能琢磨出王翔对做好驻马店项目的决心和信心。有啥样的市场就有啥样的产品，有啥样的产品就有啥样的开发策略。作为中国房地产百强房企的民生集团，无疑要做当地项目的市场领跑者。王翔掌舵的民生集团，虽无万科、保利等房企的国有背景，但其优势也是其他很多企业无法比拟的：首先民生集团有实力；再次是有决心。闯荡江湖二十几年，无论是流通还是做实业，无论是做矿业还是做旅游，都是行业翘楚。更重要的是，驻马店项目在王翔心目中的特殊位置。这位上世纪50年代出生的企业家，彼时已年过半百，商海的风风雨雨，早已让他身心疲惫，他想在退居幕后之前，来完成一个让他铭记一生的作品。而遗憾的是，过去十几年开发的项目中，他对此均不满意。因而驻马店项目的定位，就不是一个普普通通的项目，而是其人生事业的一个里程碑，需要他付出更多的精力和财力。良好的动机是成功的一半，尤其是像房地产这样一个个性很强的行业，老板的素质和审美情趣直接决定着将来产品的内涵和气质。小时候，王翔父母教儿子学习"修身、齐家、平天下"的儒家文化精髓，因而说王翔完全有这样的素质和审美情趣。

显然，民生集团斥巨资投向驻马店的这一房地产项目中，饱含了对于促进这座中原腹地城市在拉开城市框架，迎来中部崛起战略实施进程中大发展，将打下坚实基础。正是站在这一层面，民生集团投资驻马店的房地产项目，已远远超出了投资建商住楼盘的简单内容，而是在驻马店市规划的城市西区这一新区域，通过房地产项目的开发从而为新区的建设打开空间，构筑天地。一如当年的京九铁路九江火车站及周边土地商业开发项目那样，投资驻马店市西区的这一综合房地产项目，又将是一座城市崛起的崭新篇章，历史地赋予了民生集团这样荣耀的机遇！这样融注了深沉荣光使命的特殊地产项目，怎能不让王翔怦然心动和倍感荣耀？

这是一座城市写就未来发展历史的投资项目呵！这更是民生集团围绕光彩事业推进集团战略实施过程中纵向而行的重大一步。整个项目顺利完成之后，驻马店市西区的纵横道路、城市基础设施将完备，随着而随着体量庞大的房地产项目陆续竣工，驻马店这座城市的一个新区崛起将雏形呈现。那将是一座宜居宜业的城市新区，而这一城市新区，将成为驻马店市在国家中部崛起战略进程中实现强势崛起的强大引擎！

王翔深知，民生集团投资驻马店市西区的这一房地产项目，承载着中原腹地一方期盼崛起发展之地人民的热切期待。他也深知，这一大手笔的投资也是民生集团心怀责任使命的荣光项目。

由此，王翔在心底确定目标：将投资驻马店市西区的这一项目，与民生集团和自己为之荣光的光彩事业紧密相连！

随后，在这一项目的稳健实施推进过程中，王翔带领江西民生集团同仁数年过程中为之倾注全力、倾注满腔激情的点点滴滴，郭市伟先生在《驻马店出了个美庐园》一文中予以了详细记录：

在江西庐山脚下长大的王翔，从小就受到庐山厚重历史熏陶，无数次欣赏庐山绝美风景，他出游几十个国家，观赏风景名胜不计其数，但总觉得庐山妙境更胜一筹。既然驻马店项目是他人生的里程碑，那么项目"案名"就要富深刻的意义。为此，民生集团特意在北京重金邀请了几家策划咨询公司，请求取得王翔满意的"案名"，策划咨询公司既做分析，又做调研。所列"案名"均被王翔否定，搞得策划咨询公司人员，丈二和尚摸不着头脑。但为了拿下这个大项目，策划咨询公司又选择继续挑战、攻坚。一周之后策划咨询公司汇报，又被王翔否决，且详细说明了否决原因。这时策划人员早已筋疲力尽，正想趁早离开。但民生集团本着付出有回报的商场经营原则，虽没中意对方的"案名"，但策划咨询公司的确为民生集团付出不少，每家公司酬劳20万。这令策划咨询公司很是纳闷，策划咨询公司奉行的经营原则是"不成交，不收费"，后来民生集团硬是把"款"直接打到策划咨询公司账户上。这一事件后来在北京策划咨询界甚至传为佳话。

"驻马店项目"案名让王翔很是纠结。

一日，王翔的几个朋友到九江拜会，一起游庐山，走到"美庐别墅"，王翔颇为感伤。身处"美庐别墅"，他仿佛看到上世纪三四十年代，平津危急，华北危急，国人正处水深火热中，而蒋中正却在这里"金屋藏娇"，奉行不抵抗政策。从民族大义上蒋中正不抵抗政策，绝非男人所为，而从一个丈夫的角度，蒋中正人间真男人耶。为确保自己最爱的女人宋美龄的安危，将其安置"美庐别墅"。蒋中正在宋美龄心里，是个十分的好男人。王翔既为国民党党员，又是一名爱国企业家，站在今天立场，点评回顾那段故事，心里难免矛盾。那刻王翔豁然开朗，随口说出驻马店项目就叫"美庐园"。其名既有庐山"美庐别墅"厚重文化之意，也有美好的房子含义。

江西民生集团和驻马店市政府默契签订合同后，民生集团并没有急于动工开发，而一直在做开发前的准备工作。

工欲善其事，必先利其器。为做足开发前的准备工作，王翔带领美庐园团队走遍数十个国家，咨询过数十家建筑设计单位……调研文字资料长达上百页。春夏秋冬，无数个日夜，王翔带领美庐园团队经过长达一年的碰撞磨合，结合驻马店气候、湿度、经济、驻马店城市规划等实际。

最终确定把美庐园打造成一个具有"西班牙建筑风情、大品质、大配套、大规划、大景观、大生活、普通老百姓能够消费起的高尚社区，为驻马店打造一个新名片。"

中国近二十年来，由于种种原因，对建筑质量控制不高，建筑寿命相对较低，导致许多新建筑较早进入维修期。这除了带给居民沉重的经济负担，还影响了社会和经济的持续发展。美庐园从拿地起，便当了城市规划运营师，从源头杜绝高能耗低品质的建筑。开创了地产开发的新模式"拿地—运营—开发"，而传统模式则是"拿地—建设—销售"。

而多方面的定位只是民生集团奉献给"西区"的一朵"报春花"，精彩还在后面。

2006 年的驻马店"西区"，远未有今天开阔的马路和诱人的风景，到处杂草丛生，交通也十分不便。而那时，王翔已把驻马店项目视为其人身价值的转折点，那这个项目必定会投入更多的精力和热血。

随着美庐园团队对驻马店人生活习惯、居住文化等的研究，一个市场分析逐渐浮出水面。驻马店买家买房的首选标准正在由价格因素向环境因素转变，也就是说人们对环境的需求开始抬头，且有着有极大的渴望。这时一个尖锐的质疑已经压在美庐园团队心头：那些位于污染与拥挤的老城区的物业，其环境质量，与其居高不下的价位相称吗？一个越来越强的呼声正蓄势待发——高尚住宅要有高尚环境！

纵观驻马店高尚住宅的发展历程，可以分为三个阶段：第一阶段为 1998 年之前，计划经济时期单位福利的产物，那时的驻马店，没有像样的小区，更谈不上追求异样的建筑风格，房子只承载居住的功能，而这些小区的位置都不错。这时期的高尚住宅在消费者心目中定位并不明确，但是，地段成了人们鉴别高尚住宅的一个重要指标。第二阶段为 1998 年—

2008 年，以北区的某些楼盘为突出代表，其开发理念是在项目区域优势的基础上，强调楼盘自身建筑规划，强化开发商的品牌效应。这一阶段的高尚住宅开发虽比第一阶段有了飞跃性提升，但由于楼盘自身景观资源所限，项目缺乏进一步发展的资源条件及潜力。第三阶段为 2009 年到现在，越来越多的开发商以品牌塑造为核心，挖掘、整合楼盘的综合竞争优势，包括景观设计、建筑设计、规划设计、物业管理等等，并从软件方面加强高尚住宅的建设，如智能化系统、社区服务等，提升了档次，且取得了不俗的成绩。

在众多地产人士呼唤当前市场混乱的时候，然而，第三阶段的高尚住宅却取代了比前两个阶段销售总和都要好的市场成绩，在品牌效应上也达到了空前的热度。究其原因：消费者对住宅在品质等方面有了更高的要求。前两个阶段明显有市场短缺背景年代遗留产物的痕迹，第三阶段之所以能受到人们如此高度的重视，这要归咎于消费者对市场要求转移了。

历经十年，驻马店房地产市场也取得了自己的成绩，虽不令人瞩目，但值得铭记。随着北区建业森林半岛、置地华庭等一批郊区楼盘的成熟，人们充分领略到郊区生活的独特魅力。住宅郊区化逐渐成为趋势。然而郊区生活的独特魅力也只有在大盘上，才能展现得一露无疑。加之近几年行业人士不断惊呼"大盘围城"的各种妙处，且大盘显示其在环境、配套、空间等方面的突出优势，渐得人心。城里的好环境越来越稀缺，且在物业上已出现疲态。无奈城里的物业只能在豪华材料上费尽心机，但遗憾的是这种先天不足、后天补齐的办法再也无法撼动逐渐见多识广的消费者。郊区楼盘要想赢得城里人的芳心，必须开发那种环境不错，配套不错，又有高品质的大楼盘，而"美庐园"无疑就是这样的楼盘。

对于向往现代生活的人群来说，对高尚住宅的理解也和以往大有不同。时下能称为高尚住宅的楼盘，其前提必须有幽雅的环境，否则，无论硬件多么过硬，如果没有好环境的支撑，也不会受到市场的追捧。小区住宅的开发，以前走的多是低价位、低档次的路子，三五栋楼放在远郊外，形影单调，很是孤寂，让人敬而远之。真正有品位的要么住别墅，要么住在城中心繁华商业区，而一个城市的繁华中心区注定是稀有品，因而郊区的高尚住宅成为这批有品位人，追求品质生活的首选。基于此，民生集团到底给消费者呈现什么样的大盘化高尚住宅？是随波逐流？还是在产品、品位、品质等方面彻底上一个台阶？别人都不知道，但民生教父王翔心里清楚，他打造出的是让消费者和自己均满意的产品。

驻马店自古人杰地灵，"西区"虽然发展滞后"北区"和"东区"，但其也有着得天独厚的自然环境。西眺铜山湖，南望金顶山，北依有'中原盆景'之美誉的嵖岈山，村镇相望，田畴相连，空气清新，泥土芬芳。对于渴望逃离都市的城中心人来说，有什么还比"西区"这块土地更诱人呢？更适合生活居住呢？可以肯定，这块土地天生丽质，完全具备做高尚住宅的环境潜力。因而，美庐园要做的，不是以过去高价位、低环境立足的郊区住宅，而是一个全面升级换代的产品，一个以环境、居住品位和普通老百姓有能力消费取胜的高尚住宅区！民生集团明确提出"高档不高价，低价不低档"的开发标准，其目标就是"给业主呈现最美好的生活环境"。

站在2008年底展望2009年的驻马店楼市，让人无以言说。起于欧美的金融危机，加之中国经济自身结构上的问题，恶劣的金融风暴给正在高速发展的经济，带来严重的影响，对2008年的楼市恰是当头一棒，不少开发商惶惶不可终日。扩大内需，刺激消费，保就业是政府首要解决的问题。进入2009年，政府多次降息，降低二套房购买条件等利好楼市的多项政策出台，冰封的市场迅速解冻，而此时民生集团正在做美庐园开发前最后的准备工作。

有什么样的发展商，就有什么样的开发项目。小老板做"事"，中老板做"市"，大老板做"势"，而王翔无疑是做"势"者。

凭着民生集团强大的企业实力，有着集团对美庐园项目的强力支持，美庐园做当地市场的领跑者，实至名归。

尽管民生集团有着强大的企业实力，而针对大盘开发的投资大、风险也大的行业经验，民生掌舵人王翔丝毫不敢掉以轻心。因为房地产是个关联性很强的行业，与开发紧密相联的规划、设计等对一个项目的成功开发，极其重要，不容忽视。为选择更好的合作伙伴，王翔亲自带领美庐园团队，花大量时间在北京、广州等地，与多家有实力的关联单位进行理念沟通和切磋，经过近两个月的筛选。最终选定"北京中华建筑规划设计研究院"担纲规划设计单位，"核工业第五研究院"担纲建筑施工单位，"香港ADI雅博奥顿"担任景观设计单位，

鉴于王翔对大势的把握，凭借民生集团多年从事房地产开发的经验。民生人深信市场不是等出来的，不是调查出来的，更不是媒体宣传出来的，而是"做"出来的，而王翔是如何"做"市场的呢？他有自己做事的方向，也有做事的风格。

为给业主提供更宜居的生活和塑造"西区"新景观，更为实践"美庐园内外双公园"的"大景观"承诺。民生集团宁愿"牺牲"昂贵的土地，沿铜山大道西侧修筑南北长达1500米的景观绿化带。为将这条绿化景观打造得更有特色，王翔带队去广州考察"星河湾"项目著名的"骑江木制栈道"。历经半年努力，2008年6月，这条景观带修筑完成后，曾吸引多少对恋人黄昏时分，手牵手漫步在这鸟语花香，花环浓郁的绿色长廊中，许下彼此一生的承诺。同年，民生集团更是斥资1000万元，修筑具有浓郁西班牙古典建筑风格的"民生·天都星城门楼"和阔大的美庐园广场。不论四季，这里白天晚上都聚集了很多喜欢锻炼的市民，在这里扭秧歌、跳花舞，父母带着孩子放风筝……多少个孩子将自己美好的童年流淌在这里。而如今这里已成为驻马店的两大景观。

2009年12月，随着王翔董事长的一声令下，美庐园一期全面开工建设。

而开工之前，对于房屋所用的各种建筑材料，王翔十分重视，不惜成本，

他的选材标准是"用品牌建材，筑精品洋房"。在建材选择方式上，民生集团通过公开竞标的方式，邀请驻马店媒体代表、施工方代表、客户代表等集体投票，评出所用材料。光有好的建材还不行，这仅是前提，严格监督是关键，如果管理不到位，再好的建材也是白搭。"

如果你在工地见到王翔，你一定以为他是个施工员。

2010年冬天一个雨天的早晨，王翔穿着一双长雨靴，视察满是泥泞的工地，布满血丝的眼睛搜寻着每一个瑕疵。他会突然止步，指着一块石材大声告诉他，它的价值："这么贵重的砂岩，你居然两把水泥抹上去？简直是垃圾！马上返工！"这样的情形不是一两次，但也不是经常。而由此可见王翔对建筑质量的苛刻、对细节的敏感、对工艺的精求。别人看不出的问题，他一眼就能看出个所以然，他知道自己想要什么，虽不善言辞，可他心里有一把看不见的尺子。凭借这把尺子，来测量建筑工艺的精与差。

俗话说：一方水土养一方人。江西等南方企业家做人大多比较低调，崇尚实力，明星意识淡薄。"作秀"对王翔来说，简直就是件多余的事情，接受媒体采访对于不少发展商而言，求之不得，而王翔能躲就躲。他深知，近年来，因一些地方违规拆迁，导致流血事故频发，房地产行业不免成为各种矛盾的焦点。这时刻，民生集团只有做事、做事、再做事，至少能为行业挽回些颜面，无须过多豪言壮语，功过是非，消费者心里有一杆秤。所以，王翔有了这样的心态，所做之事，一旦浮出水面，也常常吓人一跳。

2011年3月的一天，美庐园一期接近全面交工，王翔到景观施工现场闲逛。发现十几棵当年2月刚栽的海棠树，因物管管理疏忽，导致枝叶枯黄，那刻他气得当即抢起施工铁锹，把十几棵海棠树砍断。事后他质问物业经理，如此名贵的树种，怎沦落如此境地……

那年王翔考察"广州星河湾"，其特殊的水域位置，发展商独具匠心将珠江水引入社区内，使户户人家都能站在窗前看水景，这让王翔流连忘返。其实早在美庐园一期开工前，王翔就为水景做了很多思考，在社区内部修建一条超大水域人工湖。而面对"驻马店虽四面被水环绕，而市区水稀"的现实，引活水是不可能的，对此，美庐园项目管理层颇费一番心思。很多社区内部的水系多存在一个共性问题：池水浑浊，不能清澈见底。这是什么原因导致上述情况呢？结论是不能引入活水，打深井取水，可以解决，但是日常水面管理，成本不菲。王翔得知这个情况后，第一时间批复钻探两眼"500米"深井，以保证美庐园社区内部超大水系的供水。

2011年4月，美庐园一期全面交工，王翔心里总算有了初步的着落。但美庐园有4个组团，一期交付，只是万里长征迈开第一步。为更好地做足余下三个组团的工作，王翔和物管一起串门走户，去一期业主家，了解入住后发现的问题。业主说一个他记一个，虽然问题很少，但他都能认真对待。把涉及"建筑、物管，户型、水电"等问题，都做了详细的分析，且和相关工程师，一起讨论、分析，拿出整改方案，确保在余下工作中杜绝。

看花红柳绿，园中垂柳隐没于城市夜色，恰到好处的视角勾勒出另一番距离美的意境，仿佛身处庐山美庐别墅。美庐园的月夜带有浪漫的西班牙气质。社区内连绵错落的建筑，橘黄色的丹麦庭院灯光照得园内雨花细石，光泽闪烁，迎着月光步行在石径上，伴着足底按摩传至心底还有一份惬意的温度。沿着石径蜿蜒而至，四季花开不败，植被常绿，海棠、枫香、铁树等名树贵花在美庐园里各就其位，各成一景。月光下，聚集着上百种绿化植物的美庐园不啻于一个天然大氧吧。别具一格的西班牙喷泉水景，让喜欢水的孩子们，情不自禁地掬一捧细水，四处挥洒。往来其间，不时碰见一家三口在园里嬉戏、漫步，美庐园仿佛是一幅美好的生活画卷。"家园意味着充实，温馨的生活状态，需要以整体的居住氛围为基础。"张晨认为，美庐园所提供的方便、享受、具备品质的惬意生活状态，有了家园的味道。

美庐园的贴心管家，从深圳等沿海城市聘请的一线物业管理精英，名副其实，不仅让我们生活得放心、安心，而且为小城的物业管理增色不少，无微不至的贴心服务，让业主们内心很温暖。

一句"生活可以很美庐"，定位了"宜居"的大生活方式，也阐述了"美庐园的大生活观"的现实含义。

2010年4月17日，一个让驻马店楼市刻骨铭心的日子，伴随着美庐园诚信、责任等口碑被广泛传播，美庐园一期在万众瞩目中终于掀起盖头来。仅开盘当天就吸引上千人前往看楼，4月17日10时落订30套、14:00时落订90套、16:00时落订180套……

售楼部热线电话更是此起彼伏，看楼车班班爆满，销售资料派送一空，仅开盘当天热销250多套。由于房子卖得太快，一期上千套房源仅用半年就销售一空。

2010年11月20日美庐园二期"浅水半岛"盛大开盘，一年两次开盘，着实开创了驻马店楼市销售的新奇迹。美庐园空前的市场效应，其实早已在民生集团决策层的意料之中。

"诚信为本，客户至上"是王翔多年的经营准则。

美庐园售楼员要给客户一个全面的楼盘信息，给消费者介绍楼盘时，必须实事求是，杜绝遮遮掩掩。没有的东西，不要给客户说，有的东西，不要夸大的说，现在没有，将来有的，要给客户实事求是地说。客观而言，美庐园确实代表了内地城市房地产开发的最高水平。如果你不信，看完建筑设计单位、规划施工单位、景观设计单位、物业管理等，你就会明白。"尤其是美庐园一期，同年交房，同年办房产证"，这又刷新了驻马店房地产又一纪录。作为一个责任地产商，美庐园不断兑现自己的承诺。

2012年3月，民生集团用充满人文、博爱的情怀，为那些急需房子、想买房，而又没有绝对购买能力的80、90后，更是推出首付2万元起，轻松入住美庐园40~90平不等的小户型。入市以来受到众多80、90后客户的追逐。

对于美庐园2010年两次开盘的创举，开盘至今，已经热销2000多套。

这样的销售速度，业内很多人士均表示不相信，说美庐园肯定夸大了数字，意在作秀，但事实表明，根本没有秀的意义。这种销售速度，的确让人不可思议。

…………

亦如这篇文章结尾所写的情景，当新千年的第一个十年悄然远去，从2011年开始，位于驻马店西区的民生·美庐园楼盘的销售之火爆，令人感到那样"不可思议"！

而这样不可思议的结果，早就在王翔的预料之中。

当然，这样的预料放在民生·美庐园楼盘拔地而起之后似乎纯粹就是对王翔的溢美之辞了。但如果回望民生集团在2007年前后启动实施这一项目前期工程的胆略气魄，相信任何人心中都是充满着感佩的。

当初，驻马店市城市发展规划尚没有完全明朗，对于城市未来发展到底是"北上"还是"西进"的格局，一直是房地产开发商之间讨论最为激烈的话题。

显然，在这样的阶段，任何投资商的谨慎都是完全可以理解的。更何况，按照投资驻马店市西区的项目整体协议，民生集团将斥巨资投入西区的城市基础设施建设。而且，这些资金投入都是公益性投入，一旦民生集团将来在西区投建的房地产项目产生亏损，作为公益性投入的前期基础设施建设资金是没有任何补偿的。

在这样的情况下作出投资，的确需要气魄胆略。

那么，王翔的胆略何来？

"驻马店中心城市西区是浅山区和传统农业区，蚂蚁山、长寿山距中心城市建成区只有8公里，拥有汝河、尹河、李秀河、小清河、练江河、冷水河、骏马河等多条河流。水利资源丰富，建设新城区城市形态和人居环境较好。驻马店新区向西发展，有利于发挥临山近水的独特优势，打造山水园林城市，改善城市居住环境，提升城市品位……"

王翔坚信，基于这些前提，驻马店市未来"西进"的发展格局将成必然，对于驻马店市委、市政府作出的开发城市西区的战略决策，民生集团有充分的理由去充满期待。

此外，民生集团抱定为鼎力支持驻马店这座中原城市的崛起而来，投资驻马店市西区项目里饱含着一份深沉的荣光使命。这份荣光使命，就是要充分发挥民生集团的资金实力与助力城市崛起的经验，助推驻马店市委、市政府实施城市"西进"发展的战略，从而为驻马店市在未来的经济社会腾飞发展打下坚实的基础。这也是决定项目在前期西区基础设施建设上，首先是公益性投入的必须！

"纵然是在前期西区基础设施建设上的公益性投资导致亏损，那我们也无怨无悔，因为，我们一开始就是抱定为荣光责任与使命而来的，而不是一开始就抱定要在这里做房地产赚钱的目的而来的！"在下定决心启动实施整体项目前期公益性投资之前，王翔这样将心底的真情和盘托出。

有了这样的坚定信念与决心，接下来，王翔在驻马店市城市西区开发公益性投资中的大气魄也就让人不难理解了。

随着民生集团大笔资金的投入，按照驻马店市委、市政府规划要求的城市西区基础设施建设规划要求标准，围绕地产项目民生·美庐园区域的横纵道路和各项基础设施配套工程，在王翔亲自担任总指挥的近两年过程中稳步顺利推进。

连接驻马店市委、市政府强劲推进的一个个城市西区基础设施建设区域，在短短两三年时间里，驻马店市西区东至市铜山大道，北至驿城区诸市乡北边界，西至汝河、尹河东岸及驿城区胡庙乡西边界，南至市工业四路，新城的格局日益显现。

在顺利完成项目区域的前期基础设施公益性投资之后，民生·美庐园随即开工，与同样具有胆识气魄的天腾盛世等房地产投资项目一起，以只争朝夕之势，抢工期、赶进度。

驻马店市西区首批高品位楼盘小区的拔地渐起，与西区如火如荼建设的各大政务、商务建筑群，交汇成一座正快速崛起新城的恢宏激情乐章。

于是，众多房地产开发商纷纷入驻，越来越多的市民把目光投向了驻马店市西区。

驻马店市西区的快速发展，终于催生出了一片投资的热土！

一个城市往往具有几个片区。片区发展折射一个城市的发展轨迹。片区不仅反映了城市发展，也对楼盘产生作用。大多数市民购买房屋前，首先要认定一个片区，看这个片区是否有更大、更多的发展空间，然后才决定是否在这里置业。反过来，楼盘也作用于片区。片区改变的导火索常常是由楼盘点燃，西区品质楼盘的出现及他们对自身的推广，都大大改变了西区的居住价值。

驻马店市西区的发展，一方面得益于新城区的定位，另一方面得益于前期建设的发达的交通网络和良好的基础设施及配套工程。

通而达天下。西区具有的强大辐射潜力，使得这一新城区自 2007 年前后开始迅速崛起。

毋庸置疑的是，驻马店市西区的楼盘逐渐增多，从这里最先开发的民生·美庐园和天腾盛世到陆续跟进的华龙阁、蓝山四季，再到西区最大的城市综合体——红星美凯龙，这些无不彰显西区居住品质的魅力。

作为继投资安徽区域之后，挺近中原腹地的又一重大光彩事业大体量投资项目，民生·美庐园无疑又是一个义利相得益彰且以义为先、为重的光彩事业项目典范。

整个项目高标准建设的五条城市道路，为完善驻马店市路网体系，优化城市形象，促进经济发展作出积极贡献！

这一项目的成功实施推进，因其光彩事业的重大意义而逐渐受到社会各界的广泛关注。尤其是在全国民营企业领域，产生的示范作用更是反响强烈，全国工商联、中国光彩事业促进会先后将这一项目列为全国光彩事业重点项目。

投资中原腹地驻马店市城市新区的开发建设和房地产项目，对于迈出光彩事业舞步的民生集团而言，同样亦是一个具有里程碑意义的发展历程阶段。

这一里程碑意义在于，民生·美庐园项目因为有别于一般房地产项目的特殊意义——民生承担巨大投资风险而率先拓荒驻马店市西区，不仅在经济发展相对滞后的中原腹地驻马店市抢抓"中部崛起"战略机遇崛起的关键开局阶段，有力助推了驻马店市新城区的基础设施建设，也引领带动了其新区的地产、商业等快速聚集开发。

这一切，不禁让人遥想起当年民生集团承接九江龙开河改造、打造九江九龙商业街，繁荣了九江城市商业的情景，两者何其相似！

正因为如此，民生集团的光彩事业，又进一步拓展到了助力中部地区城市崛起的领域。

毫无疑问，驻马店市新城区民生·美庐园项目取得的巨大成功，标志着以稳健铿锵步伐纵横时代发展天地江西民生集团，在新千年的第一个十年里，又赢得了更为雄厚的实力，已开始走出一条越来越宽广的发展崛起之路。

而在王翔的情感深处，投资中原腹地城市驻马店市，这座城市新区如今的景象繁荣与流光溢彩，最是他心底由衷欣慰与感怀的所在。

因为，又一座城市的繁荣与崛起，有过自己和民生集团的倾情参与。还因为，中原腹地驻马店光彩事业项目，让民生集团企业和自己个人事业在奋进的历程中，再次书写了难以忘怀的激情篇章。

第四节　荣膺令人注目的桂冠

"立足江西、走向全国"的发展战略，将光彩事业宗旨深度融入投资项目，定准了江西民生集团在新千年的发展方向，也定准了王翔对于自己人生事业的追求方向。

朝着这一方向，王翔一路激情执著行进。

他倾情付出了巨大的艰辛，也收获着令他倍感荣耀的喜悦！

一分耕耘，一分收获。鉴于王翔在引领企业发展中取得卓越成就，尤其是在光彩事业项目上的践行努力与显著贡献，他先后荣获"全国优秀中国特色社会主义事业建设者""全国全面建设小康社会突出贡献先进个人""中国优秀民营企业家"及"中国房地产优秀企业家"等诸多荣誉。

作为开始成为广受社会各界关注和尊重的民营企业家，王翔也正是从新千年伊始，一步一步登上令人注目的荣光事业舞台。

而人们又发现，王翔每一次稳健走上令人注目的荣誉舞台，授予他的荣誉桂冠，总是饱含着社会对他的敬意。这是因为，他执掌民生集团高歌而进的每一个决策、每一个项目和每一份业绩里，都融含着企业家的社会责任，体现着企业家的家国情怀。

十年前的影像资料依然如此清晰，记录着 2007 年 4 月 17 日那一天令人感怀的情景：

这一天下午 15 时，令王翔内心无比激动的时刻——第五届"2007 紫荆花杯杰出企业家奖"揭晓，在人民大会堂香港厅举行隆重的颁奖典礼。

在组委会宣读的名单上，共有 14 位内地优秀民营企业家榜上有名，他们分别是：

四川新希望集团有限公司董事长刘永好；

内蒙古蒙牛乳业（集团）股份有限公司董事长牛根生；

江西民生集团有限公司董事局主席王翔；

…………

"紫荆花杯杰出企业家奖"，是 1997 年由香港理工大学主办、中华全国工商业联合会、中国国际人才交流协会、中国民营科技实业家协会、香港工业总会、香港中华厂商联合会、香港中华总商会、香港总商会协办的大型评选活动。"紫荆花杯杰出企业家奖"两年评选一次，旨在表彰对中国商业及科技发展和社会进步作出积极贡献的优秀民营企业家，并通过香港的国际性渠道，宣传他们的突出成就和模范事迹，提高其国际知名度，加强与港、澳、台及亚太地区企业界的交流与合作，以进一步拓展国际市场。

1997 年至 2004 年，"紫荆花杯杰出企业家奖"已分别举办了四届，先后共有 78 位内地企业家和 6 位香港企业家获此殊荣。按照评选时间规定，第五届"紫荆花杯杰出企业家奖"评选将在 2007 年举行。

2007 年，正值香港回归祖国十周年，一系列隆重的纪念仪式活动将再次吸引人们把关注的目光投向香港。因此，对于这一届"紫荆花杯杰出企业家奖"的评选，格外受到社会各界的热切关注。

遵照主办方的安排，王翔作为"2007 紫荆花杯杰出企业家奖"的获奖代表，在颁奖仪式上发表获奖感言。

"在香港回归祖国十年的前夕，我十分荣幸地获得了 2007 紫荆花杯杰出企业家奖，这不仅仅是我们个人的荣誉，更体现了香港各界对内地民营企业资信和发展潜力的关注和支持……"王翔在深情感怀中这样表达自己的肺腑之言。

他深知，自己之所以荣膺企业界如此的殊荣，是来自于民生集团与光彩事业同行的结果。民生集团的发展因融入了光彩事业而获得了快速的发展，自己的人生事业更因与光彩事业结缘而走上了这令人注目的光彩舞台。

致富思源、富而思进，义利兼顾、德行并重，发展企业、回馈社会，是光彩事业的本质。

而对一个企业而言，在商业投资过程中，舍易就难，放弃部分利益来承担更多的义务，看似波澜不惊的背后，需要的是更大的勇气和魄力。

"中国有一句古话，滴水之恩涌泉相报，我们这些民营企业家能够有今天，提前进入小康，能够住别墅、开奔驰，如果没有邓小平的改革开放路线，我们还是穷光蛋，我们能够有今天我们要记得党的恩情，记得邓小平改革开放的路线，所以叫做滴水之恩涌泉相报。"

"我们要由衷地感谢改革开放，是改革开放，使我们有了用武之地，成为民营企业家。我们江西民生集团成立于1985年，那时侯，民营企业在中国大地上萌芽，民生集团率先成为先行者中的一员。"

在深厚感恩的情怀中，王翔将自己人生事业追求里最执著的情感，与光彩事业紧紧相连。他已认定，光彩事业是自己人生事业追求过程中不竭的精神动力，是他强大的内心支撑。

也正是因为愿意将个人发展与国家命运紧密相结合，此后，王翔赢得了一次又一次人生出彩的机会，完成了他成长为一个卓越民营企业家的华丽转身。

第七章
多元化战略下的纵横蓝图

　　任何一家不断发展壮大的企业，总会在机遇挑战中不断谋求着发展战略的调整定位。

　　自新千年而来，江西民生集团围绕光彩事业这一领域，在"立足江西，走向全国"发展战略的实施过程中，数年之间以稳健的势态实现着不断崛起。到新世纪第一个十年过半之际，江西民生集团已成为江西具有雄厚实力并在全国具有一定影响力的民营企业。

　　这一时期，也正是全国民营企业群雄在各个行业领域群雄逐鹿初起的阶段。与此同时，随着改革开放在横纵两个层面深入推进，对于民营企业而言，也是机遇与挑战并存的时代。

　　于机遇而言，在改革纵深推进的过程中，传统行业不断发展演进转达，各类新兴行业大量涌现，民营企业发展的天地越来越广阔。

　　于挑战而言，随着中国加入WTO之后，在中国积极引进外资的政策吸引，以及全球制造企业降低制造成本，并占领中国及亚太市场的战略推动下，大量外资涌进中国，各个领域的市场竞争逐步趋向激烈。

在经营执掌企业的二十多年过程中，人们深知，王翔从来不缺乏发现机遇的敏锐战略眼光和胆识气魄。但鲜为人知的是，他其实还深具一位卓越企业家所有的前瞻性眼光。

"在机遇挑战并存中，我们既要善于把握机遇，更要未雨绸缪调整战略。"立足民生集团发展的现实，面对企业内外发展环境的变化，2007年前后，王翔开始将多元化发展作为民生集团未来的发展方向之一。

至此，江西民生集团在立足光彩事业项目这一重点投资发展领域的过程中，开始逐步迈向矿业、制造业和化工等其他行业发展。

"一业为主，适度多元"的发展战略，也由此成为民生集团在规模化壮大发展中的一次重要转折。

第一节　未雨绸缪调整发展战略

从新千年伊始，在国家改革开放一系列政策的大力推动下，全国民营经济开始获得快速长足的发展。

党的十六大明确提出，"毫不动摇地巩固和发展公有制经济，毫不动摇地鼓励、支持和引导非公有制经济发展"。党的十六届三中全会提出，消除体制性障碍，放宽非公有制经济的市场准入。

这些，无疑让民营经济打开了越来越广阔的发展空间天地。

进入新世纪的第一个五年，民营经济正迅速形成全新的发展格局，民营企业的发展也由此进入到了一个崭新的发展阶段。

此时的民营企业发展，也开始呈现出许多新的特点。

一是逐步形成了一批资本密集、技术密集的大企业、大公司。据全国工商联调查，2006年上规模民营企业500家资产总额合计为18550亿元，比2002年的6440亿元增长了近2倍，资产总额超过100亿元的有28家，超过50亿元的有93家。二是股份多元化的公司制企业已成为民营企业的主要组织形式。据中国私营企业大型调查，2006年，私营企业中独资企业比例从64%下降到21%，合伙企业比例从20%下降到7%，而有限责任公司比例从17%上升到66%。三是在行业分布上开始由以轻工纺织、普通机械、建筑运输、商贸服务等领域为主，向重化工业、基础设施、公共事业、资本市场等领域拓展。四是在产业布局上，由早期小作坊、分散化为主，逐步形成一批以规模化、专业化经营为特征的企业集团和企业集群。

民营经济对推动地方经济发展的作用日趋明显，使得全国各地对民营经济发展的重视程度前所未有。从新世纪初年以来，江西在奋力实现"中部崛起"的战略过程中，全省民营经济获得了空前发展，民营经济成为全省经济发展的重要新增长点。

2006年，江西省委、省政府提出了"鼓励全民创业尤其是本土创业"的号召，广泛开展"学浙江，促发展"和"创新创业、共建和谐"活动，为民营经济发展营造良好的环境。九江市政府还出台了《关于加快非公有制经济发展的实施意见》，一系列举措和政策的出台，在九江全市掀起了新一轮全民创业的热潮。

在这样的大好形势下，民生集团等省内一批上规模、有实力的民营企业被赋予引领江西全省民营经济趁势而上的更多厚望。

"以更加奋发有为的姿态，实现集团又好又快发展！"民营经济迎来更加广阔的发展空间，再次激发了王翔的百倍信心，他开始下定决心要进一步把民生集团做强做大。

事实上，2006年前后，随后民生集团在安徽宿州光彩大市场项目的顺利推进、转而又向河南中原大地投以激情的目光过程中，王翔已开始意识到，在面临机遇和挑战并存时期来临之时企业战略适时调整这一重大问题。

"既要专心走路，又要抬头看天。"王翔从来都是如此，善于发现和把握机遇企业发展机遇的他，总是立足于企业自身发展的同时又具有忧患意识。正如他一再强调的，"看准市场的变化很重要，但了解国家对整体经济层面的部署、产业结构的调整等宏观大形势，对于一个大型企业在市场经济中谋求发展，则更为关键。"

王翔敏锐地意识到，在进入新千年的短短几年过程里，外资进入中国的趋势伴随着中国的改革开放的深入而逐渐凸显，尤其是中国加入WTO之后，在中国积极引进外资的政策吸引，以及全球制造企业降低制造成本，并占领中国及亚太市场的战略推动下，大量外资涌进中国，形成了今天中国数以万计的外资与合资制造企业，以及台资、港资制造企业。长三角地区，随着浦东的开发而逐渐成为中国改革开放的龙头。中国沿海地区众多出口导向型制造企业，充分发挥低成本优势，逐渐形成了国际竞争力，赢得了大量的生产代加工订单，成为国际制造业的生产外包基地。

…………

"整个市场发展环境出现的巨大变化，企业可预见的未来更趋激烈的市场竞争，也需要民生集团打开更为开阔的发展视野。"

王翔认为，只有顺应时代发展的大势，企业才能永远在激烈的市场竞争中立于不败之地，才能顺势而有更大的发展。

企业想要发展壮大，无非两种途径，一是在纵向上自己本身的领域扩大规模，做精做专，二是横向上实现多元化，多领域共同发展互为补充。这两种方式各有利弊，关键还得看是否适合自己企业所在的领域适合哪一种模式。

对此，王翔在深思熟虑中逐渐形成了自己对于民生集团在下一阶段发展壮大的独特路径——在坚持民生集团在光彩事业项目投资这一重点领域不断做大做强实力的同时，向其他发展潜力优势明显的行业和产业渐进式进军。

这即是企业多元化发展的战略方向。

王翔又深刻意识到，在顺应发展大势的背景下，民生集团此时走向多元化发展，除了企业自身的实力基础，还有其他两大优势。

这主要表现为：一是经过20多年的坚实发展尤其是自新世纪以来几年"立足江西、走向全国"战略的顺利实施推进，民生集团一代新人正在成长，集团整体素质得到明显的提高。在各自的领域，突出重点，把握全局，取得了突破性进展，这是民生集团第三个 10 年值得庆贺的大喜事。二是集团企业文化更加凝聚人心，民生品牌逐步走向全国。经过 20 多年的打拼，民生集团形成的先进企业文化，逐步深入人心，这是民生人的灵魂和核心，也是民生集团立于不败之地的法宝。

多元化发展是企业谋求规模化发展壮大的一种策略与路径。

但对于向其他发展潜力优势明显的行业和产业渐进式进军，王翔特别强调一点，那就是"适度"二字。

"我们始终要清晰认识到，在下一步的多元化发展过程中，民生集团的主业绝不能因为进军其他新的行业产业而有所削弱。相反，还要不断增强！"

最终，王翔把江西民生集团多元化发展战略定位为"一业为主，适度多元"的经营策略。

立足于光彩事业投资项目中的光彩大市场建设和房地产开发这一主业，渐进式向其他行业产业拓展，这标志着民生集团开始在规模化壮大发展起点中迈出了全新的步伐！

第二节 一业为主适度多元

产业战略方向，关乎企业的未来发展走向。

确定"一业为主，适度多元"的发展战略，是基于王翔对时代机遇与挑战的深入研判把握。

但对于民生集团在选择多元化发展方向中，该选择进入哪些具体行业，王翔当然有其独特的视角和深入思考。

"王翔认为他成功是因为身上有三种基因：一个是土地的基因、一个是经商的基因、一个是对政治的敏感度。在龙开河项目还没完成的时候，国家要建设大京九，王翔就马上争取到京九线上第一大工程九江火车站改建项目。通过参与国家的重大市政建设项目，那几年，王翔的资产和企业规模上了一个台阶。"

"通过市政建设、土地开发，王翔更加意识到资源的价值，实际上土地也是资源，你只要抓住资源，不管它涨还是跌，你终归都不要怕。"

从《中国企业家》杂志专访王翔的文章中可以看到，王翔是在改革开放初期就意识到资源之余商业成功重要性的企业家，这样的商业视野，也必定决定了王翔在企业多元化战略实施过程中独特的选择。

果不其然，2006年，王翔把民生集团多元化产业目光首先落在了矿业这一领域。一是因为王翔商业视野里的"资源意识"，二是新世纪初年以来，资源型产业领域逐步在向民营企业呈现新的发展空间天地。

众所周知，在改革开放很长时间里，矿业仍是国有垄断性经营行业。从上世纪九十年代中后期开始，这样的情况开始迅速发生改变。随着整个国家经济体制由社会主义计划经济体制转为社会主义市场经济体制，中国矿业也随着改革大潮进入了社会主义市场经济体制的轨道，从而发生了一系列重大变化。矿业经济由单一公有制转变为多元所有制，在矿业经济所有制结构方面发生了重大变化，由计划经济时期开采加工的高度集中，逐步转变为全民、集体、股份、民营、个体、中外合资、外资等多种所有制成分并存与共同发展的生产发展格局。

让我们看一组来自《改革开放三十年中国矿产业发展报告》的数据：1995年，全国民营矿业包括乡镇集体、个人采矿业企业在内已超过27万家，开发矿种154种，矿石生产总量37.72亿吨，从业人员863.25万人，矿业产值750.49亿元。产值、产量在整个矿业中占三分之一。到2007年，全国矿山企业总数12.49万家，其中民营独自或民营参股矿企11.5万家，占92.8%；从业人数全国为759.47万人，其中小矿占471.3万人，占62.06%；矿石总产量62.596亿吨。

从"三分天下有其一"到"超过半壁江山"，我国民营矿业在本世纪初年已然呈现出强劲的发展态势。

"民生集团在开启多元战略发展中，选择矿业作为其产业之一，除了改革开放带来了这一机遇，还有某种必然性。"而这种必然性，正是王翔对于资源型产业的认识"基因"。

与此同时，王翔也对未来矿业发展的前景，作了深入的调研：

我国矿业发展在改革开放后快速发展，到2000年底，全国发现的矿产有171种，探明有储量的矿产155种，其中能源矿产8种，金属矿产54种，非金属矿产90种，水气矿产3种。据原地质矿产部资料，截至1996年底全国（含台湾省）探明储量潜在价值985437亿元，仅次于美国和独联体国家，居世界第三位。截至2000年底，累计发现矿产地25000多处，全国建成各类矿山有15万多座，其中国有矿山9000多座。2000年全国矿石采掘量54亿吨，主要矿产品产量大幅度增长。中国从此由一个矿业小国跃入世界大国行列，成为居美国、俄罗斯之后的第三大矿业国。

然而，尽管我国矿业发展迅速，但仍跟不上国家建设需要。改革开放时期一方面由于经济社会的快速发展和建设规模的日益扩大，对矿产资源的需求也大幅度增加；另一方面由于种种原因，矿业虽有很大的发展，但仍跟不上国家建设的需要，从而矿产资源的供需矛盾日益加深。除铬铁矿、钾盐等传统进口矿产从新中国成立之初就靠大量进口外，除煤、钨、锡、锑、稀土等有色金属矿产仍可自给外，其他很多原来能够自给的一些重要矿产也开始从国外进口来满足需要，而且对外依存度越来越高。

为有力改变矿业发展的这种局面，2005年开始，国家有关部门出台相关政策进一步促进全国矿业发展。其中，鼓励和引导民营资本投资矿产勘察开发依然是一大引人注目的改革亮点。

但这一次国家鼓励民营企业投资矿业，又与原来有着显著的不同。那即是，鼓励和引导具有雄厚实力的大型民营企业投资矿产勘察开发领域。

这基于这样一个客观现状，即国家在对个体私营企业逐步放开矿业后，一直到上世纪九十年代末本世纪初，从事矿业投资的个体私营企业都实力较小，所经营的矿厂大部分是小矿厂，不但矿产量小，而且技术力量落后。

"国家希望在具有一定实力的民营资本的积极参与下，形成矿产勘察开发领域里国有、集体和民营矿业蓬勃发展的格局，使得矿业产能和勘察开发技术能力水平都有一个大幅度的提升，未来一段时期里，全国矿业发展具有巨大的潜力空间。"王翔敏锐意识到，这对于民生集团而言，此时进入矿产勘察开发领域是一个绝佳的时机。

王翔的分析判断十分正确。

从2006年起，全国各地一大批产量小、技术落后的小矿厂亟待通过引入大企业投资来改变原有状况。也正是这一年，在王翔果敢决定投资矿业之后，江西省内几家矿厂纷纷向民生集团抛出了"橄榄枝"。经过考察论证，民生集团最终投资江西省横峰县钨锡矿，继而又投资了江西省修水县矾矿。

投资矿业勘察开发，成为民生集团"一业为主，适度多元"发展战略实施的第一步。

随后，王翔对民生集团适度的多元化发展产业方向，又先后落在了化工、高新技术、食品加工和商务大酒店、写字楼等多个行业。

在选择这些行业过程中，每一个行业的确定都有着王翔深入的思考与独特的战略眼光：

化工行业，因其产品在用途上越来越广泛，王翔有充分的把握预见，民生集团在进入这一产业之后，将获得又一个快速稳健的增长点。

任何一个产业都有其成长发展的周期性规律。而高新技术代表着当前和未来新兴产业的一大发展方向，具有巨大的潜在后发优势。民生集团逐步进军高科技产业，就是为培育和壮大集团未来又一个强劲产业做好了充分准备。

经营商务大酒店和写字楼,这既是充分整合利用民生集团资源的途径,也是顺应酒店业和写字楼市场快速发展的市场反应。

而食品加工,民生集团多年前就已涉足。只是,在集团"一业为主,适度多元"发展战略的推进中,王翔决定将进一步扩大这一产业,且主要是这一产业的社会效益出发。

进军食品加工业,王翔还有一个深层的考虑——江西是农业大省,农业人口众多,一些地方通过开发特色农产品加工以促进农民增收是一个很好的途径。作为全省的一家领军民营企业,民生集团当在这方面尽己之力。

至此,当新千年翻过第一个五年之际,王翔引领民生集团在实施"立足江西,走向全国"发展战略的同时,又在民营经济迎来机遇与挑战并存的重要时期迈出了多元化发展的步伐。

再次回望,民生集团在新千年第一个十年中的布局发展,宏大而稳健。

在围绕光彩事业主旨下的大市场、大地产主业之外,逐步呈现出产业多元格局的民生集团,也随之翻开了崭新的发展一页。

第三节　只争朝夕开新局

纵使每个人登顶成功的路径不尽相同,但这些人往往存在一些共同的特质。古语称其为"英雄所见略同",当下可总结为:天下高见,多有相合。无论哪种说法,落实到企业经营发展中,体现的就是深刻的企业内涵,即使命感。

——题记

"一业为主,适度多元"的多元化产业格局,绘就了江西民生集团更为宏阔的发展蓝图。

展望畅想这远景蓝图，王翔内心深处总有万端感慨不禁潮涌而起。

是的，20多年创业多艰，历经几多波折，跨越多少阻碍，直面过无数难关。一路而来，企业稳健壮大，现在又向着更为高远的目标蓝图迈进。而再回望大浪淘沙的时代大潮中，当年曾同步而起的企业，所剩又还有几家。

王翔知足、欣慰，心中也油然而生出一种豪迈之情。

然而，又更有一种紧迫感在他心底生发——企业规模越做越大，王翔也真切地感到自己肩上的压力越来越重。

"企业这样大规模了，一个决策的失误就有可能造成难以挽回的损失。产业方向的确立，将直接关系到企业多元化发展的未来。"

"民生集团开启了多元化发展之路，我将带领全体同仁们，在更为广阔的一片天地里去开疆拓土。"

"一程接着一程奋力往前走，就是要让民生事业再向高端、再开新局，不断去实现我们心中为之荣光的梦想。"

…………

这样融注着深切责任的紧迫之思，也悄然汇聚而成王翔胸中的使命感：一定要稳健引领好民生集团的多元化发展之路！一定要带领好民生集团同仁们，在多元化发展的历程中再创辉煌业绩！

使命感的融注，让王翔对民生集团即将开启的多元化发展之路，充满了敬畏。这即是，将引领企业发展走向前景阔大的未来。

而正是因为心中的这份敬畏，王翔对民生集团多元化战略的实施，才更加如履薄冰与殚精竭虑。

那是一种稳健风格中的举重若轻啊！

不是么？为何确定多元化发展战略之初，王翔就一再强调"适度"二字，其核心正在于此。

"适"，适时适势而行。无论是选择矿业项目还是确定高科技、食品及酒店写字楼项目，王翔都既准确把握研判了国家经济、政策发展大势，同时又依据民生集团自身的优势和潜力。

"度"，规模有度，掌控从容。不管是项目投资规模还是产业拓进的速度，王翔考察深入，分析、研判和论证严谨，然后再决定上马。

使命感的融注，更让王翔决定对即将起步于多元化发展的民生集团人才队伍、企业管理和文化建设等多方面内容，进行全面布局、调整和提升。

因为，在王翔的理解里，这些是支撑民生集团推进多元化战略发展的强大保障力量。

"我们要以只争朝夕的紧迫感，咬定青山不放松，紧紧围绕集团既定的宗旨、行为准则，抓发展、促效益，做大做强公司的规模与实力。"

2007年伊始，王翔着手全面部署民生集团展开对既定的多元化产业稳步实施。

而实施的第一步，王翔从集团人才队伍建设着手。

在集团人才队伍建设上，王翔主要把重点放在三个方面。一是加大人力招聘力度，建立吸引人才的有效机制。按照年轻化、知识化、专业化的要求，引进高端人才，特别是建筑行业、矿业开发领域的建造师、规划师、采矿师、探矿师等。用适当的待遇留人，对员工的医疗、养老等应保尽保。二是加大全员培训力度，全面提高集团整体素质。各分公司经理带头讲课，亲自传授，制定培训计划，丰富培训内容，提高培训质量。同时加强与大专院校的联系，采取联合办学的模式，有计划、有目的培养人才，要鼓励企业选人才外出培训。三是鼓励独挡一面、独立作战，提高把握全局的执行力。

与此同时，重点突破与全面提升相结合，民生集团同时从精细管理、筑牢基础，科学管理、严控风险，创新管理和优化管理等方面发力，推动集团管理全面提升。

"20多年来，为何历经波折，跨越阻碍，直面过难关，民生集团始终能傲立市场，稳健崛起？就是因为企业同仁们心中怀有一种共同的信念。这信念就是在共同舞台上去创造一番辉煌的事业，去成就出彩的人生，去实现企业和个人的价值追求。这样的信念，让民生人一路而来锐意奋进、攻坚克难，屡创佳绩！"这样的深刻领悟，让王翔决定全面总结构建起民生集团的企业文化，为即将开启的多元化发展之路注入强大的原动力。

由此，民生集团从物质层面、管理层面到精神层面，全面构建了系统的企业文化：

在物质文化层面。坚持以人为本的理念，把人性化的管理柔性化，融入员工的工作、生活的各个层面，创造了"企业的事，员工去做；员工的事，企业来办"的运行机制，积极营造"家"的氛围，为员工办实事，做好事，解难事，在企业实现盈利的同时，逐步提高员工的工资和福利水平。

在管理文化层面。围绕制度文化建设，除健全企业管理制度，制定员工行为规范外，还有重要的一条就是，重视企业的财务管理，尤其是现金流的安全，逐步建立了以财务管理为基础，以现金流管理为核心的资产安全和保值、增值体系，进一步规范管理流、控制现金流、监控资产流、开放信息流、放权业务流。

在精神文化层面。集创业发展20多年来的深切感悟体会，从四大方面凝聚成民生集团的核心文化内涵：

善于思考，敢为人先。敢吃螃蟹，敢为人先，敢闯前人未走过的路。善于思考，科学认识事物发展的规律，善于把握商机，认准目标，持之以恒，不懈努力。

打造一支高素质的员工队伍。不断开阔眼界，更新知识，提高员工的自身素质，这是民生集团不断发展壮大的力量之源。

坚持"诚信为本"的信用文化。始终坚持"诚信为本"的经营理念，注重树立良好的社会形象。

注重塑造企业家良好形象。认清自己的社会责任，真正做到要想干事业必须先做人。把社会责任作为企业使命看待，把企业的终极使命定位于造福社会。把"创造财富，贡献社会"的理念，贯穿于企业发展的全方位、全过程，为构建和谐社会尽一份责任。

由表及里，民生集团从物质层面、管理文化再到精神层面，构建起了系统而卓越的企业文化。

多层次、立体化、互为表里、相得益彰的民生集团企业文化，又以"六大理念"贯穿其中：

核心理念：创造财富，贡献社会；

经营理念：阳光下的利润；

人文理念：温馨的劳资关系；

结构理念：一业为主，适度多元；

战略理念：立足九江，走向全国；

战术理念：强基础，创基业，打造百年老店，与时代共繁荣。

企业文化与精神是企业的灵魂。一家卓越的企业，责任和使命是其全体员工奋进目标和方向，是企业不断发展或前进的动力之源。

从人才队伍到集团管理核，再到文化建设，王翔为正式开启多元化发展战略的民生集团构筑起了最强大的核心竞争力。

对此，业界有这样的评价："不是掌握了核心高科技产品的一家企业，产业也并非前沿领域的一家公司，为何一个个相对来说是市场竞争激烈的产业，能始终稳健崛起？或许，答案只能是，民生集团强大的人才队伍、优势的企业管理和卓越的企业文化，凝聚成了其独一无二的企业核心竞争力！"

…………

依靠自身独一无二核心竞争力的民生集团，且看其在多元化发展征程中的一路欣喜收获。

在矿业方面，2007年投资的江西横峰钨锡矿进展十分顺利，当年就实现了投入生产。

而这一年，民生集团矿业公司又分别决定投资江西赣州于都牛形坝铅锌矿和江西九江修水矾矿，这两大矿项目的立项审批前期系列，在当年全部顺利完成。

民生集团多元化产业发展的第一步，开局十分顺利！

更令人惊喜的是，得益于前期勘探严谨、论证严密，民生集团投资的这三大矿业项目不仅品位高，而且采选成果好，金属量近 100 亿元。

民生集团矿业项目，甫一起步就前景喜人，为此后延伸矿业产业链，实施矿业经济的可持续发展创造了优良条件，也为民生矿业未来发展打下了最初的坚实基础。

民生矿业项目起步立足江西的同时，随之又渐将目光投向了外省。

2007 年底，民生集团矿业产业延伸到了贵州省普安县，迈出了民生矿业"立足江西，走向全国"的第一步。

而从 2008 年开始，民生集团矿业产业先后向湘、闽、滇、桂等六省横向拓进。到 2010 年前后，民生集团已经在以上六省投资开发了六大矿山，矿种涉及金、银、铜、铁、锡、铅、锌、钨等十多个品种。

民生集团进入矿业领域，在短短几年时间，其开发速度惊人，开发规模空前。

从 2007 年到 2010 年，民生集团矿业在 3 年中投向矿业高达 10 亿元，而年产值也接近了 10 亿元。

至此，在全国民营矿业企业界，民生矿业以令人惊叹的规模实力开始崛起为业界的一匹"黑马"！

更为引人注目的是，民生集团在矿业开发勘察领域，一开始走的就是一条绿色可持续矿业发展之路。在这些矿场的勘察开发中，民生集团组织专家人员，走强强联合之路，运用高新技术，开发生产集约型、环境友好型的矿业经济。

民生集团矿业，也由此成为全国矿业企业中的典范企业之一。

或许，已融进一个人心底最深处的情结，在时光深处是永恒的。在王翔的内心情感里，光彩事业民生情怀与民生集团发展的紧密融合，也是永恒的。

进入矿业，他始终不曾忘记，如何在这一产业中融入光彩事业项目的投资运营模式。例如，在贵州省普安县的矿业项目，为有力改变该矿所在地普安县白沙乡贫困落后的局面，王翔除了从该矿的利润中拿出一部分来为当地修桥铺路和建校助学之外，还从围绕该矿服务产业帮助当地建立可持续发展的服务项目。几年过程中，贵州省普安县白沙乡这个西部落后山区的经济发展和群众收入，有了不少改善。

凭借在多元化战略实施过程中对产业选择的"适度"准确把握，快速成长的化工、高新技术和食品加工及酒店业等各个新增产业，让民生集团的产业版图得以实现稳步扩大，企业规模和实力迅速壮大。

而在多元化产业快速崛起的过程中，民生集团对于光彩事业的重点投资也不断加大。

从 2007 年以来，民生集团光彩事业综合项目、房地产等项目逐渐辐射到了皖、苏、鲁、豫四省，在湖北贵州等地均有总投资数亿元的基础设施建设与房地产开发项目。这些光彩实业投资项目无一例外地成为当地新的经济增长点，为当地提供了大量的就业岗位。

历经"一业为主，适度多元"的多元化产业发展，民生集团规模实力快速扩大提升，企业品牌形象不断扩大。

到 2010 年前后，江西民生集团已发展成为拥有 22 个子公司，涉及高新技术、房地产、建筑、矿业开采等几大产业的大型民营企业集团，连续多年成为江西省的"纳税大户"。

自开启多元化发展之路而来，民生集团每年在"全国最大 500 家私营企业""中国服务业企业 500 强"和"中国房地产企业 100 强"名单中的位次，也不断逐年前移。

"一业为主，适度多元"的发展战略，也由此成为民生集团在规模化壮大发展中的一次重要转折。

从"立足江西，走向全国"的新千年集团发展战略，到"一业为主，适度多元"的多元化发展战略，走过新千年第一个十年历程的民生集团，其纵横捭阖的发展格局已呈现出锐进之势。

作为江西红土地上正快速崛起的企业明星，江西民生集团广受注目。

正如人们所形象喻之的，如果说，中国大陆弯曲的海岸线宛如一张强弓，千里京九好比一根箭弦，万里长江恰似一支利箭，处在箭与弦的交汇点上是九江。那么，箭羽上银光闪烁的彩星就是民生集团，正蓄势待发，肩负新的使命，继续书写"立足江西，走向全国"新的辉煌。

在大潮奔涌，百舸争流的改革开放大时代，王翔三十余年风雨兼程拼搏奋进，写就了令人注目的创业传奇！

第八章
梦想与激情再度期遇

立梦远征，载梦奋战。

当新千年的日历翻过第一个十年，江西民生集团以其主业与其他多元化产业齐头并进的强劲崛起之势，已立于江西乃至全国民营企业的领先阵营。共和国的同龄人王翔，在三十余年风雨兼程的拼搏奋进中，写就了令人瞩目的创业传奇。

长江后浪推前浪，一代更比一代强。

"民生集团深远发展的常青基业，必定将随着企业接力棒的传承而继续砥砺前行和不断壮大！"亦深知这一客观规律的王翔，在已过耳顺之年中也开始着手考虑培养和力推企业接班人这一重大问题。然而，王翔心中立梦远征、载梦奋战的激情却从未曾有丝毫的减退，在为立业、为把企业一步步推向更为广阔发展舞台空间的历程中，王翔更是从不曾释怀那一路征程中期遇过的机遇和梦想。

2011 年，王翔内心深处的一个梦想与激情再度期遇。

这一年，在江西九江市拉开城市大框架，提升城市品位，构建大九江崭新发展格局——"中心城区从甘棠湖、南湖时代走向八里湖时代"的城市大发展过程中，王翔决定投资 50 亿元，在九江县赛城湖建设和打造大型旅游文化休闲项目——民生"九江大千世界"。

鲜为人知的是，这是萦绕在王翔心中整整二十多年的一个梦想。

上世纪九十年代初期，国家规划大京九铁路建设，王翔对于借助九江未来交通格局巨变的优势与整合庐山、九江市自然文化历史旅游资源的深度思考，逐步形成了在九江投资建设一个大型综合旅游项目的规划蓝图。

但是，后来因为投资京九铁路九江火车站和龙开河改造这两个大型项目，王翔对于在九江投建大型综合旅游项目的计划搁置了下来。在此后 20 多年过程里，那个关于激活带动九江市文化旅游产业大发展的大型游乐园项目，总是在某些不经意间倏然闪现于王翔的脑海之中，尔后又悄然深藏回心底。

在王翔的目光里，每一轮时代前行的波澜大潮，总是孕育着崭新的机遇，而逐梦的人生情怀，又总是促使着他渴望不断去创造新的事业辉煌。

而这一次的激情再出发，王翔既视之为自己人生圆梦的创业征程，又是以此推动民生集团实现深度转型发展的一次全新开端。

第一节　转型升级发展中渐次"交棒"

三十多年风雨砥砺，在中国民营经济不断发展壮大的进程中，民生集团已崛起为江西在全省乃至全国具有广泛影响力的大型民营企业。

而王翔本人，不仅成为改革开放进程中的商界巨子，而且被社会公认为是改革开放进程中具有时代符号意义的代表人物之一。

他先后荣获"全国优秀中国特色社会主义建设者""全国全面建设小康社会突出贡献先进个人""中国优秀民营企业家""中国房地产优秀企业家""香港紫荆花杯杰出企业家""改革开放三十年江西省十大杰出建设者""首届中国十大杰出赣商"等众多荣誉。

2008 年，中国改革开放走过 30 年宏伟历程。

对于王翔而言，这是他人生命运发生巨变的 30 年，也是他书写奋进事业的辉煌岁月。

这一年，也是民生集团开启多元化发展战略的第二年。

回望 30 年中的砥砺奋进岁月，王翔感慨万端。

而在民生集团多元化发展战略取得喜人业绩的开局之年，王翔也悄然开始思考一个不得不要去面对的重大问题。

在他看来，这一个问题，即是他个人事业也是民生集团事业传承的重大问题。

"一个国家、一个民族、一个单位乃至一个家庭，接班人传承得好不好，能不能把事业和精神传承下去，希望之根能不能流传下去，关系到事业的成败兴衰，乃至生死存亡的大事。"

中国民营企业在走过了20多年的历程后，第一代企业家经过多年的艰辛创业，已集体临近花甲之年，许多企业正进入一个新老交替的阶段。如何将手中的接力棒交给下一代，以保持企业的可持续发展，是这些企业面临的一个重要问题。据了解，未来5至10年，我国将有300万家民营企业面临接班换代的问题。

关于改革开放第一代民营企业家事业传承的问题，在2008年改革开放三十年这一重大时间节点，也成为民营经济发展领域里的重大课题之一。

与共和国同龄的王翔，2009年步入花甲之年。

深知"长江后浪推前浪，一代更比一代强"这一客观规律的王翔，由此将考虑培养和力推企业接班人这一重大问题，提上了日程。

事实上，王翔对这一问题的思考与着手，早在几年前就已开始了。只是，出于这一问题重要程度的原因，王翔在形成自己决定的过程中，始终持审慎与严谨的态度。

直到临近改革开放三十年这一个重大时间节点，王翔的思考才完全成熟。

此时，他认为，向外界透露自己决定的时间也成熟了。

"对于企业未来接班人的传承问题，江西民生集团的董事长王翔毫不隐讳地告诉记者，他会把企业传给他的儿子——王亮。"

2007年11月21日，《中华工商时报》以"江西民生集团董事长王翔直言：培养爱子接班"为题，报道了王翔在接受该报记者专访中谈及的"企业接班人传承"这一问题。

众所周知，在第一代创业者中，很多"土八路"出身的民营企业家颇具世界眼光，都早早地将子女送到海外读书学习。这其中，不乏是从培养自己和企业事业未来接班人这一角度考虑的。

在这篇专访文章中，王翔第一次向外界十分坦诚、完整地阐述了自己对于培养和决定让儿子接班的问题。为完整起见，现转载如下：

王翔说，中国人还是受传统文化的影响"养儿防老"。目前，中国的民营企业家也很难突破这一点，很难做到像西方人那样"把企业捐出去"。

作为第一代企业家，王翔从一开始就有意识培养王亮：送他到国外读工商管理；并要求他在国外打工，主要是为了积累经验。

王亮在国外期间，他们父子争议最大的问题是：打工。王亮认为，以自己的能力，没有必要打低级工，干那些刷盘子、洗碗的工作；而王翔则认为，王亮必须从底层做起，才会明白创业的艰辛。

当然，在接班的问题上，王翔给王亮也有一个最根本的要求：除了具备很好的文化素质，首先就是要会做人。因为在王翔看来，做企业如同做人，否则，不可能做好企业。其次，就是善良，对父母、对朋友都要有一颗善良的心。第三要有责任心。有了责任，不用扬鞭自奋蹄。第四要勤于思考。

让王翔欣慰的是，经过几年在海外的拼搏、磨练，王亮方方面面都很成熟。而他坚决不加入外国国籍的爱国举动也着实让作为父亲的王翔非常感动。

此外，让王翔惊讶的是，王亮回国后的第一件事情是要求父亲收回民生集团的文化娱乐中心，由他自己来承包经营。王亮向父亲承诺，由他承包与外人承包一样，承包费不变。从王亮经营文化娱乐产业，王翔看到了儿子的潜力。接着，他又把民生在淮南的项目交给了王亮。

王翔说，实践证明，王亮在管理、经营模式等许多方面并不比自己差。他说，他已是六十岁的人了，再干几年，他就退休，带着妻子周游世界，好好享受生活。

《中华工商时报》的这篇报道文章一出，随即被各大网站、报纸纷纷转载。

这是意料之中的事情。因为，王翔不仅是作为改革开放进程中优秀的企业家而广受社会和媒体关注，更因其在连任三届全国政协委员期间，所提提案"议国是尽是大局，表民意体察入微"的深切家国情怀而备受注目。更何况，这一报道刊出的时间，在2008年改革开放三十周年这一重大时间即临之际，王翔作为改革开放进程中具有时代符号意义的代表人物之一，可想而知，这篇报道文章随即会引发的高度关注。

对此，王翔本人应该更有所预料。

至此，一切都已明朗——这是一个重要信号！

这个重要信号，就是王翔以这样的方式回应外界的关切：他将准备退居二线，将执掌民生集团永续经营、再创辉煌的接力棒交给儿子王亮。

是的，在用心良苦的有意培养过程中，又经数年让儿子王亮从基层锻炼开始，一步步受磨砺，王翔逐渐认定了儿子王亮具备承接民生集团事业再创更大发展辉煌的能力。

接下来的2009年，从这一年开始，人们逐渐看到，王亮开始被委以民生集团高管层重任，逐步独立承担集团重点项目的执掌和运营。

但对于民生集团全局，王翔仍是亲自执掌。

"民营企业传承，绝不只是财富、资产和产业的传承，它传承的是一份事业，传承的是父辈对社会的理解、对国情的体察把握，传承的是企业的文化和责任，传承的是企业的责任使命！"

王翔对于民生集团的接班传承问题，有着自己独特而深切的理解。

尤其是，他高度重视民生集团社会责任与使命的传承。数年前他曾毫不避讳地说，如果儿子王亮不具备承担起这些能力，他绝不会考虑把企业的接力棒交给儿子王亮。

事实上，王翔之所以被看成是中国改革开放30年来，一个具有代表性的人物，最主要的还在于他有了民生集团之后所肩负的一种民生责任。

正是出于这样的深层思考，王翔说，他仍需要时间来观察并指导儿子王亮，以期让儿子王亮最后作为民生集团事业合格传承者，顺利走上执掌集团全局发展的位置。

而另一种现实的情况是，自 2007 年民生集团开启多元化发展战略以来，实际开启的也是集团全局发展战略的第一次大转型，这需要一定时间去进行探索、调整和完善。

父爱如山。王翔在做出子承父业的决定后，还要扶上马再送一程。同时，民生集团正处于发展战略大转型时期，为更加稳重起见，他采取的是在企业转型升级发展的过程中渐次"交棒"。

…………

时间悄然进入 2011 年。

走过新千年第一个十年的民生集团，其发展崛起之势稳健而磅礴。尤其是开启的多元化发展战略步伐，历经几年的探索、调整和完善，已成效显著。

向新千年第二个十年迈进的民生集团，发展格局已初定，发展方向已明晰。

"现在，交班的条件和时间基本成熟了！"王翔决定，将民生集团发展的接力棒传交给儿子王亮。

在王翔的目光里，每一轮时代前行的波澜大潮，总是孕育着崭新的机遇。而新一代掌门人的接棒，将开启民生集团更为宏大辉煌的事业格局。

"踩准大时代发展的脉搏，民生集团逐梦前行的未来，就一定将不断创造更新的辉煌！民生集团深远发展的常青基业，必定将随着企业接力棒的传承而继续砥砺前行和不断壮大！"

这一年，在深情的寄语中，王翔开始逐步将民生集团各大产业的管理、经营和决策权传给了儿子王亮。

但在此后的过程中，人们却看到，王翔依然始终深情关注，不遗余力地给予着前行中的民生集团以倾力扶持。

第二节　萦绕心间二十年的那个梦

"再干几年，就退休，带着妻子周游世界，好好享受生活。"

曾经否，2007年11月，在正式向外界透露自己将把民生集团事业的接力棒传承给儿子时，王翔似乎也做好了自己退休生活的计划。

然而，2011年，当62岁的王翔再次向外界正式宣布自己的一项计划时，随即引发的是热切关注与深深敬佩：

"接下来，我将倾力打造'九江大千世界'项目，这是我人生的圆梦事业。"

王翔非但没有准备带着妻子去周游世界，去好好享受生活，他还要从此去亲自统筹，倾力而为，在江西九江市打造一个宏大的文化旅游项目——"九江大千世界"！

此时人们才明白，王翔只不过是从民生集团格局已定的产业版图，转移到了他擘画的另一幅全新产业版图。

这一幅全新的产业版图，还要从萦绕他心间20年之久的那个夙愿说起。

追溯王翔当年拎着油漆桶为谋生层面而出发的创业起步，一路行进至2008年前后的近30年奋进历程，如果连接起民生集团在这近30年不同寻常发展历程中的一个个重要时间节点，人们可以清晰地发现，王翔为民生集团缔造发展和自己人生事业创造目标的坚定，赋予了他强大而执著的前行动力。

当然，对于民生集团每一阶段的发展规划和产业项目，王翔都显示出过人的眼光和胆识气魄。

"他是这样的人，认定了一个目标或是一个项目，绝不会轻易放弃，他把目标放在心底，纵使是等上五载十年甚至二十年、三十年，在各方面条件成熟后，他会开始为完成那个目标而倾注全部的心力。"深深了解王翔的人这样说。

而且，民生集团发展的数十年过程中已充分印证了这一点。

　　从这种角度上而言，似乎可以这样说：在为立业、在为把企业和事业一步步推向更为广阔舞台空间的历程中，王翔从不曾释怀那一路征程中期遇过的机遇和梦想。往往是这样，在很多年以后，他开始大手笔激情进军的一个产业领域、一个发展项目，人们惊讶地发现，这产业、这项目其实是他曾经立下的目标和规划过的蓝图，开启实现那目标、那蓝图的铿锵步伐，实际上也就成为他为圆梦而光荣奋进的一段岁月征程。

　　2008 年前后的那段时间里，王翔萦绕心间 20 多年的那幅阔大产业与项目蓝图，在种种机缘下悄然激起他内心深处的激情。

　　最终，在完成缜密的思索过程中，王翔认定各方面的条件机遇正当其时，于是他下定决心，由此要为圆 20 多年前的那个壮阔梦想而倾注自己全部的激情与努力，要让心中当年的设想蓝图，在这时代奔涌而来的历史性机遇中呈现为现实。

　　与此同时，在王翔缜密而宏大的构思中，将这萦绕心间已 20 余年的设想蓝图开始付诸实践，也是借进军文化旅游大产业的契机而开启民生集团转型升级发展步伐的重大开端。

　　正如后来他所说："在转型升级发展中，我要让民生集团发展的脚步等等灵魂，从单纯的建城造大市场的开发中解脱出来，把发展的脚步放从容些。"

　　由此，王翔这一次对民生集团发展历程中缜密而宏大的构思内容，又包容了深层广博和具有前瞻性的丰富内涵。

　　王翔当年的那个壮阔设想蓝图，究竟是一幅怎样的壮美蓝图呢？

　　让我们把时间回溯到上世纪九十年代。

　　1982 年，庐山被国务院批准为首批国家重点风景名胜区，到 1991 年荣获"中国旅游胜地四十佳"。在这十年之间，庐山每年接待全国各地游客的人数开始持续增长。而那十年，也正是随着改革开放过程中城乡居民生活水平不断提高，全国旅游产业开始兴起与成长的重要时间过程。

庐山开始在中国著名旅游景点中日益凸显出广泛的美誉度和影响力，始于九十年代初。

这也是中国旅游产业发展第一个黄金成长期的开端，在此后到新千年之初的十年过程中，中国旅游产业异军突起，庐山旅游逐渐呈现出强劲发展的势态和广阔前景。而且，庐山旅游大发展的带动也为九江这座城市的发展崛起注入了活力。

今天，回顾庐山旅游在上世纪九十年代初至新千年之初获得的快速强劲发展，就不能不提到 1993 年 1 月和 1994 年 7 月，九江长江大桥公路桥与铁路桥相继建成正式通车这一具有标志性意义的大事件。

始建于 1973 年 12 月的九江长江大桥，是当时继武汉长江大桥之后，我国在长江上建造的第八座大桥，比南京长江大桥还长 900 米。

1993 年 1 月，九江长江大桥公路桥正式建成通车，也是九江这座千年历史文化名城在改革开放过程中，开始快速凸显出其重要影响力和区位发展战略地位的一个重大开端。而 1994 年 7 月，九江长江大桥铁路桥正式建成通车，京九铁路全线贯通，使得九江市的交通和区位优势更加凸显。

浩森鄱湖、万里长江在此交汇，九江市是长江黄金水道沿岸十大港口城市之一，中国第一批沿江开放城市之一，也是江西唯一通江达海的城市，在长江中部城市群中具有重要的战略地位。而连接长江天堑的九江长江大桥和京九铁路的相继贯通，更是将九江从江西的层面提升到国家的层面上，使九江在长江中游的战略区位优势提升到仅次于武汉的地位。

至此，到上世纪九十年代初年，九江已集众多令人羡慕之优势于一身，可以说九江具备了快速发展的众多先决条件。

由此，江西九江开始成为一座令人注目的城市。

而这其中，最让王翔注目和心动，就是九江旅游产业发展的未来广阔前景和巨大空间。

"当时，我的思路主要是，九江长江大桥建成通车和京九铁路全线贯通后，九江将成为京九铁路的枢纽，对加强中国南北交通运输，促进华东、中南经济建设、文化交流和旅游事业都具有重要的战略意义。"

站在九江将迎来大发展的良好区位优势正逐步形成的这一视角，从庐山旅游发展和九江文化旅游产业崛起相互策应驱动的分析层面，同时又将整体思考置于全国发展区位、交通优势及旅游文化产业发展等一系列大背景之下，在1993—1994年九江长江大桥公路与铁路大桥相继建成通车之前，王翔已初步完成了这样的分析、研判与思考。

正是沿着这种深刻的分析、研判与思考主线，王翔继而又在深入了解考察庐山旅游和九江文化旅游产业发展二者间相互策应驱动的过程中发现：因为九江这座千年古城在中国历史文化名城形成过程中所具有的知名度和美誉度，因此，许多上庐山来旅游的游客都会在游览完庐山后而来九江旅游。然而，九江城却"留不住客人"，以至于后来很多上了庐山的人，下了庐山就走掉了，连九江来都不来了。

让王翔没有想到的是，其时他以极大热切关注和思考的这一问题，也同样正是九江市委、市政府关于九江抓住大好机遇，在全新格局中谋求广阔发展大思路中的一个重要发展问题。

这个重要发展问题，就是推动九江文化旅游产业的兴起与崛起。

九江自古就是中国的历史文化名城，有着厚重的文化积淀。而九江之厚，厚之于史。九江有着2200多年的悠久历史。早在夏商时期，就归属于荆、扬二州之地，春秋战国时期，又有吴头楚尾、粤户闽庭之称。到秦始皇统一天下，将天下划分为三十六郡，其中就有一个九江郡，西汉时期大将军灌婴在九江修筑城池，自此九江作为独立的城府便出现了。此后九江又有江洲、柴桑、浔阳等古称，当年白居易被贬江洲、诸葛亮柴桑吊孝、宋江的浔阳楼上醉题反诗的故事都发生在这里。

九江，自古商业发达，有着"来商纳贾，七省通衢"之称。同时，又是南北交通大枢纽，而且是全国著名的"四大米市""三大茶市"之一。九江水资源丰富，北枕长江，南靠鄱阳湖、甘棠湖、南门湖、八里湖，在这些水的周围还点缀着烟雨亭、浔阳楼、锁江楼、琵琶亭等古建筑、古遗址，使得这座古城充满了韵味。浔阳古城又被称为溢浦明珠，这里湖光山色，景色宜人，城中的两个湖就如美丽少女的一对明眸，长江之滨、甘棠湖畔，步步有风景，处处有传说，烟水亭也是来九江一个不可少去的景点，那是当年江州刺史李勃任江州时所修建，白居易在那写下千古绝唱《琵琶行》。浔阳古城的美景，处处都令人流连忘返，闹市之中的浪井让人体味古城的历史久远，江边的浔阳楼、锁江宝塔无不又让人感受古城的岁月沧桑。在九江的周边，有众多的风景名胜，鄱阳湖石钟山离九江40公里，庐山离九江也只36公里，在周边还有秀峰、白鹿洞书院、三叠泉、海会寺、东林寺等。

可以说，九江大力发展以历史文化带动旅游业为丰富内涵的文化旅游产业，可谓兼具不可复制的天然资源优势和正日益凸显的后天资源优势，也开始逢遇大好的机遇！

为此，上世纪九十年代初年，随着区位发展战略优势的逐步形成，九江的决策者对于引导九江文化旅游产业的快速发展和崛起寄予了很高的厚望。

然而，怎样才能破解让九江"留得住客人"这一问题，又令九江市的决策者们深感困惑。

"要破解这一问题，打开九江文化旅游产业兴起发展的'布袋结'，必须首先解决一个十分关键的问题，那就是形成九江相对聚集，又具有一定吸引力与知名度的文化旅游核心景点。"在深入思考并为此作了相关调研的基础上，王翔提出了自己的观点。

对应于自己以上的思考和观点，王翔随即提出了民生集团在九江市建设一个大型游乐园的构想。

"这个大型游乐园项目，融九江乃至全国历史文化旅游要素与香港迪斯尼现代游乐项目元素为一体，构成游客游玩的大千世界，形成九江市一大具有强烈吸引力的大型景区。"最后，王翔对自己构想中的大型游乐园项目作了这样的定位。

王翔对于破解让九江"留得住客人"这一问题的思考，对通过建设打造一个大型游乐园来形成具有一定吸引力与知名度的文化旅游核心景点，从而留住来九江的游客以达到全面带动九江文化旅游产业发展目标的观点，深得九江市决策层的高度认同和赞赏。

对于民生集团拟在九江市建设一个"大千世界"式的大型游乐园项目，九江市委、市政府表示，将给予全力支持！

这就是20多年前，王翔在民生集团发展历程中的那项宏大而缜密的思考。

时隔20多年，站在新世纪以来全国旅游产业发展的磅礴发展尤其是庐山旅游发展的爆发式增长态势的视角，再审视当年王翔关于九江文化旅游产业发展和构建九江市大型游乐园项目的整体思考，无论是就思考的深度还是广度，都让人对王翔敏锐且具有前瞻性的眼光深为震撼！

然而，1994年前后，当民生集团在完成京九铁路九江火车站建设项目，准备接下来规划和筹建这一大型项目时，恰遇九江市委、市政府经研究后郑重决定将改造龙开河、打造九龙街这一特大型市政与商业开发项目交由民生集团。

这一特大型复合项目，是九江市城市公共基础重大工程和城市重点商业区域标杆，不仅涉及的资金体量十分庞大，而且项目难度超乎想象。

"我们当全力以赴，确保这一大型复合项目顺利推进和保质保量完成，以不辜负市委、市政府对民生集团的高度信任与深切期望，不辜负九江全市人民的期盼！"为此，1994年年底，王翔彻底放下了建设大型游乐园这一项目。

而在龙开河改造和九龙街打造基本完成后，王翔又在厚重的责任感召下，和刘永好等全国首批民营企业家政协委员们一起，发起与倡导"光彩事业"，并一直在光彩事业项目上倾情执著稳健前行到如今，一直都没能腾出精力来考虑当年关于在九江市建设大型游乐园这一项目的这件事。

于是，在时光的渐行渐远中，于九江市建设大型游乐园这一项目的构想，也逐渐成为一个深藏于王翔心底的夙愿。

到 2008 年前后，这个夙愿一搁置不知不觉已是 20 多年。

然而，在这 20 多年过程中，那个关于激活带动九江市文化旅游产业大发展的大型游乐园项目，总是在某些不经意间倏然闪现于脑际，尔后又悄然深藏回心底。

那是一个萦绕王翔心间 20 多年的壮阔蓝图之梦呵！

第三节　时代机遇赋予圆梦契机

"不忘初心，方得始终。"

关于民营经济在时代里前行的重大时间节点，关于民生集团发展转承启合的重大时间节点，关于王翔个人事业梦想在不懈追求中呈现出更富深远意义的重大时间节点，都在 2008 年至 2009 年之间这个时间段悄然交汇了。

2008 年，恰逢中国改革开放走过 30 年风云激荡的辉煌岁月。

三十年回望，中国民营经济从潮涌而起到万树繁花的盛景，这是一幅无比壮丽的时代画卷。从最初的"躲躲闪闪"，到今天的"遍地开花"，中国的民营经济在发展过程中经历了艰难的蜕变过程，一部分企业破茧成蝶，不断壮大，也有很多企业悄然消失，成为这段历史的注脚。

而行进至 2008 年至 2009 年这个时间节点的中国民营经济，不得不面临这样严峻的现实发展情势：

30 年来尤其是自世纪之交而来的第一个十年里，中国经济多年高速发展中积累下来的各种经济发展矛盾，已趋向深度调整的态势。

而 2008 年特别是下半年金融危机爆发，使得世界经济格局开始发生一系列重大变化，全球经济进入中低速增长阶段，国际贸易保护主义壁垒日益深化。从国内环境来看，一方面，我国正处于第三次消费结构升级阶段，生存型消费向发展型消费和享受型消费转变，将会为民营企业创造广泛的服务业需求；另一方面，我国企业已经进入高成本时代。资金困难、生产成本上升、通货膨胀等一系列因素，进一步加大了民营企业生产经营压力。

顺时应势，把危机作为"倒逼"企业提升的难得机遇。

面对经济发展中遇到的困难和问题，全国民营企业树立增强战胜困难的信心和决心，纷纷努力把困难和挑战带来的压力转化为推进发展方式转变和结构优化升级的动力，以谋求企业发展的转型升级。

而这一年，无论是在民生集团发展历程中还是在王翔事业的前行征程中，都可谓是具有重大标志性意义的一个年份。

这一年，面对金融危机形势下经济发展的状况，江西省委、省政府适时提出，把金融危机作为"倒逼"发展模式转变的难得机遇和动力，推动民营经济在危机后实现整体升级。这一点，成为政府和企业界的共识。

"在转型升级发展中，我要让民生集团发展的脚步等等灵魂，从单纯的建城造大市场的开发中解脱出来，把发展的脚步放从容些。"这就是在2008 年至 2009 年，那个对中国民营经济与民营企业发展而言具有起承转合重要意义的时间段里，王翔所说的这句话的深刻而深远意义所在！

王翔开始深思民生集团实现深度转型升级发展的切入点。

而恰恰是在王翔对于民生集团实现深度转型升级发展的思考渐向深远之时，九江这座城市在发展中再一次赋予的机遇深深吸引了王翔的目光。

规划大统领、绘大城之梦。城市因人而兴，人无梦，城难兴，九江逐梦大城的雄心从未间断。

新世纪以来，国家新型城镇化建设、长江经济带建设、长江中游城市群规划、昌九一体化等系列战略为九江打开"筑梦"空间。

筑梦大城，规划是龙头、是引领、是先导。

2009年1月，九江市委、市政府作出了以"强工兴城"的大手笔书写一个崭新时代的科学决策——立足九江实际，适应形势变化，开拓新城区，拉大城市框架，实现从甘棠湖、南湖时代走向八里湖时代。

2009年3月26日，总投资20多亿元的九江十里河整治、长虹西大道和环湖路建设三大工程同时开工，标志着九江城市建设从"两湖"（围绕甘棠湖和南湖为中心）时代走向八里湖时代拉开序幕。

九江经济社会发展的设计者、决策者们用大手笔破题，将八里湖新区的发展融入全市经济社会发展的实践之中，借高起点、高标准的规划，开启了八里湖新区建设的新篇章。

紧随其后，一批批城建项目陆续开工，力争三年内投资100亿，这意味着九江要在八里湖崛起一座新城，以激扬的旋律奏响了古城九江新时代的发展凯歌。

九江八里湖新区建设，迅速吸引了多如过江之鲫的地产大亨们的目光，他们纷纷大手笔投资，抢滩八里湖，形成了整个九江市"众星捧月"的罕见盛况。

喧闹沸腾之间，突然传出这样的声音："怎么不见民生集团的身影？！"

有人传出这样的声音，理所当然：一为民生集团在九江及江西地产界多年的实力与品牌，使得社会各界早已习惯于这样的思维，这即是，改革开放30多年来，每在九江城市建设与发展具有重大意义的每一个阶段，必然会有民生集团矫健的身姿。二是，对于九江城市发展而言，如此具有重大机遇的发展战略，作为从来就具有眼光和胆略的王翔，一定会识得这一重大机遇。

是的，人们的猜想一点也没有错。就在大九江拉开八里湖新城建设序幕的同时，王翔热切的目光也投向了这片热土。

"助推大九江新中心崛起，让大九江的一个新的经济增长点早日形成，为地方经济社会发展作出积极贡献！"王翔认定，这片正在开发的九江新中心热土有属于民生集团的机遇，而且也必将和自己思考的推动企业实现深度转型升级发展结合在一起。

由此，王翔的关注目光迅速落在了九江八里湖新城建设上。

"九江人文积淀丰厚，山水资源丰富，拥有庐山、长江、鄱阳湖、共青城、庐山西海、浔阳古城等六张名片，九江的旅游资源，在江西是'无以媲美'，在全国也'屈指可数'。"此时，九江市明确提出了今后一个时期全市的发展重点：围绕一个目标，着力三大抓手，走好三条路径，强化五项举措。一个目标就是围绕做大九江的目标，实现财政年均增百亿，工业五年过万亿；三大抓手就是做大经济总量、扩大城市体量、放大潜在能量，这其中旅游就是最大优势和潜能。未来几年，九江市将围绕"做大九江"的奋斗目标，在放大潜在能量中壮大旅游实力，推动旅游勇当全省排头兵，把九江打造成"全省龙头、全国示范、世界知名"旅游强市。

与八里湖新区建设同步，九江市也开始激情着手构建大庐山旅游圈、打造"资源共享、客源互送、线路互通"昌九旅游大格局，提升九江在中部地区乃至长江中游城市群的影响力、知名度。

一批重大文化旅游和产业项目，被列入了八里湖新城区建设的规划蓝图之中。

第一次纵览九江八里湖新城区建设的整体规划蓝图，王翔内心涌动起无限的激情——文化旅游和产业项目，这与自己由来已久的在九江投资建设大型游乐园项目的那个夙愿，竟然不谋而合！

"九江这几年发展得很快，政府在拉大城市框架，完善市政配套，地产企业在改善人居品质，新建商业配套，但却没有一个企业做文化旅游项目。"王翔认为,深圳有欢乐谷,上海有迪斯尼,而大九江,理应也有一处文化娱乐休闲胜地,以满足市民日益增长的精神需求。

在 2009 年这一标志着九江迎来新世纪城市发展重大崭新开篇的时间节点,王翔心中二十多年前的那个梦想,就这样再次被激起巨大热情。

事实上,自从 2008 年开始深度思考关于民生集团下一步转型升级发展过程中的产业调整问题,文化旅游产业项目也渐渐成为王翔思考的重点。

2004 年,国家先后出台了《关于鼓励、支持和引导非公有制经济发展文化产业的意见》《关于非公有资本进入文化产业的若干决定》等鼓励民间资本进入文化产业的意见和措施,这也曾让王翔为之投以关注的目光。

这一切,都与王翔心底曾经的那个大型游乐项目情结密不可分。

随后的 2010 年 4 月 7 日,全国首家由民营资本投资兴建的遗址类博物馆——大唐西市博物馆正式开馆,填补了民营企业投资遗址类博物馆的空白。而在此之前,由于缺乏可观的经济回报,几乎没有民营企业愿意从事文化事业。

而这一消息,无疑也让王翔更加坚定了在民生集团转型升级发展过程中投资文化旅游项目的想法。

"民营企业发展文化产业,最根本的目的在于,把一个地方的历史和文化优势转化为产业优势,为民营企业可持续发展提供动力源泉。"2010 年前后,王翔对于在九江八里湖形成建设中投资建设一个大型文化旅游项目的设想,已基本确定。

当王翔关于在八里湖投资建设文化旅游产业项目的设想报至九江市委、市政府后,随即得到了高度重视。

"这一项目不仅标志着九江拥有了自己的高科技文化主题公园,使九江又增添了一张靓丽的城市名片,而且对于提升九江市旅游产业总体实力,加快推进九江市乃至全省旅游产业发展具有重大意义。"九江市委、市政府对民生集团的投资设想给予了充分肯定。

在项目得到各方一致认可和高度评价的同时，王翔开始以极大的热情投入到对项目的整体构思、论证分析之中。

"紧融科学教育、科技文明展示、地方文化交流三大功能于一体，通过高新科技、寓教于乐的方式展现人文自然科学技术的发展历程，激发广大青少年走近科学、学习科学知识的兴趣，为传承九江文化的薪火，以完善的基础配套服务为九江呈现一座现代、新奇、独特的科学文化普及教育基地。"初始，王翔依据曾经对大型游乐项目的构想，将这一项目确定为"九江大千世界"。

而在接下来的过程中，"大千世界"这一项目又被赋予了更为丰富的内容——文化旅游强大吸引力对未来八里湖新城崛起的助推作用。

继而，沿着这样的主线思路，"大千世界"这一项目被确定为集高科技游乐、世界文化经典、中国（江西、九江）传统文化精髓及未来居住及时尚商业为一体的复合型、生态型和创新型的大型文化旅游地产项目。

项目建成后，将推动八里湖新区城市功能完善，实现九江市城区旅游与风景区旅游互动发展，填补了九江城区缺乏与著名旅游胜地庐山相适应景区的空白，加快促进九江大庐山旅游圈新格局的形成。

分析论证预计，这一项目建成后每年可拉动 300 万人左右的客源，实现 4 亿元的门票收入。这相当于在九江城郊再造一个"庐山"，将成为构建大九江、推进沿江大开发的一道亮丽彩虹。

站在民生集团全局发展的角度，这一项目同时又是助力推动民生集团实现转型升级发展的一个大体量、新亮点项目。

…………

萦绕王翔心间 20 多年的夙愿，就这样在他果敢把握住时代赋予的机遇中被照亮，而且融注了全新的理念内涵和广博深层的文化元素。

2010 年底，当王翔对于"九江大千世界文化旅游项目"的完整构思理念呈现而出时，得到了九江市委、市政府的积极回应和高度肯定。

九江市委、市政府认为，"九江大千世界文化旅游项目"将对带动赛城湖乃至整个九江的发展，提升城市品位、彰显城市特色、聚集城市人气、打造九江品牌，都将产生积极作用！

基于对"九江大千世界文化旅游项目"打造认识的高度一致，九江市委、市政府很快将这一项确立为文化旅游重点项目，展开立项工作。

"九江大千世界"项目，选址在九江长江大桥、八里湖大桥桥头的赛湖凤凰岛。整个项目包括未来居住、商业等组成部分在内，占地近五千亩，总投资为50亿元。

2011年1月，九江县人民政府与江西民生集团签订九江大千世界项目协议书。同年3月，江西民生集团下属九江民生文化旅游发展有限公司成立，王翔担任公司董事长，九江大千世界文化旅游项目启动实施。

这也标志着，在基本完成对民生集团已定格局下发展的传承布局后，王翔圆梦的创业征程由此再度激情出发！

第四节　倾情擘画的"大千世界"

投资打造"九江大千世界"这一项目确定之后，接下来，首先就是对整个项目进行全面而详细的规划。

对于大型文化旅游项目而言，创意极为关键。

王翔深知，文化旅游项目的规划阶段是对策划概念的具体化，这个过程非常关键，它取决于策划概念到后期建设的时候，有多少优秀的项目可以"落地"的问题。因此，规划设计之初，在深刻理解策划概念的同时，还要非常仔细收集，规划设计所需的很多资料。

为此，九江大千世界项目组成了实力强大的规划设计团队，主创设计人员均来自国内外一流的文化旅游项目设计人员，王翔亲自担纲项目规划设计的总负责人。

成大事者不拘小节。这句话用在王翔身上，也许并不合适。于成大事，王翔仅用20多年时间，就将民生这个本土公司带进了中国500强的行列，自身更是拥有全国政协委员、民革中央委员、全国工商联执委、江西省政协常委、省人大代表等诸多头衔。于拘小节，从民生大千世界的选址，整个项目的规划设计，到单个游乐项目和住宅户型的设计，王翔均亲力亲为。

"突出科普科技性和创新性。"一开始，王翔就确定了紧紧围绕这大核心来规划九江大千世界的总体思路。

"不仅要好玩，而且要有特色，要做到'人无我有、人有我特'，具体来说就是在具备游乐园按该有的刺激、娱乐项目的同时还要有科普教育意义。"根据这一总体思路，整个九江大千世界项目由三大部分组成，即青少年科普教育基地、大型体育训练场和综合配套设施。

青少年科普教育基地，定位以青少年科普教育为主题，作为江西省重点项目，将打造成国家级青少年科普教育基地，采用寓教于乐的游乐方式结合现代科技文明及地方文化特点进行包装建设。基地特别注重将游乐设备与科普知识完美融合，给青少年神秘无穷的欢乐体验。

在广泛考察、借鉴国内外经验和反复探讨的基础上，九江大千世界项目一步步落实到了设计蓝图上：

在堪称为世界第一的宽220米、高26米，集庐山六大瀑布景观于一体的人造巨型瀑布顶端体验"激流勇进"；在亚洲最大的球幕4D影院中感知宇宙起源；在全球仅有2处，亚洲唯一的潜水艇中近距离观赏水下世界；在超大规模的主题游乐园中体验各种刺激……这些前所未有的游乐项目，都将在"九江大千世界"里一一呈现。

以九江悠久历史文化为主线，运用4D、5D手段，展示国防教育、科普知识、创意动漫、文化交流、数字竞技等功能，带领青少年开启大千世界梦幻之旅。梦幻乐园引进家庭过山车、旋转木马、跳伞塔、水战船、自控飞机、逍遥水母、旋转自由落体、矿山车、大摆锤、风火轮、跳跃云霄、海盗船、飓风飞骑等20多套大型主题设备……建造长80米、宽15米、可容纳80人乘坐的潜水艇、儿童城堡……还将引进水上直升飞机已签约等项目，届时，构成水上、水下、地上、空中，全方位、立体式的游乐设施和场景。

…………

以"打造一个九江人引以为傲的超级乐园"为梦想，在"九江大千世界"的规划设计上，更多在于对青少年的科普教育上：

"今日世界"：有惊险刺激娱乐设施超级过山车、观光摩天轮等；

"儿童世界"：有儿童游乐设施童话王国、儿童梦幻城堡等；

"未来世界"：高科技3D4D娱乐设施、动感4D电影；

"水上世界"：利用赛城湖45平方公里的水面，开展游艇环湖游、各种水上休闲娱乐、水上体育活动，并连接带动湖边狮子洞等相关陆地景点；

"探险世界"：亚马逊森林河流之旅、急流探险等；

"魔幻世界"：高耸入云的魔法城堡、色彩斑斓的童趣游乐场，欢声笑语、嬉戏追逐是这里的主音符，在魔法王国里可以尽情享受孩提时期的美好时光；

"史前世界"：远古世界的恐龙园百余只生动逼真、动作各异的恐龙化石，亿万年前的奇异庞然大物，触手可及。

而且，在"今日世界""儿童世界"和"未来世界"这三大主题园内容中，充分借鉴"方特"文化产业主题公园的理念，开发出属于九江大千世界独具特色的游乐项目，真正成为"梦幻王国"和"中国的迪士尼"。

在"地方文化特色世界"中，以大型山水历史情景剧《千古浔阳》为载体，将大型情景演出"春江花月夜""琵琶行"等节目与"岳母""陶母""观音圣母"等"圣母岛"忠孝文化园融为一体。

…………

不仅如此，该项目还内拥 36 公里湖岸环线、2000 亩湿地主题公园、80 万平方米高尔夫果岭主题公园，外揽 45 平方公里赛湖自然水域，将成为城市旅游体育休闲度假胜地，甚至是未来九江乃至江西文化旅游创新示范区。

当"九江大千世界"项目科普教育基地规划蓝图完整呈现在人们面前时，无不令人惊叹。由"梦想世界""仙踪世界""未来世界""历险世界""海底世界""史前世界""魔幻世界""秘境世界""水上世界"和"军事世界"构成，共一百多个游乐项目的"九江大千世界"，为华中地区首家第五代现代科普主题公园，为游客参观者提供丰富多彩的游乐项目。

2012 年 5 月 18 日，"九江大千世界"项目控规专家评审会召开。

各方评审专家的评审意见汇总，一致认为：

项目主题鲜明，充分体现了"寓教于乐"的科普教育目的，让青少年在娱乐中得到国防、科技、防灾等方面教育。项目紧扣九江和庐山的地理背景，挖掘当地文化特色，打破传统科普教育模式，以科技和寓教于乐的方式弘扬九江历史文化。项目充分体现了打造"文化＋科技、文化＋游乐、文化＋体育、文化＋休闲"为主题的"四位一体"的大千世界文化创意产业园的宏大鲜明主题。

项目提交的规划方案指导思想明确、定位准确、理念先进、适合九江市地方发展的实际情况，符合相关规范要求，原则上予以通过。

项目提交的九江大千世界项目评审方案，规划指导思想明确、定位准确、理念先进、思路清晰、适合九江市地方发展实际情况，且文本内容较规范，基本符合建设部编制办法及相关规范要求。

两年后的事实证明，九江大千世界规划设计方案之所以能获得评审专家组如此高度的评价，是有深刻道理的。

因为，两年后的 2014 年，当九江大千世界科普教育基地一期梦幻乐园盛大开园后，国际旅游联合会也为之赞叹不已。随后，国际旅游联合会主席埃里克·杜吕克亲自前来九江，为梦幻乐园颁发了"国际最佳游乐园硬件设施与设计"金奖。而这一奖项，是目前国内游乐园唯一获得此项殊荣的金奖。

"九江大千世界"项目最为核心的设计方案顺利完成并评审通过，意味着项目的开工建设已指日可待。

"这是江西省第一个大型旅游文化休闲项目，也是全省第一家按国家4A级标准建设的现代主题乐园。"江西省和九江市、九江县各级领导，对项目高度重视，高位推进。

鉴于项目对于构建大庐山旅游圈、打造"资源共享、客源互送、线路互通"昌九旅游大格局，对做大九江、打造双核、昌九一体、龙头昂起、提升九江在中部地区乃至长江中游城市群的影响力、知名度有着重要的积极促进作用，"九江大千世界"随后被列为江西省政府50个重大项目之一。

2012年5月29日，浔阳九江的赛城湖畔生气勃发，"九江大千世界"项目工程在宏大的阵势中正式开工建设！

从这一天起，千余名施工者日夜奋战在建设工地上，以"百日会战"为时间节点，抢晴天，赶阴天，顶烈日，战高温，冒严寒，大场景快速推进着工程的整体进度。

各施工单位发扬"5+2""白＋黑"的精神，在开工第一年就创造了"九江大千世界"项目"六个前所未有"的建设态势：

——投入之大前所未有。到2013年初，已完成投资近10个亿，平均每天投入资金200多万元。其中狮城大道、东泉西大道、环湖路等路面绿化、护坡已完成资金投入3.4亿元，重点配套工程项目赛城湖跨湖大桥完成资金投入6000万元，游乐园设备采购、部分场馆建设已完成投入4.2亿元，还有征地、拆迁、安置已投入2.7亿元。

——开工项目之多前所未有。同时开动的项目，主要包括基础设施和文化旅游娱乐两大部分。梦幻乐园有"今日世界""儿童世界""未来世界""水上世界""探险世界""地方文化特色世界"以及欧陆风情小镇、老年康体中心、度假村等配套设施。

——工程进度之快前所未有。十大项目同时开工，加班加点抢时间，争分夺秒抓进度。

——工程质量之好前所未有。在建筑工程中，坚持"进度服从质量，质量保证工程，工程落实安全"的施工理念，严格执行国家有关工程质量标准。各建设单位普遍建立了三级质量体系，施工单位严格设计要求，规范施工；监理单位严把工程质量关，发现问题，及时提出整改，清除安全隐患，切实做到安全施工，文明施工，地质检部门检测，在建工程质量达到优良工程标准。

——各级领导重视前所未有。省、市、县各级领导非常重视，高位推进，四位省长签批，九江市委主要领导下达开工令，市四套班子主要领导出席开工仪式，九江县四套班子主要领导深入工地，九江市委、市政府还专门为该项目成立协调推进小组，现场办公，尽快施工中遇到的难题，有力地推动了工程进度。

——推进力度前所未有。坚持"一日一巡查，一周一调度，一月一小结"，争分夺秒抓进度，一丝不苟抓质量，精打细算省资金，全力以赴促项目。各项目经理带领工程技术人员，吃住在工地，不分昼夜，加班加点，有力地促进了项目"大干快上"。

…………

一片广袤的湖草滩涂，在日新月异的浩大工程推进中，见证着这九江大千世界蔚为壮观的崛起。

在各项主体工程宏大推进中，重要的配套设施也同步而进。

2012年11月8日，九江大千世界项目重要的配套设施——九江赛城湖跨湖大桥打下桥墩第一桩；

2013年6月中旬，大千世界梦幻乐园五大主体建筑陆续封顶；

2014 年 7 月 20 日，九江赛城湖跨湖大桥顺利合拢；

…………

王翔亲自担任工程总调度，各项建设宏浩推进，项目蓝图一项项落地。

即将全景展现于人们面前的"九江大千世界"，到了可以向外界宣传推介的时候了。

在由中国文化部、商务部、国家广电总局、新闻出版总署、中国国际贸易促进委员会、广东省人民政府、深圳市人民政府等联合主办"第七届中国（深圳）国际文化产业博览会"上，九江大千世界首度向外界精彩亮相，展区随即吸引 3 万多名观众观展！

而每一场媒体推介，所引发的社会关注都无一例外的热切。

…………

盛大而热烈的时刻，终于在 2014 年 8 月 16 日来临。

当天上午 8 点 20 分，在一场短暂而骤停的秋雨洗礼下，高扬的彩球更加鲜红、耀眼，九江大千世界在既定的时程中正式开园！

四面八方潮涌而来的游客，赛城湖上空回荡着的齐鸣鼓乐和热烈欢呼声，一个接着一个的精彩开园节目，标志着这一天的九江八里湖掀开了激动人心的时代新篇章。

开园的大千世界梦幻乐园，受到各级领导与各界专家的一致肯定。

这一天上午，"九江大千世界科普教育基地"授牌仪式同时举行，相关省领导为九江大千世界梦幻乐园授予"江西省科普教育基地"牌匾。

受邀前来参加开园仪式的国际旅游联合会主席埃里克·杜吕克、副主席孙双西，共同将"硬件和投入设计金奖"的奖牌授予了"九江大千世界"。埃里克·杜吕克在致辞中盛赞，项目资金投入大、硬件设施好、建设周期短、投资见效快。特别是硬件设施与设计国际、国内一流！

特别值得一次的是，国际旅游联合会的两位高官双双亮相，出席梦幻乐园开园仪式，这在国内游乐园开园尚属首次。

五彩缤纷梦幻城，八方宾客齐向拥。

开园的那一刻，大千世界释放青春激情，梦幻乐园拥抱青春梦想。

盛迎各方游客的"九江大千世界"，呈现给人们如梦如幻的风采和魅力，令人流连忘返，赞叹不已。

梦幻乐园以其大千世界生态品牌的特色和优势，将现代游乐体验与科普教育完美融合，汇"奇特""梦幻""新颖""刺激"四大特点，依托庐山世界级旅游资源，与其形成联动之势，采用国际先进的游乐设施设备，同时结合庐山风景旅游度假区原有的自然、生态特色，让游客在优美的自然生态环境中享受欢乐与梦想的盛宴。

2014年国庆黄金周，大千世界梦幻乐园游客量突破10万人次。

2014年12月8日，梦幻乐园天瀑探险轨道之长，荣获上海大世界基尼斯总部颁发的"大世界基尼斯之最"称号。

开园四个多月，游客突破44.5万人次大关。

…………

而王翔知道，这一切仅仅是开端，随着接下去二期、三期项目建设，九江大千世界必定将真正呈现出他蓝图规划中的精彩。大千世界这一项目，对九江新城区的建设与整个九江的城市新定位、新发展起到了积极的策应作用。

第九章

达则兼济天下

商之厚仁大义与利国利民者，最在兼济天下之情怀。

回望波澜壮阔时代下的激情创业历程，在近四十年的岁月时光里，王翔除了因一路而来的奋进足迹和不断取得的卓越商业成就让各界所注目，在他身上还有一种始终打动人心的感动力量，更令社会各界对其充满着敬意。

这打动人心的感动力量，就是王翔慈善慷慨而为、倾情社会公益的真情善举！

"广厦千间，夜眠八尺；良田万顷，日食一升。"

这是王翔从他最喜欢的这句贤文中，解悟出的天下为公的人生胸襟情怀，这也是他对"创造财富，贡献社会"的理解要义——一个人的生活正常消费是有限度的，只有把不断创造的财富贡献给社会，帮助那些需要帮助的人，做有益于社会发展的事情，那财富的真正价值与意义才得以体现彰显。

　　作为企业家，王翔定义企业与企业社会责任的关系是"鱼水关系"。"企业建立和发展与社会环境休戚相关，社会是企业利益的来源。"他认为，这种关系，就要求企业必须履行社会责任。

　　在王翔的深刻理解里，创造财富是企业的责任，用好财富体现的是企业和企业家的品质，企业的财富聚集到一定程度时，它已经不再属于个人，而是应该回报社会。而一个企业家在财富的使用上，"只有与责任担当不弃不离，方能无愧于企业家这一称呼"。

　　在王翔充满激情的创业情怀里，始终将企业家的社会责任与真情奉献紧密相融。他认为，财富创造取之于民，用之于民，财富更应该用来体现企业和人的社会价值，所以当胸怀责任担当，凭自己的力量倾情回报社会。

　　为此，在收获人生事业成功的欣喜过程中，王翔始终把行公益慈善之举作为自己个人和企业最大的荣光，更把对公益慈善的投入贡献作为衡量个人与企业成功定义的重要标准。

　　慷慨捐资助学，倾情扶贫济困，积极响应救急救灾，大力支持江西省革命老区建设……三十多年来，王翔心怀拳拳公益慈善真情，以个人或企业名义，为社会公益慈善事业的各种捐赠，已累计达到过亿元之巨。

　　王翔及民生集团对公益慈善事业的真情善举，多年以来，在社会上产生了强烈反响和广泛社会影响力，受到了社会各界如潮的好评，屡获国家、省、市有关部门和单位给予的表彰和被授予众多公益慈善殊荣：

　　…………

　　2004 年，王翔被评为江西省"十大爱心人士"和全国"首届百名中华慈善人物"；

　　2005 年，王翔被评为江西省"十大爱心人物"；

　　2006 年，王翔是福布斯、胡润慈善排行榜的同时上榜慈善家，也是国家民政部《公益时报》发布的"中国慈善排行榜的上榜慈善家"。同时，

他还被评为"优秀中国特色社会主义事业建设者"并荣获"光彩事业奖章";

2007年,王翔的名字又出现在民政部评出的"中国十大慈善家"之列,同时荣获"香港紫荆花杯杰出企业家"奖;

2008年,王翔再度被评为江西省"十大慈善人物";

2009年,王翔荣获"全国优秀公益人物";

2012年,他再次荣获民政部指导评选出的"中国十大慈善家"殊荣;

…………

随着企业的不断发展壮大,王翔的公益慈善之举也渐由偏僻乡村、繁华城市到边远藏区,再到贫困山区和灾区一线……他广行公益慈善之举的足迹跨越南北、纵贯西东,行程万里。

时光岁月见证赤诚之情。在数十年的过程中,若非胸怀"兼济天下"的博大情怀,王翔何来对倾心公益慈善之举如此一往情深!

达则兼济天下,是一种高远的人生志向,是一种广博的高尚胸襟,更是一种让人心生无限崇敬的人生境界。而在王翔善行天下的真情之举中,更深深打动人心的,还有那份难能可贵的持之以恒。

时光更迭,岁月前行。一路而来,王翔心中"达则兼济天下"的情怀,至今不曾有丝毫的消退,而是在日推月延中愈发浓烈。

第一节　悟真怀善行中的感恩之举

是改革开放的伟大时代改变了我的人生命运，成就了我个人的事业，我当倾情去回报社会，回报这伟大的时代。

——王翔

感恩，是成就阳光人生与不凡事业的基础支点之一。

一个这样的电视对话场景，曾激起无数人内心的深切共鸣：

2011年，中央电视台财经频道《对话》栏目邀请新希望集团董事长刘永好及其女儿刘畅谈诚信、价值、责任、财富等话题。当栏目主持人提请刘永好现场送一句话给女儿时，他脱口而出——"感恩的心离财富最近。"

刘永好的这句真情之话，随即引起强烈的社会共鸣和热烈探讨。

这是刘永好在数十年创业过程中的真切感悟，而在无数企业家的心间，刘永好这句朴实而真诚话语中所蕴含的，也正是企业家之于社会责任和企业发展二者之间的内在关系。

几乎每一位成功家一路风雨兼程的创业历程中，他们在岁月时光的感悟沉淀里，都有一份厚重的感恩情结。他们感恩改变自己人生命运的时光岁月，更感恩成就自己人生事业的改革开放伟大时代。

一个人心中感恩的情结，最初往往是从自己父母身上潜移默化而来，自幼开始就悄无意识地深藏在心底。

而随着岁月成长和人生经历渐深，当心中的感恩情结在某一天不经意间外化为一种渴望回报的真情善举时，于是便开始了感恩善行的行动自觉。

是的，纵观那些通过不懈努力奋进而成就卓越事业的企业家们的整个创业历程，人们总是惊讶地发现，在他们创业和成就企业而一路不懈奋进的历程中，有两个重要的时间节点几乎无一例外地重合在了一起——他们对社会回馈真情善举的自觉行动开端，往往恰恰是他们事业渐向高远广阔舞台的起点！

再纵览那些当年艰辛起步，历经无数困苦终成大业企业家的经历背后，人们更是惊讶地发现，在他们身上几乎都有一种共同的商道品格，那就是始终怀有一颗真诚的感恩之心。当他们在拥有财富之后，来自内心深处朴素的感恩情愫，便那样自然地促使着他们以感恩之心对待财富，以真情善举去行善爱之举。

心藏感恩真情，胸怀兼济天下。

沿着王翔当年返城后为生存而走上干个体油漆工的时光，在全面回顾他创业历程的过程中，笔者发现，王翔不但是从创业初有收获便开始心怀朴素感恩之情回报社会的企业家，也是一经以真情善爱之举回报社会便从未间断过，且以高度社会责任感去广行公益慈善的企业家。

王翔的"民生"事业之路，与大爱真情的善举、兼济天下的深厚情怀，始终相伴而行。

在某种程度上，一部江西民生集团的荣光创业史和发展史，就是一部企业家王翔及其企业倾情社会公益、广行善举和担当社会责任的行进历程。而且，是义行天下，永不停步的行进历程。

正如上文所说的，"一个人心中感恩的情结，最初往往是从自己父母身上潜移默化而来，自幼开始就悄无意识地深藏在心底"。王翔心底的朴素感恩情愫，最初来源于父母的言传身教。

"无限感恩母亲，我内心深处感恩的源头也来自于母亲。"

"在年少的艰难岁月里，尽管面对那样多的不幸遭遇和坎坷，但母亲始终用她博大的善爱情怀，教导我诚实做人，善待身边的人与事。现在仍然还记得，我很小的时候，母亲做了米粑都要送些给左邻右舍的乡亲们吃，她全都是挑大的送去，小的留给自己家里吃。"

"我在当年企业经营刚刚有了些起色，想到自己有了点能力，于是我就想着要去为家乡和社会力所能及做些事情。这所有的这一切，都与母亲对我的谆谆教导紧密关联。"

…………

王翔在坦诚自己倾心公益慈善的心路历程时，是自己从小就得到母亲谆谆教导从而珍藏在内心的那份善良，促使了自己在悟真怀善中的感恩之举。

生身父母，养育之恩，一辈子都报答不完。

然而，总有一些苦难是不可避免的，世事总难顺乎人意。

艰苦的日子还没有结束，母亲就早早地辞别人间了，待到自己有能力赡养回报了，却再也见不到母亲熟悉的身影。这些，曾留给了王翔心中深沉的痛。而在这心中深沉之痛中，王翔心底总是情不自禁地流淌着母亲谆谆教诲的暖流，母亲的点滴教诲早已在他心间刻骨铭心！

在王翔的真情讲述里，人们得以知晓，他的母亲是一位诚善、宽厚、温婉、坚强的女性，在那漫长的特殊年月，她给了儿子王翔向善的品格与负重前行的力量，还有待人处世的宽厚胸襟……

"母亲教给我的做人做事道理，传递给我的善良品格，嘱咐我要秉持的精神品格，都镌刻在我心里。一个人的善良体现在很多方面，但当有能力去帮助别人时，一定要尽一切可能而为之去帮助别人。"

"母亲坚强和刚毅的品格对我而言，不仅是心怀景仰，同时也是最好的榜样，让我终生受益。"

王翔说，当走过创业几十年的路程，他深切感悟出，"悟真、怀善、诚实、勤奋"，是赋予自己人生与事业成功的关键所在，而这笔宝贵的财富，原来正发端于自己幼年与少年时期里，母亲对自己耳濡目染的谆谆教诲。

树高千尺而不忘根，孝亲报恩，是德行的根本。

八十年代中后期到九十年代初其间，当九江民生实业公司渐渐在经营上取得起色的过程中，王翔心底开始萌发出一种越来越强烈的愿望——他想为那些需要帮助的人们做点什么事情！

"母亲一生善良，教诲子女处事立世要善良，现在自己也有了一定的能力，那自己以行善爱之举的方式，就是不忘母亲教诲和延续母亲善良精神品格的最好体现，更是对母亲养育教诲深恩的最好报答。"

王翔心底的行善之举，由此而发端。

家乡，是王翔内心深处永远不会消褪的情结。

对于家乡父老乡亲的那份深情，更是萦绕在王翔的心间。1969 年，王翔母亲去世时，他正在外地接受批斗，是村里的乡亲们为他的母亲处理好了后事。乡亲们的点滴恩情，王翔从不敢相忘。

在离开家乡多年之后，他心底的那份乡情越来越浓。

"为自己家乡做点什么事情！"王翔首先想到了家乡彭泽县的家乡父老们。

王翔无法忘怀，当年，在世事艰难的岁月里，那些给予过他家里点滴帮助的善良乡亲们。王翔携带着深情厚意回到了家乡，他一家家上门，表达自己感恩的情义。

但王翔还更想为家乡做惠泽深远的大事！

"一个人不管怎么苦，都要读书，只有读书有文化了，那将来才能有出息……"犹聆母亲当年时常叮嘱自己的深切教诲之声仍在耳际，王翔深深懂得母亲对子女求学有成的殷切愿望。

"对呵！为家乡建一所像样的好学校！"

在王翔的理解里，这既是自己不忘母亲教诲，深情纪念母亲的方式，也是关系到家乡后辈们将来群起有为的一件大事。

最终，王翔捐资近 20 万元，在家乡彭泽县太平乡，高标准建起了一座崭新的希望小学。而且，他还决定，这所希望小学的费用也由他来一直资助下去。这是当地首例个人独资建设的希望小学。

众所周知，在八十年代至九十年代初，20 万元可谓是一笔实实在在的巨款。而 20 万元，对于当时尚只是经营刚刚起步的九江民生实业有限公司而言，几乎占到了公司年利润的近三分之一。一次性拿出公司全年利润的三分之一来建校，若不是情真，王翔何来这样的大义豪爽之举！家乡纯朴的乡亲们知道，他以出巨资捐建希望小学这一方式，将自己对母亲的孝念感恩之情与对家乡教育发展的真情深融为一体。

于是，在乡亲们的一致提议下，当地教育部门在这所希望小学在竣工落成时，以王翔母亲的名字命名为"馨香希望小学"。

建校助学，高功厚德，岁月历久犹馨香。

自建校而今，20 多年来，彭泽太平乡馨香希望小学走出了一批又一批品学兼优的贫寒学子，教育质量享誉彭泽全县。

"对于一所农村小学来说，这是很不简单的。如果说除了教学条件优于很多其他农村小学之外，其中十分重要的一点，就是这所学校给予孩子们精神上无形的激励力量！"彭泽县教育部门一位负责人，这样评价太平乡馨香希望小学。

尤其值得一提的是，20 多年来，王翔对彭泽太平乡馨香希望小学的倾情资助，从来就没有中断过。而且，对这所小学一些品学兼优贫困学生的资助，从其小学阶段开始一直到完成大学学业。

…………

当源于心底感恩的情愫与行善举义的行动相连在了一起，在此后时光渐向深处的岁月里，王翔就这样悄然走向了倾情公益慈善的行动自觉。他在投入全部精力谋求企业不断发展壮大的过程中，心中不知不觉地融进了难以割舍的大爱行善之情结：

家乡百姓的冷暖，牵挂在王翔的心头。

每逢年节时，王翔挂念那些家境困难的乡亲，总是自己亲自或委托公司人员，带上钱物去看望慰问以表达关切。

逢遇家乡哪家因困难而致子女上学不济，或是有乡亲家中突起变故，以及生产生活处于窘境时，王翔总是会及时给他们送去温暖相助。

家乡修桥铺路或是想办什么集体公益事务，只要找到王翔，他都是慷慨解囊。

…………

最初发端于为家乡和乡亲的真情之举，后来渐渐的，王翔开始扩展到家乡之外的地方，还有那些不曾相识的人们。

同时，王翔关注并以己之力去倾情而为的事情，也开始渐广起来。

上世纪八十年代末，一部基于社会现实问题的电影在上映后，一度引发了广泛的社会关注和影响。

这部电影就是《少年犯》。

该片反映的是少年犯在监狱里，在"教育、感化、改造"的政策指导下走上正路的故事。影片采用监狱实景拍摄，选取了18名犯罪少年，以纪实风格的写实主义手法逼真地再现了少年犯服刑、改造的生活，揭示了少年犯罪的家庭和社会根源。电影《少年犯》之所以引起了人们强烈的共鸣，并不是因为电影制作手段有什么特别高明之处，更不是什么炒作的结果，而是这部电影提出的一个人们关注的社会问题，让人深思，让人深受感触，并促使整个社会要改善这一问题。尤其是影片中提出的"挽救孩子、造就人才"的观点，呼吁人们重视犯罪少年的心理变化和生活环境，增强人们的社会责任感，更是令全社会深思。

一次偶然的机会，王翔观看了《少年犯》这部电影。

"青少年发展成为失足少年，绝不仅仅是因其个人的原因简单造成的，背后还有家庭和社会的原因。"

在内心受到很大触动的同时，王翔也开始深思和认真了解关于失足少年的情况。

改革开放以后，我国的社会文化从过去的一元化向多元化快速发展，在这一过程中，一些资本主义腐朽生活方式和思想也不可避免地渗透和传播开来，导致不良文化泛滥，暴力、色情、恐怖的电影、电视、录像、图书刊物等充斥媒体和市场。加之，学校教育、家庭引导和社会关心等方面的缺失，这些在很大程度上直接或间接诱发、加剧了青少年犯罪率的上升。

"关心未成年人犯罪的问题，意义很重大。因为，这不仅仅是庞大社会群体中一个小群体的问题，在他们的身后，是一个个家庭的问题，继而扩散到整个社会，便是一个大的社会问题。"王翔的思考渐渐深远："失足少年，他们也是祖国的希望和未来，对他们给予关爱挽救和教育，在某种意义上就是勉励他们扬起理想的风帆，告别灰暗的昨日，向着美好的明天前进。"

"我要为挽救失足少年做些实实在在的事情！"王翔产生了这一想法。

而这情真意切的想法，在很大程度上源自于王翔对自己年少时那段不堪回首成长岁月的深切感触。

在王翔年少时，因家庭成分而无奈辍学后，他也曾一度被抛置于社会冷漠的角落。他曾目睹，一些与他同龄的少年，因为家庭出身不好而失去教育机会被抛掷于社会，或者有的因家庭各种原因而失去家庭的温暖而浪迹于社会，导致他们小小年纪就成天打架斗殴直至发生偷窃、人身伤害等触犯法律的行为，最终成为社会失足青少年。

一种触及心底的感同身受，让王翔随即产生出强烈的社会责任感——他想全社会都要来关心、挽救失足少年！

王翔随后与江西省司法部门取得了联系，并表达了自己希望对挽救全省失足青少年尽一份力的这一愿望。王翔此举，得到了江西省司法部门的高度赞誉。

未成年人犯罪与成年人犯罪具有鲜明的不同特点，未成年人具有较强的可塑性，对失足少年采取教育措施或者其他有矫正作用的替代性惩罚措施，可以很好地达到矫治和减少未成年人犯罪和重新犯罪的目的。

根据挽救失足少年工作的特点，以及在江西省司法部门的相关建议，王翔最后决定，由自己个人出一笔资金，来设立一个专门的教育基金。通过这笔教育基金，有计划地开展对失足少年进行各方面帮助和教育活动。

1989 年，由王翔出资 30 万元，正式设立"江西省挽救失足青少年教育基金"。

当时，由个人捐款设立的挽救失足青少年的专门教育基金，这不仅在江西省而且在全国也都是先例。

"江西省挽救失足青少年教育基金"的设立，经江西和全国的主流媒体报道后，在社会上产生了广泛影响。

更为重要的是，此举引起了全社会对关心和挽救失足青少年、帮助他们早日回归社会继而开启新生活、点亮新希望起到了很强的示范效应。继江西省通过设立"挽救失足青少年教育基金"后，全国一些省市纷纷探索通过各种举措来展开挽救失足青少年的教育帮扶工作。

与此同时，社会上不少希望为挽救失足青少年出一份力的爱心人士，也以自己的方式表达出对这一社会问题关切的真情实举。

正是从这时起，王翔源自感恩情愫的真情善举，开始悄然由关切家乡那方深情的土地，渐渐转向更广的天地。

怀着这样的真挚之情，渐渐在繁忙的公司经营中，那些在经意或不经意中触动王翔内心的需要相助的人与事，总是令他一经遇到便难以做到熟视无睹，他会饱含真情、尽己之力，并以极大的热情去出钱出物相助：

在民生实业公司，员工家庭困难又突生意外之事，王翔的温暖相助总是及时而至，在他的帮助下走出家庭困境和阴霾。

九江市残联在帮助残疾人办实事过程中，出现经费困难。王翔当得知情况后，随即派公司专人送去钱物，让活动得以顺利开展。在此基础上，他还请九江市残联推荐名单，由自己公司来负责帮助一批残疾人。

当从九江市浔浦区社区听说一些孤寡老人的生活困难状况后，王翔包好现金、买上各种生活用品，带着公司员工一家家上门走访，把温情送到那些孤寡老人的手里。

无论是家乡彭泽还是其他地方的贫困家庭，当他们成绩优异的子女因家庭贫困而面临辍学之际，王翔闻之后总是会亲自登门送去资助和鼓励，同时又承诺，自己的资助一直会在孩子们上进求学的过程里持续下去。

无论是偶然听闻到的，还是社会上一些个人、公益机构或是部门主动找来，希望得到帮助以解困境，王翔无一不是出钱出物，倾力去相助。

…………

时光相隔太久，关于王翔在八十年代至九十年代初那段时间里扶危救困的事例，很多已无从找到记录。几十年间里，由于各种变迁，要寻访当年受到过王翔相助的主人公和单位，是一件难度很大的事情。

然而，令人感触不已和惊喜的是，我们在江西省工商局、江西工商联等有关部门的档案资料里，居然陆续找到了这些弥足珍贵的记载文字：

"我省个体私营企业，在企业发展过程中不忘积极发扬回报社会的精神，乐善好施。近两年涌现出一批很好的典型……九江民生实业有限公司，在今年春节来临之际，向九江全市敬老院赠送了价值2万多元的款物……"——摘自1992年《江西省工商年鉴》。

"设立奖学金还有助学金，甚至还有教育基金……如余江的果喜公司，向江西省政府捐资设立全省教育基金；九江的民生实业公司，出资帮助当地农村发展水产，关爱老人，修桥铺路……"——摘自1994年《江西个体私营企业之星》。

"他（王翔）捐赠价值300万的市区商业用地和10万元资金扩建九江

学洲小学。"——摘自《"全国十大社会公益之星"候选人材料：王翔》。

…………

透过已尘封泛黄资料的字里行间，向人们展现而出的，是创业之初岁月时光里王翔鲜为人知、如此打动人心的真情感恩之举。

第二节　从感恩情怀到社会责任担当

当财富越过基本生活层面，在有情怀的人们心底，无论其从事何种职业，对于财富之于人生价值实现的思考，往往也随之生发。

——题记

大凡渴望人生有为的每一位人士，无论当初是否意识到，其心底深处总是有这样一种由来已久的情怀——通过不懈努力去成就一番事业，实现人生抱负！而正是在不懈努力去一步步实现人生抱负的过程里，他们对于自己人生事业价值的追求，也在不断升华。

那是源于他们内心最初对于个人人生价值取向的朦胧崇尚，在后来渐渐与自己人生事业发展和社会时代主流价值导向等方面。同时，在广度与深度两个维度上逐步融合、理解与认识，所形成的对于人生事业价值目标的追求。

不得不承认，在著写作为赣商杰出代表人物之一的王翔的创业历程中，我们从在电脑键盘上敲落第一行文字开始，内心深处就是充满敬意的。

其实，这样充满敬意的写作，不仅来自于王翔是"改革开放江西乃至全国第一代民营企业家杰出代表人物之一"这样的思维定势，其实更来自于在梳理纵览王翔一路而来的完整创业历程中的另一种发现。

这一发现就是，在贯穿于民生集团发展历程中，其实有两条并行向前的主线——一条主线是这家企业在改革开放大潮中磅礴前行的发展历程；一条是与这磅礴前行发展始终并行的公益慈善之举。

而这，是许多企业所没有的！

让我们把目光落定在 1995 年。

这一年 1 月，刚刚跻身"全国私营企业 500 强"之列的民生实业，即将迎来公司创办十周年的重要时间节点。

同时，公司办公大厦新落成，将整体乔迁。

对于民生实业有限公司而言，这些都可谓是"多喜临门"的可喜可贺的大事。

创业历艰辛，十年开新局。对于王翔来说，这是他人生事业历程中有着非同寻常意义的十年岁月。因而，无论是哪方面来说，公司创立十周年暨乔迁庆典仪式都值得隆重举办。而且，民生实业公司有这个财力。"隆重高规格举办，还要邀请各界嘉宾见证民生实业十年来的发展！"意气风发、行事大气的王翔，大笔一挥在庆典 24 万元预算表上签字。民生实业创立十周年暨乔迁庆典，各项筹备工作随后展开。

然而就在这时，王翔读报中看到了一篇关于"希望工程"的报道文章。读罢这篇文章，王翔改变了公司十周年暨乔迁庆典高规格的"隆重"方式。

"多少寒门学子，品学兼优，可却被贫困扼住了改变人生命运的通道。他们该是多么迫切渴望得到帮助，给他们一份资助，那就是给他们重新打通了走向人生希望的通途……"在这样的深融情感之思中，王翔转而又想到了自己此前签发的 24 万元公司庆典预算经费。"如果这笔钱用到资助贫困学子身上，那是什么价值？那要让一批品学兼优的寒门学子重拾改变人生命运的希望啊！"王翔随即决定改变原定计划——将用于公司庆典的 24 万元，悉数用于助学。

对从来都是"一言九鼎"的王翔来说，突然取消公司庆典原计划，他在公司全体上下面前显得歉意不安。然而，对于他这极少而为的"反悔"

之举，却令民生实业公司全体上下感佩不已，自豪之情充满在心底。

随后，民生实业原定用于公司十周年暨乔迁庆典的 24 万元，在简朴热烈的庆典仪式上，捐赠给了九江市"希望工程"办公室。

王翔就是以这样的"隆重"方式，为民生实业公司举办了高规格的创立十周年暨搬迁仪式庆典。

此举感人至深，社会反响十分强烈。

沿着 1995 年这一年份向前，人们开始逐渐看到，王翔在执掌着民生实业公司渐向纵横捭阖的发展进程中，其大爱深情之举，已不再是停留在临时性决定上的、出自感恩情结的那些送温暖、给帮助的捐款捐物了。

他开始逐渐将公益慈善之举列入公司计划之中，此时的民生集团年度发展计划里，从此多了"公益慈善"计划。

而这，在九十年代的民营企业中，也是为数不多的！

"当一位企业家开始把公益慈善支出列入公司财务预算，把公益慈善行动纳入公司工作计划。这实际上就标志着，这位企业家开始将个人层面的乐善好施上升到了履行社会责任的高度了。"一位著名慈善家如是说。

正是如此，1995 年前后的王翔，在他个人事业随时光岁月激情前行的过程中，他对于自己人生事业与价值追求的心路历程，也在悄然发生着巨大变化。

准确地说，发生这一巨变的时间，始于 1993 年。

这一年，是邓小平同志发表南方视察讲话之后，全国民营经济开始蓬勃发展的第二个年头，也是标志着广大民营经济人士社会地位发生重大变化的一年。

这一年，作为改革开放进程中应运而生并不断发展壮大的一个群体，王翔、刘永好、张宏伟等 23 位民营企业家当选为全国政协委员。

随后的 1994 年，王翔开始迎来他人生事业历程中的第一个重要分水岭。这一年，自商贸迈向大型基础设施建设和房地产开发领域，九江民生实业有限公司在此后几年间以稳健磅礴之势崛起，奠定了企业雄厚实力，也为在新千年实现集团化发展、实施"立足江西、走向全国"发展战略打下了坚实基础。

发生在王翔身上的这一巨变，以独特的视野记载了中国民营企业家群体个人命运和人生事业在改革开放历程中波澜起伏的历史变迁。

在从最初的为在城市立足谋生出发，渐渐向着改革开放赋予的商机舞台行进的过程中，王翔那样深刻地意识和认识到，自己对于人生渴望有为的追求，同样与这个激情的时代密切相关。

从一个返城的无业青年，成为自食其力的个体户，短短几年时间里，又从拎着油漆桶揽零活的个体户到私营企业的创立者，再到在全国都有影响的民营企业家。王翔那样深切地感受到，是党的改革开放政策赋予了自己成就事业的一切机遇。

从过去挨整被批斗的"阶下囚"到走进人民大会堂参政议政的"座上宾"，王翔同样深深懂得，是改革开放伟大时代让自己的人生命运发生了如此巨大的变化。

知恩、记恩和感恩的情愫，在王翔情感深处由来已久，这其实也是他情感里最分明的特质之一。

于是，对于时代的感恩之情，在王翔的胸臆间也开始日益深厚。

由此，王翔感恩的情愫，又渐渐融进了对于时代的感恩，逐渐升华为博大的感恩之境。

心知感恩、知恩图报是王翔的性格与品格使然。

与全国所有的民营企业一样，民生实业是在改革开放中发展壮大起来的，因此，在富裕之后不能忘记一句话："先富帮后富，最后实现共同富裕。作为已经富起来的人，自己更应当承担社会责任。"

"良田万顷，日食一升；广厦千间，夜眠八尺。一个人的消费是有限的，要把不断创造的财富贡献给社会，帮助那些需要帮助的人。"

"企业发展离不开社会，没有社会的发展也就没有企业的发展。我们的财富还是要用来再去创造财富，再去解决就业，为国家缴纳税收。"

"企业承担社会责任，必须要对员工负责。不但给员工增加收入，解决子女教育问题，还要让员工有主人翁精神，共同发展企业。同时，还要让员工能看到实现自身价值。"

…………

此时的王翔，在关于人生命运巨变的深思中，已将自己命运天翻地覆般的改变与改革开放大时代赋予的机会紧紧相连。

此时的王翔，在关于人生价值意义的深思中，已将自己人生价值实现的追求，与波澜壮阔的改革开放时代紧紧相连。

这些，又促使王翔对企业的责任使命的深思，渐向深远与高企层面。

至此，王翔源于心底的朴素感恩情愫，在逐渐升华为对于时代感恩的情怀中，继而又在该如何去感恩图报的深思中，逐渐上升为一种社会责任之思！

企业创造的财富，最终是社会财富；利用企业自身的优势，在创造利润的同时，不忘回馈社会。

"创造财富、贡献社会"，"阳光下的利润、温馨的劳资关系。"王翔开始把企业的终极使命定位于造福社会，贯穿于企业发展的全过程，并最终体现企业的社会价值。

在王翔的理解里，这是实现个人人生事业价值最高尚的境界！

基于这样的升华之思，王翔实际上也完成了自己对于感恩之举与责任担当的深层理解：

企业与企业社会责任的关系应该是"鱼水关系"，企业建立和发展与社会环境休戚相关，社会是企业利益的来源，这就要求企业通过对这个社会履行社会责任，改善社会环境，使得这个社会整体环境更适合企业更好地发展。

离开了国家的支持和社会的认可，无论是经济的，还是政治的，企业将无发展的空间。企业的生存和发展是与国家和社会同步的，国家、社会整体利益实质蕴含着企业个体利益。企业如果尽可能多地分担国家与社会责任，就能有效地营造出自己赖以生存、发展所必需的良好的宏观空间，自己的成长才有更多的切实保障。

…………

致富思源、富而思进，先富帮后富，最终现实共同富裕。

从感恩情怀到社会责任的升华，让王翔对于自己人生事业发展和社会时代倡导的主流价值，同时在广度与深度两个维度上逐步融合、理解，渐渐形成了自己对于人生事业价值目标清晰的追求方向。

在这清晰的人生事业价值追求方向之下，王翔曾经源于心底的那种朴素感恩情结，也随之上升为宽广深远的社会责任情怀！

这样的社会责任情怀，让王翔在倾情社会公益慈善的过程中，开始超越原来仅仅出自于个人知恩图报的简单理解，而是将个人与企业对于社会公益慈善的投入视为一种理当而为的社会担当与责任。

而且，王翔在心底更认为，担当与责任的大小是衡量自己个人和企业价值的重要参考标准。

由此，王翔发端于1993年对于企业之于社会责任担当的深层之思，体现于1995年1月将原计划用于公司庆典的预算经费转而捐赠给"希望工程"，正是标志着他倾情社会公益慈善心路历程发生重大转变的重要分水岭。

在这一转变中，出自感恩情愫的乐善好施，悄然上升为一位企业家担当社会责任的家国情怀！

第三节　善款鉴证担当情怀

完成了从感恩情怀到社会责任担当升华之思，王翔对社会公益慈善倾情而为的真情之举，与此前也开始有了显著不同。

在这显著不同之中，最主要的是两点：一是从过去临时性、随机性的捐款捐物之举转而开始有计划地开展社会公益慈善。二是从过去针对单个或少数对象、地方的单笔捐款捐物，转而有系统与有规划开展社会公益慈善行动，为之投入的均为大笔金额善款或物资。

从 1996 年开始，民生集团的公司财务预算多了一项重要内容。

这项内容就是，根据公司前一年的利润总额，按比例拿出一部分利润，作为第二年公司公益慈善行动的专项经费。

与此同时，民生集团在前一年的年底，就要对第二年中开展的慈善行动列出详细计划。

"列入预算的公益慈善行动专项经费一经确定，就要不折不扣地全部用出去，资助项目计划一经制定，必须有力执行推进。"王翔把这个规定提升到集团的制度层面。

但在第一年里，却出现这样的情况：预算的专项经费，在执行年度公益慈善行动计划中出现了缺口——钱不够。

"那就再追加经费！"王翔的原则，一是年度公益慈善行动计划要顺利推进完成，二是追加的经费不能算入下一年度公司的公益慈善行动专项经费预算。

之后，在民生集团每年实际用于公益慈善行动的专项经费，都超出了事先的年度预算。

…………

到 2001 年，民生集团按比例支出的公益慈善行动经费，已超过了500 万元。也就是说，民生集团每年的公益慈善支出经费都在 100 万元以上。

如果认真研析民生集团企业发展状况资料，基本可以判断，在1996年至2001年的这5年中，民生集团公司的年度利润额应该在一千万元左右。如此，民生集团这一时期将公益慈善行动专项经费与企业利润的比例，设置在了一比十这一比例。

对此，慈善部门工作人员表示，在上世纪九十年代，每年拿出这样高比例的利润额投入公益慈善事业的民营企业实在不多！

更何况，在1996年至2001年的这5年中，正值民生集团承接京九铁路九江火车站、九江龙开河治理开发大型工程项目的时期，公司资金压力十分之巨。

今天，清楚了当时这样的背景情况，怎不让人对王翔的公益慈善大爱之举充满敬意！

纵观1996年至2001年这5年中，民生集团公益慈善项目主要集中于支持地方教育、修桥铺路建设以及农村的扶贫。其公益慈善行动开展的范围，也开始从九江地区而向江西全省各地并走向全国其他地方。

而从2003年开始，王翔以个人和以企业名义开展的公益慈善行动，又开始呈现出两大鲜明的特点。

这两大鲜明的特点即是：在直接捐款捐物的公益慈善项目上，开始以大型助学行动计划为主；在围绕光彩事业主旨推进的产业项目上，开始以光彩大市场等产业项目助推经济相对落后地区的经济腾飞发展。

让我们先来深情回顾王翔倾情倾力而为的大型助学行动。

一切的开端源于2003年8月，而又1995年1月那感人至深的情景一脉相承。

2003年，经过近两年的建设，位于九江市新桥头的江西民生集团总部大厦——龙翔国贸大厦主体工程顺利竣工，同年7月，龙翔国贸大厦装饰工程全部完工。

历经20年风雨兼程的艰苦创业，一路披荆斩棘，公司全体同仁奋进拼搏，企业稳健快速发展，实力不断得以壮大。矗立于九江市新桥头的龙翔国贸大厦——江西民生集团总部，格外引人注目，这幢高耸的崭新大厦，在沉稳地向人们展示着江西民生集团的企业风采的同时，也昭示着江西民生集团未来发展的壮阔愿景。

"这是近20年来公司全体上下奋进拼搏的结果，这是江西民生集团发展历程中的一座重要里程碑。"在2003年初，乔迁办公新址，就被江西民生集团列为当年集团重大事项之一。按照集团决策层会议上的部署，办公新址搬迁，要举行隆重而热烈的庆典仪式，庆典仪式举办的预算费用定在了25万元。

出席庆典仪式的领导与嘉宾名单基本拟列完毕，庆典仪式中的歌舞晚会节目也正在紧张排练当中，款待各方宾朋的筵席也预定妥当……整个2003年的7月里，江西民生集团全体上下都在为定于8月的集团办公新址的搬迁庆典仪式紧张忙碌。

对于行事风格稳健的王翔而言，集团举办这样大型的庆典仪式，要隆重热烈还要尽可能力求完美，他必须既要在整体事务的安排上做考虑，又要对许多细节事情进行斟酌与推敲。因而，公司正常的日常重大事务加之眼前集团办公新址搬迁庆典仪式的部署，使得王翔比往常更加繁忙。

然而，无论每天的工作有多么繁忙，王翔都要抽出时间看报，这是他保持了多年的雷打不动的习惯。集团办公室助手每天上班后的第一件事，就是把王翔订阅的各种报纸呈放至他的办公桌案头。

2003年8月8日，受邀到马来西亚参加世界华商大会刚回到九江市的王翔，来到集团办公室上班。

一如往常，王翔处理完几件集团公司商业事务和集团办公新址搬迁庆典仪式部署的事情后，他顺手拿起摆放在案头的几份报纸，开始一份份快速地阅览。《人民日报》《光明日报》《经济日报》《江西日报》……从国外刚刚回来，公司内外待他处理的各种事务繁多，王翔无暇细读每份报纸的报道文章，只得匆览文章大小标题和核心提示。

当王翔拿起《江南都市报》，正快速浏览时，突然，该报上的一则新闻标题——《寒门学子情动赣鄱大地》立即吸引住了他的目光。继而，王翔情不自禁地细读起了这篇新闻的详细报道：

2003 年，江西省共有 46 名品学兼优的寒门学子被北大、清华录取。然而，在接到这两所万千学子梦寐以求的高等学府的录取通知书后，这46 名品学兼优的寒门学子及其家庭却深陷到了喜忧参半的境地。喜的是进入北大、清华这两所著名高等学府求学的梦想已近在咫尺，忧的是因家庭贫困，无法支付读大学的费用，他们遭遇到无法迈进北大、清华校园的现实困境。

在得知 46 位寒门学子的现实困境后，江西省青少年发展青基会与《江南都市报》报社携手，联合发起了"希望工程——清华大学江西学子阳光行动"，并联袂发出倡议，呼吁社会各界爱心人士及团体，向被北大、清华录取的这 46 名品学兼优的寒门学子伸出援助之手，用爱心点燃他们青春的梦想，照亮他们美好的前程。

寒门学子的困境，牵动了人们的爱心。8 月 6 日，江西省青少年发展青基会与《江南都市报》社的联袂倡议发出后，可谓一呼百应，旋即引起强烈的社会反响。两天时间里，江西各地的许多爱心人士纷纷通过各种方式表达他们的爱心。截至 8 月 8 日，这 46 名寒门学子当中已有 16 人的上学费用得到了社会各界的认捐，但其中还有 30 人的上学费用尚无着落。

…………

为此，江西省青少年发展青基会与《江南都市报》报社再次发出联袂倡议，呼吁更多的爱心人士及团体加入到爱心援助的行列中来。

王翔看到的这则新闻，正是刊登于《江南都市报》上的、由江西省青少年发展青基会与《江南都市报》报社再次发出的联袂倡议书。

品学兼优的寒门学子，十年寒窗苦读，终得著名高等学府的垂青，然而，在他们正待欲上凌霄施壮志之际，却因贫困被挡在了著名高等学府的门外。

可想而知，王翔看到这样的报道之后，心绪是何等难平！

"把搬迁仪式的经费用在有意义的事情上，由我们来资助这 30 位贫困学子，我们承担他们全部的学费！"

王翔随即做出决定，并吩咐公司专人立即与江西省青少年发展青基会和《江南都市报》报社取得联系。

之后，那张感动了无数人的照片出现在了江西各大媒体上：

在 2003 年 8 月民生集团简朴的搬迁仪式，被邀请而来的江西当年 30 名考取清华、北大的寒门学子，每人从王翔和民生集团高管人员手中，都接过了一笔饱含深情的助学金。

一次次资助寒门学子，对于王翔来说，每一次他内心都会涌起一种复杂的情感。

"我只读到初中一年级就辍学了，我深深理解贫困学子读不起书的难处和痛苦心情。我认为现在社会最大的不公平，就是教育的不公平。贫困地区的孩子因为没有钱读书，他们在将来的社会竞争中就永远比其他的孩子低一个平台。实现社会长远的公平，首先就是要实现教育机会的公平。一句古话说得好：授人鱼不如授人渔。""自己富了，不能忘记了社会责任。"

这是 2006 年 6 月，在王翔同时名列"2006 年胡润中国慈善富豪榜"和"2006 年中国慈善富豪榜"时，接受笔者专访时所说的一番肺腑之言。

王翔说，正是这样的思考，让他在 2005 年做出了一个决定——在今后以自己个人或民生集团名义开展的公益慈善捐赠中，把资助农村贫困地区的教育作为主要的方向！

2005 年，民生集团创立发展 20 周年。

王翔决定，从这一年开始，正式实施自己确立的重点资助农村贫困地区教育发展的公益慈善计划，实施时间为 5 年。

王翔将这一公益慈善项目命名为"爱心双 30 计划"。

"爱心双 30 计划"的内容包括：用 5 年左右的时间，在全国范围内捐建 30 所光彩希望小学（在中西部捐建 10 所；在江西省内捐建 20 所，其中，在九江市捐建 10 所）；同时，每年资助 30 名考取大学的贫困生完成学业。

自 2005 年"爱心双 30 计划"正式启动，到 2011 年上半年，全国范围内捐建 30 所光彩希望小学已全部建成。而"爱心双 30 计划"中，每年资助 30 名考取大学的贫困生完成学业，在 5 年的实施计划，每年均超出了原定资助贫困学生名额和预定资助经费。整个"爱心双 30 计划"，建设光彩希望小学和捐资助学的总额度，超过了一千万元。尤其值得一提的是，在实施"爱心双 30 计划"过程中，王翔对该计划之外的其他农村贫困地区教育事业的资助，也并没有停止。

例如，为建立捐资助学的长效机制，王翔捐资 100 万元，设立彭泽县光彩奖学助学基金，每年奖励考取大学的优秀学生，资助考取大学的困难学生，同时为尊重老师的辛勤工作，每年奖励一批优秀老师。

他资助的贫困学生，有考取大专者，也有考取研究生者；有本地考往京沪名校的学生，也有本地高校从四川青海地震灾区招来的学生。资助的不仅仅是贫困生，还有优秀生，发挥了激励先进的作用，奖优还覆盖到教师层面，堪称高度重视尊师重教。社会的关爱、社会的温暖，源源输向受助受奖师生。

……………

以农村地区教育事业为重点的资助主方向之外，王翔在扶贫济困、新农村建设、抗灾救灾等各个方面的公益慈善之举同样倾情倾力：

2003 年，为帮助人们抗击"非典"，王翔以个人和民生集团名义在江西、安徽多地捐款。

2005 年 11 月，九江发生百年未遇的地震，震中的九江县、瑞昌市遭受严重损失。王翔十分关心灾区人民的生产、生活情况，捐款帮助灾区群众恢复生产、重建家园。

2007 年，王翔在九江市慈善总会和江西省慈善总会设立"慈善助学光彩基金"，总额达 2100 万元，该基金增值主要用于慈善助学项目及其他慈善救助，建立了公益慈善工作的长效机制。每年实施慈善爱心救助款不低于 100 多万元，王翔的善行得以提高。

2008 年，为支持四川省汶川县抗震救灾，王翔捐款 350 多万元。

2010 年，帮助青海省玉树县抗震救灾，他又捐款 200 多万元。

2011 年，民生集团支持江西省革命老区建设，捐建九江市孤残少儿福利楼，捐建九江县村级道路等公益慈善项目同时展开实施。1 月，他向江西省彭泽县太平乡三所村小捐赠 150 万元；4 月，向河南省驻马店市第二十小学捐赠 200 万元；7 月，支持九江县江州官场村、德安县新农村建设捐款 150 万元；9 月，捐款 190 万元用于九江县沙河街青峰村道路修建。

2012 年，王翔为彭泽县民生广场建设捐赠资金 800 万元。

…………

以上这些，只是历年来王翔以个人或公司名义在扶贫济困、新农村建设、抗灾救灾等各个方面社会公益慈善项目的一部分。其他如捐资支持彭泽县老干部活动中心建设，捐资改善九江市福利院条件，每年捐资为九江市离（退）休老干部订阅晚报给他们送去精神食粮。为支持洪灾后的生产自救，他多次慷慨解囊，为受灾地方送去资金和实物。为促进养殖业改进发展，他向革命老区捐赠高腿小尾寒羊良种。为支持优良水产品养殖，他为农户贷款提供担保等等。

一个个公益慈善项目，一组组善款数据，织成了一根倾情教育、热心公益的闪亮红线！

尤其值得指出的是，从这些方面的公益慈善投入而言，相对教育助学善举，王翔在慷慨解囊、倾情倾力时又丝毫没有主次之分。

以支持农村边远地区教育为重点，兼顾扶贫济困、新农村建设、抗灾救灾等各方面，王翔的社会公益慈善之举涉及领域之多、覆盖地域之广，以及社会公益慈善行动持之以恒的执著坚定，多年以来在社会上引发强烈关注和反响。

据媒体公布的数据，至今，王翔以个人或公司名义为各类社会公益事业捐赠款物累计已过亿元。这融含着博大善爱真情的数据，足以鉴证王翔赤城的社会责任担当情怀。

对王翔这些感人的奉献，民间好评如潮。"但行好事，莫问前程"。王翔持之以恒倾情社会公益慈善，从不曾图任何回报。然而，每年都有很多受捐赠的个人或单位，从四面八方给他寄来感谢信，或前往九江市民生集团总部献上哈达，被资助学生还赠锦旗……

2006年6月，感动九江十大人物颁奖典礼举行，扎根山区34年，教育了一批批山里娃的冯老师入选。冯老师率学生给王翔系上了红领巾，向慷慨解囊捐款重建因地震损毁的教学点的王翔致谢，感动九江的人，为王翔的真情助学所感动。

《中国政协报》一篇题为《等待了四年的一次会面》的报道文章，感动了无数的读者：

2006年12月20日中午11点20分，（北京）人民大会堂的台阶下出现了一个手捧鲜花的男孩子。

5分钟后，又一个学生模样的小伙子来到了大会堂北门外，他的手里也有一束鲜花。这样的情景引来了过路行人的好奇。

"天气这么冷，他们拿着花在这站着干吗？""不知道，等女孩子吧，要不然这大冷天的谁会这么执着。""不应该，约会怎么会选在人民大会堂？"

路人的议论不时传进皮俊波和陈松的耳朵里，他们对笑了一下。没错，他们是在这里等待一个十分重要的人，不过，不为爱情，只为恩情。

这次会面他们已经等待了近四年。

皮俊波，一个让人羡慕的高才生。在清华大学电机系读大四的他凭借在全系 117 名学生中名列第 11 位的成绩已经被系里保送了硕士研究生。陈松，2003 年江西省抚州市东乡县理科高考状元，现在北京大学生命科学系读书。

原本，他们的生活像两条平行线，直到 2003 年在捐助现场上相识。而把他们联系到一起的，就是他们的恩人江西民生集团董事长王翔。

从那一刻起，一同向帮助他们的恩人道一声谢成了两个人最大的心愿。但快四年过去了，这个愿望一直没有实现。

今天，他们终于有了见恩人一面的机会。王翔被评为了全国优秀社会主义建设者，而今天，是他到北京领奖的日子。

12 点 40 分，参加表彰大会的代表们吃过午饭，陆续走出大会堂。

皮俊波和陈松焦急地在人群中搜寻，生怕错过了素未谋面的大恩人，虽然通过网上的照片，王翔慈祥的面容已经深深地印在了他们的心中。

"在那儿！"两个男孩同时发现了他们的王伯伯，想马上跑过去，却受到了警卫的阻拦。

"王伯伯！""王伯伯！"正在走下台阶的与会代表们听到喊声都朝孩子的方向看过去，王翔也是这样。他确定自己不认识皮俊波和陈松，但他却觉得孩子的目光就是看向自己的，于是朝他们走了过去。

"王伯伯！"陈松先给了王翔一个拥抱，接着是皮俊波，然后，两束鲜花塞到了王翔的怀里。

王翔有些慌乱，但他很快就在皮俊波和陈松的讲述中知道了他们是谁。

"王伯伯，祝贺你成为了优秀社会主义建设者。"

"王伯伯，你是我们江西的骄傲。"

"王伯伯，感谢您四年来对我的帮助，要不是您捐助了我 8000 元钱，我根本无法踏入大学的校门。"

"王伯伯，我保送研究生了，这都多亏了您，是您的帮助让我能够安心学习，而不必整天为学费发愁。"

…………

两个孩子因为长时间的等待，嘴巴已经冻得不太灵活。王翔的眼睛湿润了，这场意外地会面给了他太大的惊喜。

"孩子们，你们都是好样的，你们才是江西的骄傲！你们不用感谢我，今天你们能来，我已经很高兴了。王伯伯是赶上好环境、好政策了，不然我和你们一样，也是贫穷的人。"

"王伯伯，您给我们捐助的钱，对您来说也许是九牛一毛，但对我们来说，可是天大的希望啊！"陈松动情地说。

"我们不说这个。看到你们，我真是高兴，小伙子们，继续加油，我等着你们的好消息啊！"

"放心吧王伯伯，我们不会让您失望的！"

…………

王翔倾情公益慈善，心怀社会责任担当的善举，感动了许许多多的人们，也赢得了社会的尊重，他屡获国家、省、市有关部门和单位表彰，多次荣获全国和江西省"光彩之星"称号：

2004年，王翔被评为江西省"十大爱心人士"和全国"首届百名中华慈善人物"。

2005年，又被评为江西省"十大爱心人物"。

2006年，王翔成为"福布斯、胡润慈善富豪排行榜"的上榜慈善家，也是民政部《公益时报》"中国慈善排行榜"的上榜慈善家。在江西企业家中，王翔是这两大慈善榜上的唯一企业家。这一年，王翔还被评为"优秀中国特色社会主义事业建设者"并荣获"光彩事业奖章"。

2007年和2012年，王翔荣获民政部指导评选的"中国十大慈善家"，同时荣获"香港紫荆花杯杰出企业家"奖。

2008年，王翔被评为江西省"十大慈善人物"。

2009年，王翔又荣获"全国优秀公益人物"。

2012 年，再次荣获民政部指导评选的"中国十大慈善家"。

…………

在时光的悄然前行中，王翔心中的公益情怀越来越深厚。

随着企业的不断发展壮大，王翔的社会公益慈善之举也渐由偏僻乡村、繁华城市到边远藏区、再到贫困山区和灾区一线……他广行公益慈善之举的足迹跨越南北、纵贯西东，行程万里。

第四节　感恩时代的家国情怀

商之义利兼顾、于国于民，最在兼济天下之情怀。

因而，在企业善行天下、担当社会责任的博大情怀中，其最高境界，就是在企业经营发展中努力追求为国家经济社会发展作出贡献。这也即是企业家社会公益情怀的最高境界——胸怀家国情怀，兼济天下！

"经邦济世，励商弘文，为国运昌隆之道。"

从东晋葛洪在《抱朴子·内篇》中提出"经世济俗"观点，到近代被誉为"中国实业之父"和"中国商父"的"洋务派"代表人物盛宣怀提出"励商弘文"思想，可以看出，历代中国有志之士在将商道与文道并列作为兴盛国运大道这一点，有着共同的思想观点。

与此同时，实现"经邦济世，强国富民"的人生抱负，也是历代中国有志之士们家国情怀思想中的重要内容。

家国情怀，由此也成为古往今来名商巨贾们所追求的人生成就之最高境界。

新中国开启的改革开放伟大时代，赋予了商业文明进程崭新的时代使命——助推国家经济腾飞，实现中华民族伟大复兴。

在中国改革开放中得以蓬勃发展和不断发展壮大的民营经济，也必然要与国家民族的命运息息相通。从一定意义上讲，国家的竞争就是企业的竞争，企业决定国力；企业的竞争是产业的竞争，产业决定民族盛衰。

由此，站在时代的高度，勇于承担起社会责任，以民族视野来经营发展企业，也成为广大民营企业家成就人生梦想、实现人生抱负的壮阔途径。而这途径的一个主要方向，就是把企业的产业发展与国家战略发展紧密相连，为推动国家经济社会发展作出应有的贡献。

1994年4月3日，刘永好等十位非公有制经济代表人士发表了《让我们投身到扶贫的光彩事业中来》的倡议书，共同倡议开展以扶贫开发为主题、以互惠互利、自觉自愿为原则、以帮助"老、少、边、穷"地区开发资源、兴办企业、培训人才为主要内容的光彩事业。

以"致富思源、富而思进、扶危济困、共同富裕、义利兼顾、以义为先、发展企业、回馈社会"为理念的光彩精神，无疑是以改革创新为核心的时代精神的一部分，也是新时代中国精神的重要组成部分，更是民营企业家们践行社会主义核心价值观的具体体现。

对这一顺应时代发展趋势和国家发展战略部署的新生事物，中央统战部和全国工商联给予了充分肯定和大力支持，确定了把光彩事业"办大、办好、办出成效"的工作方针，下发《关于大力推动光彩事业的意见》，并采取一系列措施，推动了光彩事业在各地的蓬勃发展。

光彩事业从诞生起，从响应国家八七扶贫攻坚计划、参与三峡库区建设、参与国企改革、建设新农村、国土绿化等领域，积极配合国家战略部署。以先富帮后富、实现共同富裕为根本宗旨，光彩事业从一开始就与企业的社会责任和家国情怀密切相连。

王翔总是说，是党的英明政策使自己这个拎着油漆桶揽零活的个体户，成长为一位民营企业家。他倾情感言："滴水之恩，当涌泉相报，我是十一届三中全会的受益者，现在我在政治上有安排，经济上有实力，理所当然，我应该努力多作贡献。"

当光彩事业刚一提出，王翔就是全国最先积极响应、倡导和参与的民营企业家中的一位。一种源于感恩和社会责任的感召力量，就这样悄然融进了王翔的人生事业追求之中，融进了他博大深切的企业家家国情怀之中！

把企业的未来发展，定位在光彩事业领域，在以实际行动推动全国光彩事业发展的过程中实现企业发展价值和自己人生价值追求的高度一致，从1994年开始，就成为王翔要奋力去实现的目标！

在王翔的深刻理解里，光彩事业本质上远远超出了纯粹商业价值的崇高使命感，正是与他情感中所崇尚的人生价值追求产生深深共鸣的事业。

上世纪九十年代末，民生集团已具备了朝着这一发展大方向走的实力和时机。

为此，王翔要在民生集团既定的新千年"立足江西，走向全国"发展战略的产业项目上，坚定地选择适合民生集团去做的光彩事业产业项目。

世纪之交，随着全国光彩事业活动的不断深入，已逐步形成了以项目的选择、考察、论证、落实为主，辅之以政策协调、资金支持和服务咨询的支持方式，并在全国初步形成"一线、一片、多点"的项目布局，确立和推出了一批重点项目和示范项目。

从2000年到2001年一年多时间里，王翔频繁往来于九江和北京，不断与全国光彩事业促进会接触以找准民生集团既定发展方向和光彩事业产业项目的准确对接；他奔波于全国光彩事业重点投资的经济欠发达地区，寻找与民生集团既定产业发展方向吻合的光彩事业投资项目；他走访一些已在光彩事业领取项目投资上取得显著成效的企业，并实地考察项目以总结经验和获得启示……

最终，光彩事业投资的专业大型市场开发这一项目领域，吸引了王翔关切的目光。

从1994年全国光彩事业启动，经过数年的不断探索与稳步推进，到

2000 年前后，在全国一些经济欠发达和落后地区开发建设的带动物流、资金流、信息流的大型专业市场带动型项目，因对当地经济社会发展产生的积极促进作用而引起了广泛的社会关注。

由此，一条"市场扶贫"之路——在全国率先开发建设区域性商贸物流中心——光彩大市场的成功模式已初步形成。光彩大市场项目的投资开发，也开始成为光彩事业的一个重要方向，

传统意义上的专业市场是一种以现货批发为主，集中交易某一类商品或者若干类具有较强互补性或替代性商品的场所，是一种大规模集中交易的坐商式的市场制度安排。而专业大型市场的主要经济功能，是通过可共享的规模巨大的交易平台和销售网络，节约中小企业和批发商的交易费用，形成具有强大竞争力的批发价格。专业市场的优势，是在交易方式专业化和交易网络设施共享化的基础上，形成了交易领域的信息规模经济，外部规模经济和范围经济，从而确立商品的低交易费用优势。

九十年代末期开始兴起专业大型市场，是传统集贸市场向专业化方向发展的结果，因此其"专业"性是相对于集贸市场而言的。

与集贸市场相比，专业市场的"专业"性主要表现在：首先是市场商品的专门性，其次是市场交易以批发为主，再次是交易双方的开放性。将这些特点综合起来，简而言之，专业市场的内涵就是"专门性商品批发市场"。

根据以上特点，可以比较清晰地把专业市场同综合市场，超级市场，百货商店，菜市场，零售商店，专卖店，商品期货交易所，集市，庙会等各种市场形态区别开来。

"我们到贫困地区投资，是商业行为。是商业行为就要有价值和回报，这就是'利'。但是我们要有'义'。'义'大过'利'，以'义'为先！"至此，王翔将民生集团投资光彩事业产业项目，与"立足江西，走向全国"的企业发展战略完全融合！

蓄势待发的民生集团，在王翔制定的"立足江西，走向全国"发展战略思路下，开始真正迈出铿锵的远征脚步——民生集团的发展，开始围绕光彩大市场项目、促进城乡综合发展项目等投资领域，由九江走向江西、走向全国，去谋求在更为壮阔天地里实现深远发展的蓝图。

从新世纪初年而始，在市场经济的大潮中，王翔以一位民营企业家的战略眼光，把民生集团放在全省及周边乃至全国经济大格局中去谋篇布局，找到了一条具有鲜明时代特征、适合民生集团发展的新路。

2003 年前后，在九江投资城市基础设施成功之后，王翔把触角延伸到安徽，在宿州投资 10 亿多元，建设大型综合商贸物流光彩城大市场。

"既立足于宿州经济社会发展的阶段现状，又着眼于基础带动、辐射带动效应。整体促进革命老区宿州经济社会发展。"宿州光彩城大市场项目在打破宿州落后商业形态的同时，促进当地专业批发市场的优化组合，实现市场升级换代，提高区域性综合辐射能力。同时，又涵养了税源、解决了就业，还有力带动了宿州全市相关产业的发展。为宿州的经济发展提速，作出了积极贡献。

"这一项目对于宿州未来的发展有着举足轻重的作用！"对于宿州光彩城大市场项目，中国光彩事业促进会、安徽省委、省政府、省委统战部和省工商联给予了高度重视和大力支持，中国光彩事业促进会将宿州光彩城大市场项目列为"全国光彩事业重点扶贫项目"。还被农业部评为安徽省唯一的全国定点农资市场，先后多次成功举办全国农资博览会。

在改善当地就业和民生方面，宿州光彩大市场取得的社会效应，更是很快得以显现。

开业短短几年，宿州光彩大市场就为近当地万余名农村贫困人口和城市下岗职工，直接和间接提供了就业机会。

紧接着，王翔率民生集团又在淮南市投资 26 亿元，对城区中心广场北路进行综合开发。改造城区道路，配套生态公园，"民生·淮南新城"

拔地崛起于淮河之滨。

党中央提出实施"中部崛起"发展战略后，民生集团积极响应，挺进中原，在河南驻马店投资 15 亿元，建设城区 5 条道路，打造"民生·天都星城"生态新区，为驻马店这座历史文化名城增添了新的亮点。

矿业作为新兴的支柱产业，为民生集团注入了新的活力。民生集团与珠江公司联合，先后进入赣、湘、滇、桂、黔等五省（区）六个矿山，开采矿种涉及金、银、铜、铁、锡、铅、锌、钨等 10 多个品种。

难能可贵的是，王翔率民生集团随着在项目建设上资金投入的不断加大，纳税金额也不断增加，一直是当地的"纳税大户"，上世纪八十年代年数十万元，九十年代年数百万元，成为当地私企中的纳税第一名。进入新世纪，民生集团年纳税数千万元，实现了新的飞跃，获江西省 A 级纳税信用企业称号。

改革开放提供了历史机遇，王翔勇立潮头，成为经济建设主战场上的骁将。

精神是实践活动的指南。20 年的时间里，光彩精神逐渐形成了 32 字的内核——"致富思源、富而思进、扶危济困、共同富裕、义利兼顾、以义为先、发展企业、回馈社会"。"义利兼顾、以义为先"是它的核心理念。

这一理念既有深厚的传统文化底蕴，更有十分强烈的时代特色。从中国古代哲人"兼相爱，交相利"的命题到光彩事业"义利兼顾、以义为先"的核心理念，它实现了中国传统文化道义观、现代市场经济利益观、社会主义核心价值观的紧密结合。

"市场经济大潮中，企业靠发展立足，靠效益做大做强。但一个企业不能光考虑赚钱，还要考虑在赚钱的同时为经济发展和社会进步做出应有的贡献。"将"利"与"义"并重而视，这就是王翔心底真正崇尚的人生事业追求方向——自己的企业在赚得丰厚经济回报的同时，又对推动国家发展作出一定的积极贡献！

"滴水之恩，涌泉相报""创造财富，贡献社会"，这是王翔商业思想的核心理念，也是民生集团的企业宗旨。在王翔的矢志不渝投身光彩事业的过程中，得到了鲜明的体现，以产业报国，回报社会，实现了自己的诺言。

鉴于王翔积极投身光彩事业，并在光彩项目推进中作出的卓越贡献，他多次荣获全国和江西省"光彩之星"称号。

"民营企业发展到今天，得益于党的改革开放的好政策，得益于各级政府和社会各界的支持。作为改革开放的最大受益者，仅怀感恩之心是不够的，必须把个人感恩上升到社会核心价值观的层面，变自发为自觉。"

纵观数十年来，王翔倾情社会公益慈善、积极投身光彩事业的整个过程，正是他把个人感恩上升到社会核心价值观的层面，并变自发为自觉的过程。

2010 年 10 月 26 日，"首届中国民营企业家精神财富论坛"在古城西安召开。作为以深厚家国情怀而备受社会尊敬的企业代表，王翔受邀参会并发表了主旨演讲。

在这次主旨演讲中，王翔全面回顾了自己数十年来倾情倾力社会公益慈善，积极投身光彩事业的心路历程。

阅读这篇情真意切、气势磅礴的演讲辞——《创造物质财富，更要创造精神财富》，一位成功企业家在对改革开放伟大时代心怀感恩的岁月时光里，其兼济天下的家国情怀，如此感触人心。

为此，特全文摘录如下，以飨读者：

站在秦岭之巅，眺望八百里秦川，俯视古城西安，我作为一个土生土长的南方人，对西安一直心有归属之感。此时此刻，此情此景，如其说是来参会的，倒不如说是来"寻根"的。西安对我来讲，就是这样一个地方。西安享有"中华民族摇篮"的美誉，是中华文化的发祥地。我热爱西安源远流长、底蕴深厚的历史文化，西汉时期，就是著名陆上"丝绸之路"的起点；我喜欢在骡马市步行街上走一走，品尝别具风味特色小吃"羊肉泡馍"；我乐意在大唐不夜城西安大剧院里坐一坐，倾听享誉秦川大地著名的"秦腔"；我更想在华清宫逛一逛，品味以白居易脍炙人口的《长恨歌》改编而成的大型山水情景舞剧《长恨歌》，领略传统古老文明带给你博大精深的艺术魅力和美的享受。

白居易是唐代新乐府派一位诗仙，他35岁时在西安写了不朽的《长恨歌》，而他45岁时在我的家乡九江写了著名的《琵琶行》。这是继《长恨歌》之后，他任江州司马第二年流传千古的又一篇姊妹力作。白居易去世后，唐宣宗很伤心，写了一首《吊白居易》的诗纪念他。诗中有两句大家耳熟能详，这就是："童子解吟长恨曲，胡儿能唱琵琶篇。"小孩子都能背《长恨歌》，少数民族的孩子也能吟唱《琵琶行》。白居易的《长恨歌》《琵琶行》这两首长篇叙事诗，可以说，雅俗共赏，流传之广，也把西安和九江紧密地联系在一起。这正是：西安解吟长恨曲，九江能弹琵琶篇，中西互动谋崛起，珠联璧合谱新篇。

《琵琶行》这首千古名篇，是白居易对人生感触的真实写照，也是他对人生经历的彻悟。它穿越时空，散发着对人性的温情，流露出对社会底层的同情，闪烁着对弱势群体的怜情。白居易的一生，以44岁时贬为江州司马为分界线，客观地讲，去其他用道家的"知足不辱"来达到明哲保身的思想糟粕，吸取他既用佛家的思想看待荣誉得失、又用儒家的"独善其身"达到内心平衡，是当代民营企业家值得借鉴和吸取的。

改革开放30多年来，我国非公有制经济得到迅速发展，民营经济已成为推动我国经济和社会发展的重要力量。民营企业家作为先富起来的新的社会阶层，他们在企业快速发展、资本不断积累、财富不断增加的同时，自觉、主动、积极参与社会公益慈善事业。特别是在5·12汶川地震灾害面前的表现，集中展现了为国分忧、为民解难强烈的爱国热情、高度的社会责任感、博大的人文关怀精神，无愧于中国特色社会主义建设者的光荣称号，不仅是我们这个社会物质财富的创造者，也是这个伟大时代精神财富的创造者。

…………

民营企业发展到今天，得益于党的改革开放的好政策，得益于各级政府和社会各界的支持。作为改革开放的最大受益者，仅怀感恩之心是不够的，必须把感恩上升到核心价值观的层面，变自发为自觉。古人云：仓廪实而知礼节，衣食足而识荣辱。"广厦千间夜眠六尺，良田万顷日食一升"。一个人的消费是有限的，把创造出来的财富贡献给社会是无限的。民营企业家有责任、有义务、也有能力积极投身社会公益事业，各尽所能，各尽其责，拿出一部分取之于社会的财富回馈社会。

中共十七届五中全会提出要把保障和改善民生作为推动经济发展、实现强国富民的根本出发点和落脚点，具有十分重要的意义。"十二五"规划把全面建设小康社会摆在首位，民营企业肩负的责任重大，使命光荣。在落实"十二五"规划、推进全面小康的伟大历史进程中，民营企业既要成为推动经济增长的生力军，更要成为惠民、富民的主力军，把改革开放的成果惠及更多的人。民生集团在创造财富、贡献社会的实践中，深深地体会到：

一是创造财富、贡献社会，做履行社会责任的实践者，是一种美德。"扶贫济困，乐善好施"是中国人民的传统美德，是中国的优秀文化。从"滴水之恩，涌泉相报"，到"衔环结草，以谢恩泽"，再到"乌鸦反哺，羔羊跪乳"，中华民族源远流长的感恩传统，滋润着一代又一代人。为他人，为社会，为大众做好事，做善事，为弱势群体提供帮助，既是中国的传统文化和美德的继承和发扬，也是构建社会主义和谐社会的内在要求。从某种意义上说，这种善德善举，即源于一种感恩之心，进而升华到对祖国、对社会、对人民的感恩之情。

二是创造财富、贡献社会，做履行社会责任的推动者，是一种责任。慈善事业作为回报社会的一种重要方式，需要全社会共同参与。民营企业要发展，离不开社会提供的优良环境和支持。民营企业有大有小，实力有强有弱，不论拿出多少财富参与社会慈善公益事业，都是在为社会作贡献。公益不问动机，为善不问出处，慈善不问多少，"但行好事，莫问前程"。作为民营企业家，我们要常怀感恩之心，企业做得越大，承担的社会责任就越多，让困难群体及时得到关爱和帮助，感受到社会的温暖和人间的温情，使更多的人享受到改革发展的成果，应当成为企业家的人生价值观，这是一个社会、民族文明的标志，也是解决社会分配方式，推动社会和谐的一个途径。

三是创造财富、贡献社会，做履行社会责任的引领者，是一种境界。印度有一位哲人说过："财富无常而仁德永恒，故一旦有财须及时行善。"对先富起来的民营企业家而言，我们应当树立一种新的财富观：为富不仁者耻，乐善好施者荣。正如孔子所说，"贫则独善其身，达则兼济天下"，用自己的财富造福更多的人，这样的财富才有生命力，这样的民营企业家，活得更有意义和价值。我们要不断提升自身的修养和境界，不断服务社会，回报人民，担当责任，做一个让他人尊敬、令亲人自豪、受社会称赞的人。

回顾改革开放的历程，民营企业家要把勇于承担社会责任，看成是一种承诺，是一种力量，更是一种使命。

民生集团将永远怀着一颗感恩的心，积极参与承担社会责任的伟大实践，致力于传播一种爱心、一种文化、一种思想、一种境界、一种以爱国主义为核心的民族精神，为中华民族的伟大复兴作出应有的贡献。

——摘自王翔在"2010·首届中国民营企业家精神财富论坛"上的发言。

商之厚仁大义与利国利民者，最在兼济天下之情怀。

回望波澜壮阔时代下的激情创业历程，在近四十年的岁月时光里，王翔除了因一路而来的奋进足迹和不断取得的卓越商业成就让各界所瞩目，在他身上还有一种始终打动人心的感动力量，更令社会各界对其充满着敬意。

达则兼济天下，是一种高远的人生志向，是一种广博的高尚胸襟，更是一种让人心生无限崇敬的人生境界。而在王翔善行天下的真情之举中，更深深打动人心的，还有那份难能可贵的持之以恒。

时光更迭，岁月前行。

一路而来，王翔心中"达则兼济天下"的家国情怀，至今不曾有丝毫的消退，而是在日推月延中愈发浓烈。

第十章
先富未敢忘国忧

在深情回顾往昔岁月的记忆里，连续担任三届全国政协委员的 15 年时光，是王翔深感荣光自豪的珍藏岁月。

而事实上，王翔广受社会关注、深为人们尊重，其中重要原因之一，也是作为全国政协委员的他通过参政议政这方大舞台，推动了诸多国计民生领域重大问题的解决和改进。与此同时，也充分体现了他深厚的民生与家国情怀。

政协委员不仅仅是一种地位和荣誉，更是一种责任。

王翔深感自己重托在肩，他始终把积极参政议政作为自己履行职责的重要工作和光荣使命。

"改革开放改变了我的人生，引领我从生活在社会底层转变成为全国政协委员，成为一个企业家，我是改革开放的受益人！"为此，王翔那样真切地希望以百倍的努力去回报时代、回报社会，不负一位政协委员的责任使命，心系民生国计，尽己之力为百姓鼓与呼，为国家的经济社会发展进步献计献策。

在连任第八、九、十届全国政协委员的15年期间，王翔向全国政协大会提交提案和大会发言达256件次，他被媒体誉为"提案大王"。

心中牵念民生最重。在王翔的提案中，涉及民生主题的占据大部分。从建议取消对打工者不合理办证收费项目到呼吁停止春运票价上涨，再到提请改进接访群众信访工作……这些提案，直接或间接促进了一大批涉及民生问题的妥善改进解决，推动了一系列惠及广大民众的政策出台落实。

议国是尽是大局。在王翔提案中，针对国家经济社会发展重大领域问题的建议，立意高远，眼界开阔。如对九年义务制教育实施免费的建议，对取消农业税的建议及对物权的法律保护建议等等，一件提案催生一个《条例》，一条建议出台一项法规。对推动国家重大领域发展和社会法制进程，产生了积极深远的影响。

王翔由此又被媒体誉为"国计民生的代言人"。

"利在为国家而谋，利在为天下而谋。"

"先富未敢忘国忧。在连续担任三届全国政协委员的15年里，我认真履职尽责，我的一些提案被国家采纳，我没有辜负人民群众的信任、重托和期望。"王翔深情感念，他为此而倍感欣慰自豪。

第一节　先富未敢忘国忧

1993 年 3 月 14 日，这是王翔终身难忘的一个日子。

无论时光相隔得再久远，王翔对这一天里的点滴记忆，至今想起他仍然历历在目。

这一天，作为首批全国民营企业家政协委员中的一员，王翔和刘永好、张宏伟、王祥林、李静等来自全国各地的 23 名民营企业家一起，激情步入庄严雄伟的人民大会堂，以全国政协委员的身份出席全国政协八届一次会议。

从昔日的"阶下囚"到如今的"座上宾"，那是一种怎样感慨万端、激动万分的心情。

从步入庄严雄伟的人民大会堂那一刻开始，王翔深知，当选为全国政协委员，这不仅仅是自己个人的荣耀，这份来自国家赋予的重视和尊重，是自己和全国所有个体私营经济界人士的无上荣耀，当感恩在心，倍加珍惜。

"做好了企业，只是一个合格的企业经营者；如果对行业发展有积极的影响，可以算是一个行业里的企业家；而只有成为一名社会和时代发展的推动者，才是一名合格的政协委员。"

不负荣光与责任。从这一天起，企业家和全国政协委员两者的责任使命感，在王翔内心深处紧密相连。

提案，是政协委员履行职责最直接的方式，也是最有效的。

"在掌握实情的基础上，提出人们普遍关注和希望得到改进的经济社会发展方面的问题，一定要，并提出具有真知灼见的对策建议。"

1993 年 1 月，王翔在认真准备赴京参会提案的过程中，给自己提出了这样的要求——建言献策要是当前和今后亟待解决完善的重大社会问题，而且问题得到解决后对促进国家经济社会发展发展有积极推动作用！

在这一思路视角之下，王翔开始了自己的思考：

"掌握实情，讲真话、道实情，那就要选择自己最熟悉的领域。""提出的问题，应是当前和今后亟待解决完善的重大社会问题，问题得到解决后对促进国家经济社会发展发展有积极推动作用。""自己从干个体到现在经营公司，这十多年时间里，自己最熟悉的就是个体私营经济发展这一领域。改革开放十多年来，个体私营经济发展的大潮已不可阻挡，现在国家也越来越重视个体私营经济发展，我们 23 位民营企业家当选为全国政协委员就是有力的说明。那个体私营经济发展中的问题，就是当前国家经济社会发展领域里的重大问题了。"

…………

王翔的深思提案的视野，开始落定在个体私营经济发展这一领域。

而视野一经落定在自己最为熟悉的这一领域，那针对"当前和今后亟待解决完善的问题"并提出对策建议，就显得水到渠成了。

因为，从干个体户到办公司的这十多年时间里，王翔遇到的现实问题太多了。更为重要的是，他对许多问题进行了独立深思或与人进行过探讨，甚至还向有关部门呼吁或是提出解决改进的建议。然而，这些在他看来是"十分有必要解决改进的现象问题"，非但得不到解决改进，甚至问题现象更加突出。

例如，在公司经营过程中，王翔耳闻目睹的这样一个情况：

从八十年代中后期以来，全国不少地方大力引进外商投资企业。引进外资，是发展外向型经济、实现"翻两番"伟大目标的一项战略决策。实践证明，引进外资对促进我国经济建设的发展，取得了显著成效。

然而，这一过程中也逐渐出现了这样一种现象：同样是企业，但是外商投资企业享有很多优惠政策甚至是特权。一些地方政府和部门，一听说是外商，笑脸相迎，办事热情，一路开"绿灯"。而对本地民营企业，非但国家已有的相关扶持政策都不给，而且特别在企业经营过程中，民营企业到政府部门办事，门难进、脸难看。甚至一些政府部门的工作人员，对本地民营企业"卡拿索要"。一些地方政府部门对外商投资企业和本地民营企业，两样对待，不但让本地民营企业伤了心，而且极大地影响了本地民营经济的发展。

"'外来的和尚'成了'香饽饽'，我们不反对，但当地经济发展从长远看，还得依赖本地企业的大发展，中国经济腾飞发展，从长远看，自己国家的企业壮大才是中流砥柱。"王翔这样认为。

最终，王翔形成了《在引进外资的同时，进一步保护民族私营经济的发展》这一提案。

王翔的这份提案，实际上从国内民营企业和外资企业的两种待遇问题切入，不但提出了重视和保护民营私营企业发展的问题，而且从支持全国民营经济发展的高度，呼吁加大对全国民营经济发展的政策支持。而且，当时全国很多地方正出现"引进外商外资热"，势头逐年升温。一些地方开始出现比较严重的"重外商、轻内商"倾向，严重影响了当地民营经济的发展。而且，在"重外商"的过程中，开始出现一些不该有的问题和倾向，诸如"假外商"问题、袒护甚至是纵容外商不尊敬守法问题等等。

这已是一个敏感而普遍的现象和问题。

1993年3月，在全国"两会"期间，王翔这份提案就在政协委员中间产生了热议，许多全国主流媒体纷纷就这份提案对王翔进行采访。王翔提案反映的这一问题，引起了中央领导的高度重视。同时，得到了多个国家部委共同关注。

1994 年，国家计委、国家工商总局、税务总局等多部委联合发文，明确强调，全国各地平等对待外资企业和本地民营企业，外商企业享有的各项优惠政策，本地民营企业同样享受。同时，对一些地方在引进外商投资企业过程中的偏颇做法问题，要求地方政府展开倾力并落实整改。

第一次参加全国政协会议，提交的第一份提案就推进了全国不少地方较为普遍存在的一个热点问题的解决。

提案产生这样大的影响，是王翔始料不及的。

王翔那样强烈地感受到了政协提案沉甸甸的分量，更强烈感受到了作为一名政协委员的荣光与责任。

从自己熟悉的民营经济发展领域，去发现带有普遍性的重大问题，并提出解决或改进的对策建议。王翔意识到，自己的这一提案视角十分可行。

在企业经营发展中，王翔还发现，自己公司遇到的不少现实困惑问题，不单单是自己在经营过程中遇到的个案，很多同行业也遇到了。而且，他和同行们探讨交流时，总是会引起强烈共鸣。

又比如，几年前，民生实业有限公司发生的这件事：

公司的一名中层干部，贪污了公司 5 万元钱。最后，公司虽然将这 5 万元钱追回来了，但是，这名干部却逃脱了法律的制裁。

对此，王翔找到司法部门，得到的答复是——"你回去找《刑法》好好看看，上面的法律条款写得清清楚楚，贪污或挪用国家和集体财产要判刑，你们是私营公司，哪里管得了！"

王翔对事是严谨认真的人。他随后真的找来了《刑法》研读。果然，《刑法》上的法律条款内容是这样的。继而，王翔又认真查阅了《宪法》，也基本如此。但在认真研读中王翔发现，《宪法》和《刑法》对财产的保护实际上在无形中是分了两个范围——国有集体所属范围和私人所属范围。按法律规定，贪污国家和集体的财产就是贪污罪，要受到法律制裁。而如果私人企业内部的员工贪污公司的财产，法律却没有作规定。既然没有法律规定，那司法部门称"管不了"了，那自己也无可辩驳了。

"从十一届三中全会到现在，个体私营经济从无到有，全国这么多私营企业，合法财产得不到法律保护，老板们心里都没有底，不晓得哪一天公司财产会不会突然充公或是一夜被别人卷跑了，因为法律上不管呐。这样，那个体私营经济还怎么发展壮大，大家都不敢把经营做大搞强啊！"

这件事，对王翔的触动很大，引起的思考很深。

其实，1988年，王翔和很多私营企业老板就遇到了这个问题。全国不少个体私营企业主，因为害怕"挨整"，还主动"捐"出了自己的企业。只不过，那次民生实业公司很幸运地度过了波折。

…………

只有从法律上保护个体私营企业合法经营而来的财产，才能让个体私营企业主打消心中的顾虑，这样他们才敢放手去经营发展，这样全国个体私营经济才会有大发展——王翔深刻意识到，这是当前全国个体私营经济发展领域中亟待解决的一个重要问题！

经过严谨深思，王翔决定，把从法律层面对个体私营经济加以保护从而促进全国个体私营经济快速发展，作为自己的提案。在确定这一提案主题后，王翔又广泛走访了有关法律专家，并深入个体工商户和私营企业主中间展开广泛调研。走访尤其是在对广大个体工商户和私营企业主进行的调研中，王翔兴奋地发现，自己思考的这一问题，竟然"把话说到了大家的心坎里"！

由此，1994年，王翔形成了"关于建议国家修改和补充保护私营经济的相关法律法规"的提案，向全国政协八届二次会议提交。

在这份提案中，王翔提议：淡化所有制，从国家根本大法《宪法》层面，保护私营经济发展。

让王翔没有想到的是，这份提案引起了全国人大的高度重视。全国"两会"期间，王翔成为众多全国主流媒体竞相采访的焦点人物。

这一提案，实际上已从个体私营经济财产的法律保护这一具体问题切入点，提出了改革开放以来个体私营经济发展领域的重大问题，提案既立足于现实具体问题的破解，立意又远超出了对单一具体问题的解决。

1994年3月29日，第八届全国人民代表大会第一次会议，高票通过了《宪法》修正案，正式将社会主义市场经济写入《宪法》。

宪法第十五条原文：国家在社会主义公有制基础上实行计划经济。国家通过经济计划的综合平衡和市场调节的辅助作用，保证国民经济按比例地协调发展。禁止任何组织或者个人扰乱社会经济秩序，破坏国家经济计划。修改后为：国家实行社会主义市场经济。国家加强经济立法，完善宏观调控。国家依法禁止任何组织或者个人扰乱社会经济秩序。

通过修改前后的对比不难发现，把市场经济写入《宪法》这是根本性的突破。这意味着，发展个体私营经济作为国策，开始从国家根本大法层面作了法律界定。因为，在市场经济中，个体工商业者和私营企业是最为主要和最为活跃的主体。

还有，在大会报告和发言中，在电视、广播和报纸上，出现了"国家对国有经济、个体经济、私营经济、外商投资经济等各种所有制经济'一视同仁'，平等参与市场竞争，并为此而创造发展的更好条件"等等这些决议、决定和表述。

这件提案，竟得到全国人大采纳，并推动国家《宪法》对个体私营经济发展的法律地位确立和保护。

这让王翔无比欣喜，备受振奋！

"1992年邓小平同志南方讲话后，全国个体私营经济迎来了欣荣蓬勃的发展格局。在这样的时代背景之下，从《宪法》层面对个体私营经济发展的法律地位进行确立和保护，可以具有现实而深远的重大意义。"全国权威法律专家如此评价道。

这或许也是王翔没有料到的！

…………

这一年，在全国政协八届二次会议上，王翔还提交了《关于修改刑法中贪污罪内容的建议》的提案。

他对《刑法》中规定的"非法侵占公有制财产才是贪污罪"的规定，提出了不同意见。建议在《刑法》中增加"非法侵占他人（私人）财产罪"，在法律上增加"侵占罪"，且无论是侵占国有集体资产还是私营企业，都为侵占罪。同时，还建议修订完善促进民营经济发展的相关法律法规。

1997年《刑法》修改时，私有财产与公有财产一样，被纳入了平等保护范围。此外，一些保护私营经济发展的相关法律法规也陆续出台和进行修改、补充与完善。

而这些，对于促进民营经济更好更快发展，无疑起到了推波助澜的重要作用。

…………

连续两年，王翔的提案紧紧围绕"个体私营经济发展"这一社会发展热点的重大主题，关切国家经济社会发展进程中的重大热点问题，引起了广泛的社会关注，更引起了国家层面的高度重视。

王翔切身感受到，国家对个体私营经济地位和发展高度重视，支持力度空前，对广大非公经济人士深情鼓励，寄予热情厚望。

由此，王翔也更加深刻意识到，民营经济发展中的一系列现实和理论问题，之于国家改革开放这一重大发展领域，是关系到国家经济社会发展的重大层面问题。

"正处于探索进程中的改革开放，在民营经济现实发展过程中，有一系列亟待探索、破解的重大现实和理论问题。针对这些重大现实和理论问题，向国家提出有建设性意见的建议对策，那无疑对推动全国民营经济发展具有重大意义！"

在改革开放进程中，王翔由干个体起步，一步步走向办企业，他见证了随着个体私营经济不断发展壮大，整个国家经济社会快速发展的宏大历程。

为此，他对促进民营经济发展从而助推国家经济社会发展的重大意义，认识理解深刻而高远。

也正是因为如此，在王翔的理解里，把推动民营经济发展作为自己政协委员积极履行职责的使命，是功在当下、利在深远的大事。

"改革开放的实践证明，大力发展民营经济，是推动我国经济社会腾飞的现实路径之一。现实共同富裕，也需要以国家雄厚财力为基础支撑。当前，我国民营经济发展领域还有一系列重大理论和现实问题亟待突破，作为先富起来的民营企业家，又担任全国政协委员，我当为推动民营经济发展鼓与呼。"

"先富未敢忘国忧！"

以推动民营经济发展为责任与使命，从 1993 年到 2007 年，在连任三届全国政协委员期间，围绕推动民营经济发展这一重大主题，始终是他提案关注聚焦的一大方向：

1997 年，提交了降低契税的提案，被财政部采纳。

1998 年，提交了《抓紧修订一部完善的新宪法》的提案，并在分组讨论会上作发言。1999 年，第九届全国人大二次会议通过宪法修正案，采纳了王翔的四点意见，明确了"非公有制经济是社会主义市场经济的重要组成部分"。

2001 年，提交了《关于尽快出台物权法》的建议案。

2003 年，提交了《修改宪法，明确保护私人财产》提案并作大会发言。2004 年，全国人大十届二次会议对宪法的第四次修改，完善了对私有财产保护的规定，明确提出"公民的合法的私有财产不受侵犯""国家依照法律规定保护公民的私有财产权和继承权"等条款。

2004 年，提交了《关于全面取消农业税和开征酒类专卖税》的提案，并在分组讨论会上作了发言。

2007 年，历经 6 年的不懈努力，王翔终于推动了我国第一部《物权法》出台。而这一年，也正是王翔连任三届全国政协委员届满的一年。这部举国关注的《物权法》出台，为王翔倍感荣光与自豪的 15 载全国政协委员时光，做了最精彩的注脚。

回望 1993 年至 2007 年，这是改革开放进程中，中国民营经济发展大潮奔涌的十五年，是我国民营企业磅礴崛起中的一段辉煌岁月。

而在大潮奔涌的辉煌十五年中，围绕促进民营发展的环境改善、法律保障、政策改善等一系列重大问题，那些已载入史册的一项项政策举措、一件件法律条款，尤其是具有划时代意义的《物权法》，见证了王翔"利在为国家而谋"的博大胸襟情怀。

第二节　最是牵念"民生"之重

有文史学者这样总结道："天下之志士，胸怀人生大抱负，而其心中无一例外都有着一种共同的宽广情怀，那就是又无不以民生最重！"

在历史的长河里，从孟子"达则兼济天下"的豪情，到范仲淹"先天下之忧而忧"的情怀，再到顾炎武"天下兴亡，匹夫有责"的忧思，之所以激越着恒久的时空回响，正在于那心念天下苍生的高远博大胸襟。

鲜为人知的是，王翔年少时就喜读古文典籍和诗词历史一类的书籍，从经商办企业而来，数十年里，在繁忙的企业经营事务中，读典研史一直都是他在稍有闲暇最向往的事情。

显然，王翔从中国传统文化的精髓中，汲取了处世为人与经商办企业的很多智慧。但在这一过程中，中国传统文化对他人生情怀和人生境界的不断追求，有着深刻的影响。

多年前，在接受笔者多次采访的过程中，他数次谈到中华文化的博大精深，谈到诗词贤文中所蕴含的人生哲理与处事智慧，并从中萃取精华为自己修身立业所用。比如，从《增广贤文》"广厦千间，夜眠六尺，良田万顷，日食一升"的警句中，他深悟出，"一个人的消费是有限的，要把不断创造的财富贡献给社会，去帮助那些需要帮助的人"这样的财富价值观，并逐步形成了自己对于企业家公益慈善行为的观点。

由此，我们也就不难理解，为何王翔在担任全国政协委员期间，其提案中关于百姓民生领域主题的提案占据了大部分。这就是因为，在王翔的内心情感深处，有着与中国传统文化里心系民生疾苦的济世情怀本质相通的民生情怀。

查阅梳理王翔向全国政协大会提交的256件次提案和大会发言，令人惊讶的发现，涉及民生主题内容的竟占到了70%之多。

更为重要的是，这些以民生为主题的提案和大会发言，直接或间接促进和推动了一大批民生领域问题的妥善解决和改进，促进了一系列惠及广大民众的政策出台与落实。

王翔也因此被媒体誉为"国计民生的代言人"。

"做这个代言人我十分乐意！这是老百姓对我的深深信任。就凭着这份信任，我就要替老百姓多说话，反映并推动他们最为关切的那些问题！"王翔对媒体誉他为"国计民生的代言人"，他曾是这样深情回应的。

涉及百姓民生领域里的问题，从单件事来看，很多最初都表现为是一些"鸡毛蒜皮的小事"。然而，王翔却总是能从大众的利益这一视角，延伸出"群众利益无小事"的深广意义。最后，那些就单件事情表面上看来是"鸡毛蒜皮"的小事，一经王翔深入调研并形成提案，往往就成为全社会关注的大事。因为，这些事情牵涉着广大百姓群体的利益！

"别看那些一件件的'鸡毛蒜皮'小事，它牵涉到的，就往往是一大片人的直接利益问题啊！"王翔说，听到了或是看到了，他内心就发自真情地要去替老百姓说话。

而且，通过政协提案说了解决不了，或是解决不好，他还要通过其他途径去想方设法推动和解决。

"全国 13 亿人，只产生 2000 多名全国政协委员，我凭什么不来开会？来开会了凭什么不说点什么？说话了凭什么不说点老百姓的话？"王翔这段言论流传颇广。

1998 年，是王翔连任第九届全国政协委员的第一年。

在这一年的全国两会上，王翔向全国政协会议提交了 10 多件提案。

一如上一届任全国政协委员的 5 年里，王翔每年提案都是围绕民营经济发展这一重大主题内容，在这 10 多件提案中，绝大部分也是关乎民营经济发展这一重大主题内容的提案。

只是，在 1998 年全国"两会"上，王翔向全国政协所提交的这 10 多件提案中，有一件相比起来似乎是"小事"的提案，当时并没有引起多少关注和反响。然而，此后多年，人们在回顾王翔关注民生主题内容的提案时，却惊讶地发现，正是从连任第九届全国政协委员第一年的这一件提案开始，他每年的提案主题内容中，开始出现了又一个重大主题内容。

这一主题内容，就是关注百姓民生领域中的重大事件。

也正是因为提案主题内容出现的这一重大变化，后来，对于 1998 年王翔连任第九届全国政协委员，媒体评论，"（他）这次跨世纪的连任意义非同一般"。

那么，在 1998 年九届全国政协一次会议上，王翔那件相比起来似乎是"小事"的提案，究竟是什么主题内容呢？

原来，这是一件关于"解决下岗职工再就业问题"的提案。

众所周知，1998 年前后，我国新一轮国有企业改革纵深推进。这一过程中，一大批国有企业职工分流下岗。

在这些下岗职工当中，有不少人因年龄偏大、文化程度较低以及缺少技能，因而他们下岗后找工作十分不易。而且，这些下岗职工的家庭又多是上有老、下有小。这样的状况，导致了不少下岗职工家庭生活困难。由此，下岗职工再就业问题，就成为一个社会热点问题。

在这一轮国有企业改革过程中，江西省九江市数家大型国有企业下岗职工为数不少。其中一部分职工，在下岗后个人和家庭的生活境况产生了困难。

下岗职工的生活困境，牵动了王翔的心。

对在城市里找不到谋生工作的苦，王翔在当年初到九江市时有过切身的体验。所以，他才那样深切地牵念下岗职工们的生活苦境。

正是因为如此，王翔发自真挚之情地去走近下岗困难职工人群，走进他们的现实生活之中，还走进他们家里。

看到那些找不到工作的下岗职工，一家人吃饭都成了问题，愁容写在他们脸上，王翔心里有一种无言的沉重。

"要帮帮这些下岗困难职工，他们都是为国家工业发展曾作过贡献的人，现在国有企业困难搞改革，需要他们分流下岗了，他们体量国家的困难，默默承受起自己和家人的困难……"

这种发自内心的真挚情感，让王翔想方设法去尽可能多地帮助那些国企下岗困难职工，民生实业公司在招收员工时，拿出一些岗位来优先招收国企下岗困难职工。此外，王翔还向九江市的一些民营企业同仁们呼吁，希望他们的企业在招收员工时尽可能地优先考虑照顾国企下岗困难职工。

"国企下岗困难职工，在九江市有，在全国其他城市情况怎样呢？"王翔内心的关切，又联想到了全国各地国企困难下岗职工这一群体。对此，王翔展开了深入调研。

"1997 年，在全国实施新一轮国企改革中，共有 691 万多国企职工被下岗分流。如果加上 1993 年到 1995 年第一轮国企业改革中下岗分流的职工人数，全国国有企业下岗职工人数已超过一千万人。从地域分布看，下岗职工主要集中在老工业基地和经济欠发达地区，东北三省占 25%。从行业分布看，主要集中在煤炭、纺织、机械、军工等困难行业。"这些关于全国下岗职工的整体状况和有关数据，对王翔心里产生着强烈的冲击。

继而他又了解到，在有的城市里，一些下岗困难职工因为找不到工作，没有收入来源，家庭生活极度困难。有的下岗困难职工，就到菜市场去捡被丢弃的烂菜叶拿回去当菜吃……

"这么庞大的国企下岗职工人群，其中又有不少困难人群，需要全社会都来帮助他们！"王翔深刻意识到，关心帮助下岗职工尤其是生活困难职工，不仅是一个社会人文关怀的问题，也是一个关系到社会稳定的问题。

王翔在接下去的深入调研中发现，党和政府对下岗职工这一群体十分关心，陆续在制定出相关政策，解决和改善下岗职工特别是困难下岗职工的生活状况。但王翔认为，解决和改善下岗职工困境的最根本和长远的方法，是要解决好他们的再就业问题。基于调研掌握的情况和自己的深入思考，王翔决定将关心帮助全国下岗职工再就业问题形成提案，提交国家层面，希望出台相关政策。

在这份"解决下岗职工再就业问题"的提案中，王翔建议：针对下岗职工人群，国家应尽快出台一系列再就业政策，重点是积极开展再就业技能培训，以提高下岗职工的再就业能力。同时，积极引导和鼓励下岗职工自谋职业。对下岗职工再就业，从专门政策上给予大力帮助，包括对下岗职工再就业干个体的，在一定期限内给予免征营业税、个人所得税等项税收减免优惠政策等。

王翔的这份提案，关注的是牵涉到一个庞大困难群体的社会重大热点问题。更为重要的是，他提出解决问题措施的对策建议切实可行。

对王翔的这份提案，国家劳动和社会保障部、民政部等国家有关部委高度重视，进行专题调研，之后在采纳王翔关于"重点开展再就业技能培训"

的建议基础上，于1998年上半年出台了"全国下岗职工再就业培训计划"，在全国范围内实施对下岗职工的再就业培训。

查询有关资料得知，1998年当年，"全国下岗职工再就业培训计划"对130多万下岗职工展开了各类技能培训，这其中很多人当年就依靠一项技术专长实现了自谋职业。

此外，国家税务部门还针对自谋职业的下岗职工干个体，制定出台了专门的税收减免优惠政策。

对困难群众、弱势群体发自真情的关切，让谋大事、创大业的王翔，总是能在平时"不经意"中深情关注到那些困难群众、弱势群体们心有忧切的事情，并促使他建议国家层面去推动解决。

上世纪九十年代中后期，到广东等经济发展沿海地区务工地农民越来越多。

"在外打工，证件先行。"当时，广州、深圳等很多沿海城市出于对外来务工人员和城市管理的需要，要求外来务工人员必须办理各种证件。这些证件除身份证外，还包括暂住证、未婚证、计生证、边防证及务工证等等。这些证件，有的是在务工所在地的相关部门直接办理，有的是先在务工者户籍所在地先办理，然后再到务工所在地的相关部门办理。不仅涉及的办证部门多、办理手续繁琐。而且，办理一个证件涉及多部门收费，办齐所有证件要花一笔不少的费用。繁琐的办证手续，不少办证的费用，还有年年都要重新办证和换证。这些让打工者们承受着较大的心理和经济压力。一些打工者因为没有办证或者办证不全，在被管理部门查到后，轻则罚款、被遣返回乡，重则被拘留、劳教。很多没办证或办证不齐的打工者，成天过得提心吊胆。

一次偶然的机会，王翔从在广东打工的小谢那里得知了这一情况。

为能在广东深圳打工，小谢为办各种证件，可谓折腾得身心俱苦：

首先是边防证。小谢跑到自己户籍所在地的公安部门，折腾一个礼拜后，他办了一张为期半年的边防证，花费 120 元。其次是身份证。小谢又跑到有关部门，办了个"特快"，花了 80 块钱的办证费，一个月后把一张身份证拿到手了。再次是未婚证。小谢跑到计生部门，花了 60 块钱，一张为期一年的未婚证到了手。

小谢告诉在深圳的老乡，说他证件办齐了，即将到深圳。

可一到深圳，老乡审查了一番，发现还有计生证没办。这样，小谢又返回家乡，用了 45 块钱，办了一张计生证，有效期为一年。随后，他再返回深圳，拿着在家乡办好的这些证件去一个个部门办理暂住证和务工证，又是一通各种办证费用和押金。这时，小谢想自己该成为一个"合法"的打工仔了，也可以安心打工挣钱了。没想到，务工单位又要他交 300 块钱押金，还有 40 块钱办张工作证。

一个多月后，小谢把这些证件全办齐了，才终于在工厂安心打起了工。

然而，不料半年多时间后，在一次工厂辖区派出所、计生办、居委会等部门联合展开的检查中，小谢被告知他的证件过期了，要全部重新办理，否则，要接受处罚或被遣返回乡。随之而来，小谢又是为办证一番折腾和花钱。

打工仔小谢的"办证经历"，几乎是那时每一位在沿海发达城市打工者所遭遇经历的"缩影"。

从小谢的办证经历中，王翔看到了众多打工者的无奈和苦衷。

"这么多在外地打工的人，几个小小的证件，却让他们承受这样大的折腾和无奈……"王翔决定对这一问题进行深入调研。

王翔在随后的调研中了解到：在广东省很多地方，一个打工者至少要办 4 种证件，多则 10 个，全部办齐这些证件一次需要花费 800 元左右。办证费用，几乎相当于一个普通打工者 1 到 2 个月的工资。

王翔还发现，在广州、东莞、深证市办理暂住证，大多需要缴纳一二百元钱。虽然每个区镇所收的钱数不一样，但都远远超过了实际应该交纳费用的二三十倍。原来在这些地方，办暂住证的同时，还需缴纳劳动调配费、治安费等多项费用。

在深圳特区，有 300 多万外来打工者，他们每人每年最少要花 600 块钱用在办证上。而据来自珠三角一带的统计，几千万打工仔、打工妹，每年都要掏出 200 多亿元的"证件费用"，占他们全年总收入的十分之一！

此外，王翔又下到一些工厂调研，他又发现，不少工厂除了要打工者办工作证外，还巧立名目要他们办理各种证件。如出入厂房要办"出入证"，去吃饭要办"就餐证"，到宿舍去要"住宿证"，到厂里的活动场所去玩要出示"娱乐证"。而办这些证件样样都要花钱，钱也都是厂里从他们工资里直接扣除的。

…………

在形成详细的调研报告后，王翔针对这一问题，在 1999 年全国政协会议上，向大会提交了《关于减轻外出打工者负担的提案》。

这份提案得到国家有关部委高度重视，并随即引起了强烈的社会反响。

中央电视台《东方时空》"时空连线"栏目，就王翔的这一提案进行了深度报道。

随后，国家劳动和社会保障部在对这份提案答复中指出：对一些地区或企业借发证之名乱收费的行为，有关部门应依照规定给予纠正。

同年 3 月下旬，广东省物价局等部门取消了对外来务工人员 11 项收费中的 8 项。

这份提案，让无数普普通通的打工者们受益。

为广大普通打工者倾情陈情，终得遂愿，王翔内心怎能不无比激越！

而从此，在无以计数的打工者们心底，记住了这位叫王翔的全国政协委员。

"那一刻，我们心里流淌着温暖！""一位全国政协委员，为了我们这些普通打工人办证的事，奔走调查情况，向全国政协会议提交提案去解决，我们心里的这种感动无法形容！""我们这些在外打工的人，从此不用再提心吊胆了，真的没有想到啊！"

…………

在后来中央电视台《东方时空》"时空连线"栏目就广东省物价局等部门取消 8 项对外来务工人员的收费项目进行回访时，面对记者的镜头，受访的打工者代表们这样动情地说。

此后，让无以计数普通打工者们没有想到的是，全国政协委员王翔关注与关切他们这一群体的目光，深情而持久：

2003 年 3 月 17 日晚上，刚应聘到广州一家服装公司任平面设计师的大学毕业生孙志刚，在去网吧上网的路上，因缺少暂住证，被警察送至广州市"三无"人员（即无身份证、无暂居证、无用工证明的外来人员）收容遣送中转站收容。次日，孙志刚被收容站送往一家收容人员救治站。在这里，孙志刚受到工作人员以及其他收容人员的野蛮殴打，于 3 月 20 日死去。

此时，正在北京参加全国"两会"的王翔，从报纸上读到这一消息的那一刻，内心久久无法平静。

"令人心痛！不能让这样的悲剧再发生了！"王翔立即起草了《关于尽快为收容遣送立法的建议案》提案，呈交政协十届一次会议。

在这份提案中，王翔提出，收容遣送在执行中已严重存在与政策本意相违背、与法律规定相冲突等方面问题，急需要通过立法加以纠正和完善。提案同时建议，收容遣送工作要强化其"救济"性质，实现收容遣送向救助管理转变。

王翔的这份提案随即得到了国务院的高度重视。

在距孙志刚案发生三个月后的 2003 年 6 月 20 日，国务院宣布，废止已存在了 20 余年的《城市流浪乞讨人员收容遣送办法》。同时公布，施行《城市生活无着的流浪乞讨人员救助管理办法》。

一件提案促使国家废止了早已过时、早已显露不合理、一直有人呼吁建议废止的《城市流浪乞讨人员遣送办法》,代之以城市救助管理的新办法。

"这是我国法治建设进程中具有重大意义的事件,也是我国在依法治国进程中具有标志性意义的事件。"法律界人士这样评价。

2004年出版的《广州年鉴》,将孙志刚案作为大事收入,一个个体案件编进一个大城市的年鉴,不多见,足见这一事件在当时的影响力。

而在这一事件过程中,王翔那份《关于尽快为收容遣送立法的建议案》的提案,也注定要成为被记录进历史的、推动我国法治建设和依法治国进程的力量。

而接下来,王翔关于民生主题的提案,又一次次成为被记录进历史的力量。

2004年底,王翔偶然得知,从前一年开始,除学生票、革命伤残军人票价不上浮之外,其他旅客在春运期间乘坐火车,火车票票价均实行上浮,硬座在平时价格上上浮15%,硬卧、软座和软卧上浮20%。

"每当看到春运时农民工背着大包小包、拉家带口地挤火车,就让人感到心酸。现在,春运期间火车票票价还要上涨,春运期间,绝大部分农民工都要返乡过年。"牵念农民工的生活不易,感念农民工的千辛万苦,触动着王翔的内心。

王翔认为,春运火车票涨价主要是涨了农民工们的票价,而且铁路部门实施春运期间火车票涨价的规定,没有根据。

在2005年3月召开的全国政协十届三次会议上,王翔向大会提交了《关于取消铁路春运车票违法涨价的建议》提案,呼吁取消火车票在春运期间涨价的规定。

针对王翔的提案,铁道部作出答复解释:一是铁路部门实行春运期间火车票涨价,是想以此来调控旅客客流。其二,春运火车票票价上浮,在2002年是举行过听证会的。

针对铁道部回应答复的这两点，王翔随即进行了回应：一是每逢年关，人们回乡之情浓切，想通过涨车票价格来调控旅客客流不现实。事实上，客流并没有因为涨价而减少，倒是涨价让主体是农民工等困难群体的吃了亏。其二，听证会的结果有效期只有两年。而且，铁道部与国家发改委在2002年举行听证会时，只听取了极少数人的意见，这显然违背了《价格法》的规定。

与此同时，王翔还进一步指出：乘客购买火车票后，便和铁路部门形成了合同关系，铁路部门应该为乘客提供良好的服务。然而，每到春运，列车上严重超员，人满为患，过道、厕所都挤满了人，车厢空气污浊不堪，喝水困难、呼吸困难、上厕所困难，不少乘客别说享受到铁路部门的良好服务，就连最基本的座位也没有，这又显然违反了《消费者权益保护法》。

据此，王翔认为，铁路部门在春运期间实施火车票涨价，不合情、不合理、不合法。

而且，王翔提出，春运期间，火车票不但不应涨价，而且铁路部门还应该在春运期间更加注重改进服务，尽可能提高对旅客的服务质量。

…………

王翔的提案，尤其是他后来针对铁道部作出答复解释的回应，有理有据且有法可依，令人信服。

对此，国家发改委和铁道部不得不再次高度重视王翔的回应，并重新认真研究关于春运期间火车票上浮这一问题。

终于，这一问题在2007年新年伊始出现了重大转机。

2007年1月11日，在铁道部举行的新闻发布会上，铁道部新闻发言人王勇平公布——2007年铁路春运各类旅客列车票价一律不上浮，以后春运也将不再实行票价上浮制度。

这意味着，数年来饱受诟病的春运火车票涨价制度从此被废止。这更意味着，每年春运期间，全国将有数千万春运出行的旅客由此而直接受益！

不但如此，铁路部门还表示，将克服困难，全力挖潜扩能、精心组织调度，尽最大能力缓和运力与需求的矛盾，努力为旅客过一个愉快祥和的春节创造较好的旅行环境。比如，铁路部门将组织售票人员到农民工务工集中地和输出地上门售票，提前办理农民工团体火车票。同时，增开售票窗口，增加票额数量，努力解决农民工返乡难问题。

对于许许多多普通民众而言，2007年1月11日是一个难忘而惊喜的日子。而知道事情来龙去脉的人们，在这一天里更是心生无限感动的日子。

得知这一消息的王翔，内心深处抒发出一种无比的喜悦和轻松。

因为，这是缠绕在他心头近两年的一个心结，为此他始终不曾放弃任何的呼吁机会和推动的努力。而现在，自己的呼吁和努力终于有了结果。更为重要的是，这一结果将实实在在惠及那个让自己心有牵念、数量庞大的人群——广大农民工群体。

"我自己是油漆匠出身，是名老民工。"春运火车票涨价被取消后，全国各大媒体记者争相采访王翔。在接受新华社记者的采访中，王翔这样动情地说，自己的这种经历，使他更能了解农民，更乐于做民工、农民等弱势群体的代言人。

把群众中的冷暖放在心头，百姓的衣食住行，其中都有王翔深切关注的问题。

"安得广厦千万间，大庇天下寒士俱欢颜！"在王翔心里，住房是老百姓天大的事。

1998年，我国启动实施城乡住房改革。

当年7月，国务院发出《关于进一步深化城镇住房制度改革，加快住房建设的通知》，明确规定从1998年下半年开始，停止住房的实物分配，逐步实行住房货币化；建立和完善以经济适用住房为主的多层次城镇住房供应体系；发展住房金融，培育和规范住房交易市场。

这意味着，中华人民共和国成立以来城市一直实行的住房分配制度开始逐步取消，代之而施行的是城市住房商品化改革。

上世纪末和本世纪初年，购买一套商品房，动辄几万元、十几万元甚至数十万元。对于绝大多数城市普通居民家庭而言，这是一笔巨额的款项，很多家庭难以承受。因而，这极大地促进了居民购房和对住房信贷的需求。

为此，我国在启动城市住房商品化改革的同时，就引进了住房按揭的购买模式。对此，商业银行也积极调整信贷结构，逐步将个人住房贷款确立为新的业务增长点，完善相关制度办法。但王翔发现，居民在办理按揭购买商品房过程中，手续繁琐冗长且办理难度很大。这样的情况中，不少居民折腾很长时间，却最终无法办理到住房按揭从而无法购买商品房。

王翔意识到，这种状况既抑制了客户贷款购房的愿望，也制约了银行业务的发展，还阻滞了房地产市场的发展。

2001年，在九届全国政协四次会议上，王翔提交了《关于简化个人住房按揭贷款手续》的建议案。结果，人民银行对王翔的这一建议案高度重视。

经过扎实调研和深入研究，人民银行决定改进个人住房按揭贷款手续，在原来的个人住房贷款政策基础上，对商业用房作出特殊要求，并细化了个人住房贷款管理要求。其中，对个人住房贷款执行利率政策，对首付款比例等方面作出了要求，要求加强个人住房贷款管理，重点支持中低收入家庭购买住房的需要，为减轻借款人不必要的利息负担，商业银行只能向购买主体结构已封顶住房的个人发放个人住房贷款。

这份建议案，从实现城市普通居民的居家愿望着眼，在解决好这一问题的同时，又促进了银行业务的拓展和房地产市场的发展。这份可谓一举三得的建议案，引发的社会关注度可想而知。当年，中央电视台在制作"提案精选"节目中，王翔的《关于简化个人住房按揭贷款手续的建议案》就是其中的"精选提案"之一。

在王翔深情的目光里，从群众百姓的衣食住行到心中冷暖之忧，都是他所关注的。而且，他还有意识地走进弱势群体中间，去倾听这些人的心声、解决他们的疾苦。

在调研中王翔发现，某些地方党政机关的信访部门，在接待和解决群众"越级上访"问题的过程中，方法简单应付，使得群众上访的问题不但得不到很好的解决，而且往往让上访群众承受更大的压力。

比如，群众告到省里一些部门，这些省里部门就会批示"请某某市查明情况办理，并报处理结果"，市里则批示"请某某县查明情况办理，并报处理结果"，而县里又以同样转批的方式转批下去，最后群众上访的问题又回到了发生问题的起点地方。

在王翔的理解里，老百姓"告状"实在是无奈之举，"越级上访"更是不得已而为之，如果问题能在当地解决，又何苦费钱费力地越级呢？

为此，王翔将这一问题形成提案。提出"民事不可缓"，一缓一推就容易使问题由小变大，由轻变重，甚至矛盾激化演化成对抗，还是"告到哪里，认真处理"为上策，有关部门要进一步重视信访处理工作，不要将上访的"告状信"随意下批，以保证党、政府和群众联系渠道的顺畅，维护其在人民心目中的威望。

在王翔心里，教育是国家发展大计，也是重大民生问题。

更何况，捐建学校和捐资助学，在王翔倾情公益慈善的情感中最深厚。因此，在担任全国政协委员期间，他深情关注民生的情怀里一定会有教育这一重大民生问题。

果不其然！

2003 年 3 月，在全国政协十届一次会议上，王翔提交的 17 份提案中，《关于农村义务教育免费的建议案》赫然在目。

"他的很多提案，之所以能推动那么多重大问题的解决和改进，这与他高度的责任感、倾情国计民生的深厚情结、发现问题的独特视角和看问题的高度，以及勤于调研和深入思考，还有长期身处经济发展实践当中等方面密不可分。"对于王翔的提案，有专家学者给予了这样的评价。

王翔的《关于农村义务教育免费的建议案》这份提案，从当初酝酿到深入调研再到形成提交，前后历时 3 年，足可见他对这一提案的高度严谨慎重。

的确如此，这份饱含着王翔对教育问题长期关注深切情怀的提案，提出的建议，牵涉国家教育、农村、财政等众多层面的一系列重大政策改革，最终汇聚成一项我国义务教育发展史上具有里程碑意义的重大改革建议——实施农村义务教育免费！

在长期对全国各地农村尤其是农村落后地区的捐资助学过程中，王翔对全国农村基础教育现实状况的了解十分深入。与此同时，他的内心也一直为一种强烈的责任使命所驱使——他迫切希望自己为能改变全国农村尤其是农村落后地方的基础教育现状而倾尽努力！

"改革开放几十年来，相比城市基础教育的发展，全国很多地方农村的基础教育依然很落后，一些经济社会发展落后的农村地区，小学生还在那么破旧的校舍里上课学习，甚至一些地方的小学校舍还是危房。在全国农村的小学校中，大部分教学设施简陋、师资力量缺乏等等这些方面，使得我国广大农村的基础教育发展在改革开放过程中显得滞后。"自己在长期捐赠助学、捐建希望小学过程里的耳闻目睹，加上大范围深入调研基础上所掌握的情况，让王翔对全国农村基础教育发展这一问题产生了越来越深切的忧思。

王翔带着这种深切的忧思，展开了广泛深入的调研。

调研中王翔发现，由于受制于中国独特的二元经济体制，中国的义务教育投入也呈现严重的"城乡分割"。在城市，义务教育学校由县级以上政府投资举办和管理，学生家长只需交纳课本费和杂费。而在农村，除了杂费和课本费，农民还要交纳教育费附加、各种教育集资，用于支付民办教师工资、校舍修建、公用经费等。

这意味着，城市和乡村的居民所享受的义务教育权利并不一样。2000年税费改革前，农村义务教育主要由乡、村两级负责，靠农民交纳的各种税费维持，农民实际上承担了义务教育的成本。这就是人们耳熟能详的口号"人民教育人民办，办好教育为人民"的由来——此"人民"，实际上是指农村地区的"人民"。

百年大计教育为本。教育的发展关系到国家民族的未来，基础教育是教育发展中的重要环节。而我国的国情实际，农村基础教育是国家基础教育的重要覆盖面。因此，农村基础教育的全面提升，是全国基础教育水平提升的关键。

王翔内心的忧思还不止这些，更有那些因家境贫困而失学的孩子，让他感到内心的焦虑。

"农村教育发展的现状，确实需要各级政府高度重视，大力解决，决不能让'优先发展教育'成为苦涩的口号。"全国政协委员的责任感，促使他站在更高的层面去更深远地思考关于全国农村教育的发展问题。

"党的十六大提出，本世纪头20年全国建设惠及十几亿人口的更高水平的小康社会。"王翔认为，如果全国农村教育的面貌得不到根本改变，全面小康就无从谈起。同时，让改革开放发展的成果惠及农民，加大对农村义务教育的投入，也既是减轻农民负担的一个重要举措，又是加强对农村发展扶持的根本方计。

继而，王翔又在对大量教研数据的研究基础上，提出了农村实施免费义务教育就是国家对农村义务教育的转移支付这一观点。与此同时，他还从全国GDP增长与全国农村教育投入增长这两者间入手，通过扎实的数据展开了对比分析研究。

由此王翔认为，国家积极创造条件，实施农村义务教育免费，已经具备了可行的基础条件！

教育是功在当代、利在千秋的国家民族事业。

2003 年 3 月，王翔向全国政协十届一次会议提交了《关于农村义务教育免费的建议案》，建议国家实施农村义务教育免费！

利在天下则谋，利在万世则谋。

在提案中，王翔还深刻提出，农村义务教育在全面建设小康社会，构建社会主义和谐社会中具有基础性、先导性和全局性的重要作用。

一石击起千重浪。王翔的这份提案，引发了举国关注和热议。全国各大媒体纷纷进行报道，在网民评选的"2003 年十大最受关注的议案提案"中高居榜首。随后全国人民惊喜地发现，党中央、国务院把实施全国农村免费义务教育提上了重要日程：

2003 年 9 月 20 日，国务院作出了关于进一步加强农村教育工作的决定，取缔农村中小学不合理收费项目，严格控制收费标准。

2003 年 10 月 7 日，国家发改委要求，中国农村义务教育从 2004 年开始将全面推行"一费制"收费办法。

…………

2005 年始，国家对部分义务教育阶段家庭贫困学生实行"两免一补"（即免教科书、免杂费，补助寄宿生生活费），今后三年内，把这一政策扩大到全国所有农村贫困家庭的中小学生。

2006 年，中国西部农村实行免费义务教育。不但全面免除学杂费，而且对贫困生还免费提供教科书，补助寄宿生生活费。

2007 年，免费义务教育扩大到中部和东部地区。

由此，我国农村义务教育，从原来的"人民教育人民办"转变为"义务教育国家办"。

在中国，高考可谓牵动着每一个家庭的教育大事。

2001 年 11 月 21 日，新华社发布的一条关于高考的新闻通稿，吸引了社会各界的关注目光——"记者昨天从教育部获悉，经国务院同意，教育部决定从 2003 年起将高考时间提前一个月，高考时间固定安排在每年

6月7、8、9日……"

全国高考日期提前一个月，这也是因为王翔的提案而促成的！

从1979年开始，在高考时间确定为每年7月7、8、9日之后，此后的二十多年来，高考时间一直没有变动过。因此，后来高考又被人们习惯性地称为"黑色的七月"。

人们之所以称7月为"黑色的七月"，不仅是指高考的巨大压力给人们心理投下巨大阴影，也因为这段时间的自然环境给考生造成很多的不适。

尽管人们对"黑色七月"很不适应，但全国高考日期沿袭至今，已经约定俗成，没有谁敢想改变它。

1998年7月高考期间，王翔在带领公司员工参加九江地区抗洪过程中看到，江西湖口县700多名被洪水围困的考生在解放军护送下，才安全到达考场；有的学校不得不把考场迁至房顶、山顶才能正常考试；为提防学生中暑，医院开来了救护车，家长们拎着各类防暑品在烈日下痴等……考生、家长、学校、政府都不得不投入大量人力、物力、财力，来抵御恶劣的气候环境给高考带来的负面影响。

王翔后来又查阅地理和气象资料得知，7月我国灾害频繁，南方涝北方旱，温度也高，从考生角度出发，高考可以提前或者推后。他从不少高中了解到，其实高三下学期已经是复习阶段，高考完全可以提前一个月。

"国家经济体制都可以改，为什么国家举行高考的时间不能变？"

1999年3月，在全国政协九届二次会议上，王翔提交了《关于高考考期适当提前的建议案》，建议高考时间提前一个月，改在每年的6月举行。

王翔的这份议案，得到教育部的高度重视并很快作出答复：认真研究，充分考虑。同时，教育还专门派员前往江西九江，就高考日期提前这一建议，更加充分地听取王翔的意见。最终，经过两年多的研究论证，2001年11月，教育部正式决定采纳王翔的建议：从2003年起，全国高考提前至6月份的7日至9日进行。

…………

从建议取消对打工者不合理办证收费项目，到呼吁停止春运火车票价上涨，到提请改进接访群众信访工作，再到建议实施农村地区免费义务教育……王翔的这些提案，直接或间接促进了一大批涉及民生问题的妥善改进解决，推动了一系列惠及广大民众的政策出台落实。尤其是关于实施全国农村免费义务教育的提案，推动的更是惠及全国几亿人口的广大农村地区千家万户的教育问题。

"民生"二字在王翔心中之重，彰显在这些对国计民生重大问题提出和推动的一件件提案上，每一件都那样令人感动！

第三节　定格在时光深处的经典记忆

从王翔担任第十届全国政协委员届满，至今已十几年。

然而，如今只要一提起王翔，关于他担任全国政协委员期间曾广为人知的那些经典言论、那些曾广为人们所关注的媒体报道，尤其是那些注定会载入历史的重大提案内容，仍然还在人们清晰而深刻的记忆里。

一个有力的佐证是，如今，在百度上搜索"王翔，全国政协委员"，词条高达6000多条。那些记录王翔参会、发言和接受媒体采访的照片，也有数百张。

是的，定格在时光深处的那些深刻记忆，永远是经典而鲜活的。对于王翔本人而言，则更是如此。

在连续担任全国政协委员的那十五年时光里，曾为百姓民生问题而倾心倾情走访、为国家发展大计而深入思考调研的那些往事，那些向大会正式提交饱含着家国情怀的国计民生重大主题内容提案的时刻，那些作大会发言时激情慷慨陈情的镜头……难以忘怀，都珍藏在了王翔的内心深处，今天仍然历历在目，成为他为之骄傲的人生记忆。

"我当政协委员 15 年，提交了上百个提案，农业税的提案最让我骄傲。"提到免除农业税这一提案，王翔的回忆总是那样充满深情。

让我们走进那定格在了历史时空深处的经典记忆：

2004 年 3 月 8 日，初春的北京寒意犹在，但长安街旁的玉兰花却已在春寒料峭中含苞待放。

这一天下午 3 时，北京华润饭店。十届全国人大二次会议、全国政协十届二次会议开幕后，时任中共中央总书记、国家主席胡锦涛同志，来到这里参加政协民建、工商联联组会，与代表、委员们共商国是。联组会上的讨论气氛，亲切活跃、坦诚务实，委员们的发言坦诚而直接。对于联组会上每一位委员的发言，胡锦涛同志在认真倾听的同时，还不时把委员们发言的要点记在笔记本上。而在此过程中，当听到一条好的建议，胡锦涛同志不时会意地点头。

听说中小民营企业经营环境还比较困难，胡锦涛同志十分关心。当一位委员谈到他的公司积极响应中国光彩事业促进会的号召，已安排数万人就业时，胡锦涛同志露出了欣慰的笑容……

听的人态度诚恳，说的人言无不尽，一场民主、和谐的讨论，不知不觉进行了两个多小时。8 位委员发言完毕，已近黄昏。

"时间已晚了，现在请总书记讲话。"主持会议的时任全国政协副主席黄孟复同志说道。

"你也搞点市场调节嘛，让大家再说说。"胡锦涛同志语带轻松、言辞诚恳地说："我今天来，就是要多听听大家的意见。还有谁想发言？"

胡锦涛同志的话音刚落，会场上包括王翔在内的好几位委员，立刻举起手示意欲发言。

"不用念稿子，大家想说什么就说什么。"看到发言的委员拿出了准备好的发言稿，胡锦涛同志微笑着对大家亲切说道。

"我讲两句话。"王翔拿过话筒。

"胡总书记,皇粮国税是中国 2000 多年来农垦社会的产物,如果无条件取消,那将是千秋万代的好事。"

王翔提出了两点建议:一取消农业税,农民少交几块钱;二征收酒类专卖税,弥补取消农业税后财政的开支需要。

"刚才王翔委员谈到农民问题,确实,现在农民增收困难。"委员们发言结束后,胡锦涛同志接着大家的话题,谈起自己的看法:"去年我们经过努力,农民人均纯收入增加了 146 块钱。这里面 79 块钱来自工资性收入,主要靠农民打工。真正靠农业增加的收入还不多。必须统筹城乡发展,坚持多予、少取、放活的方针……"

胡锦涛同志当即表示,"皇粮国税"是中国 2000 多年来农垦社会的产物,如果无条件取消,那将是千秋万代的好事。

胡锦涛同志在总结发言时,单单点了王翔的名,并说:"王翔委员说得好,中央也有这个考虑。"

让王翔没有想到的是,自己所提出的这一建议,竟然与党中央的决策思路吻合,这是多么高度的肯定!

闻听总书记当场这样的回复,王翔的内心深处激动不已。

"总书记这么关注'三农'问题,我们就有信心了!"在联组会议结束后,现场的媒体记者一下把王翔给"围住"了,纷纷要求就取消农业税提案做深入采访。

通过各大媒体,王翔忘却了就餐时间已过,就取消农业税这一提案,与数家媒体的记者动情地侃侃而谈。

在第二天的人大会议上,温家宝总理作政府工作报告谈到农业税问题时,特意放下讲稿,强调说,从 2004 年起,逐步降低农业税税率,5 年内取消农业税。

自己的发言能够得到国家领导人的现场回复,这坚定了他为民代言的信心。

值得一提的是，2004年3月7日，十届全国人大代表、湖南金侨置业集团董事长任玉奇，在全国人大十届二次会议上提出正式议案，要求尽快取消农业税的建议，成为第一位提出取消农业税的全国人大代表。

据有关专家论证，世界上市场经济国家大都实行酒类专卖，而我国却没有实行。在取消农业税的同时，征收酒类专卖税，粗略算一年有700多亿元，远远超过农业税所得，完全可以弥补地方财政。

2004年3月23日，中央决定在黑龙江、吉林两省进行免征农业税改革试点，河北、内蒙古、辽宁、江苏、安徽、江西、山东、河南、湖北、湖南、四川等11个粮食主产省（区）的农业税税率降低三个百分点，其余省份农业税税率降低一个百分点。农业税附加随正税同步降低或取消。

2005年3月15日，温家宝总理在第十届全国人民代表大会第三次会议上所做的《政府工作报告》中指出："明年将在全国全部免除农业税。"

2005年上半年，中国22个省免征农业税。到2005年年底，28个省（区）市及河北、山东、云南三省的210个县（市）全部免征了农业税。

2005年12月29日，十届全国人大常委会第十九次会议通过了废止农业税条例的决定：自2006年1月1日起废止《农业税条例》，取消除烟叶以外的农业特产税、全部免征牧业税。

…………

农民负担得到了大幅度减轻，2006年全面取消农业税后，与农村税费改革前的1999年相比，农民每年减负总额将超过1000亿元。取消农业税这一重大举措，结束了中国2600年种田纳税的历史，惠及9亿农业人口。

"今年全国彻底取消农业税，标志着在我国实行了长达2600年的这个古老税种从此退出历史舞台，这是具有划时代意义的重大变革。"

"今年的政度工作报告明确了中央彻底取消农业税的举措，我很激动，也感到自豪。"王翔说，"我当政协委员14年了，提交了上百个提案，农业税的提案最让我骄傲。"

"因为既然我们要搞市场经济，就必须允许财产的私有，也要求这种对个人财产的保护，就像我们改革开放初，强调效益，强调一部分人可以先富起来一样。但是如果我们不承认财产私有这一点的话，就是一种倒退。我们不能睁着眼睛说瞎话……"

"刚才王翔委员谈到农民问题，确实，现在农民增收困难。"胡锦涛针对王翔发言作出评述，"去年我们经过努力，农民人均纯收入增加了146块钱。这里面有79块钱来自工资性收入，主要靠农民打工。真正靠农业增加的收入还不多。必须统筹城乡发展，坚持多予、少取、放活的方针……"王翔说，自己的发言能够得到国家领导人的现场回复，这坚定了他为民代言的信心。

王翔说，自己作为一名企业家，当时提出取消农业税，主要是因为自己受益于改革开放，而改革开放的成果农民也应该享受到。

在提出取消农业税的同时，王翔还提出征收酒类专卖税。"核算一下就知道，征收的酒类专卖税完全可以弥补农业税。"在王翔关于取消农业税的提案上交两年后，也就是2006年6月22日，我国全面取消农业税，该项政策惠及亿万农民。

"现在农业税的取消标志着实行了长达2600年的这个古老税种从此退出历史舞台，这是具有划时代意义的重大变革'。"说起这些，王翔颇为自豪，"农民太苦了！我当了15年全国政协委员，提交了上百个提案，农业税的提案最让我骄傲。"

2006年3月14日上午，十届全国人大四次会议表决通过了国务院总理温家宝作的政府工作报告。

报告中庄严宣布："今年在全国彻底取消农业税，标志着在我国实行了长达2600年的这个古老税种从此退出历史舞台，这是具有划时代意义的重大变革。"

农村税费改革不仅取消了原先 336 亿元的农业税赋，而且取消了 700 多亿元的"三提五统"和农村教育集资等，还取消了各种不合理收费，农民得到了很大的实惠。

第四节　遥望中国法制进程那座里程碑

2001 年 3 月，全国政协九届四次会议上，王翔提交了建议"将个人所得税减除费用标准提高至 2000 元"的议案，这份议案成为全国两会收到的第一份关于修改个人所得税法的提案。因此，2005 年，当个人所得税问题成为全社会广泛关注的焦点问题时，王翔作为唯一的一位全国政协委员，参加了个人所得税工薪所得减除费用标准听证会。

2007 年 3 月 16 日，倍受关注的《物权法》草案，在十届全国人大五次会议上获得高票表决通过，并自当年 10 月 1 日起施行。

"这是中国践行宪法理念、弘扬宪法精神的一座具有标志性意义的里程碑！"分析人士指出。而见证了这部注定将载入法律制定史册的《物权法》提案第一人、全国政协委员王翔，再次成为公众关注的热点人物。

历经 6 年反复研究和广泛讨论，草案前后经过 7 次修改。从 2001 年提出议案，到 2005 年草案终于公布，再到 2006 年初争议又起，立法步骤一度被阻——这部创造了中国立法史上单部法律草案审议次数最多纪录的《物权法》，背后有着怎样的波折历程？是什么动力，让王翔为这部实际上已涉及"修宪"内容的法律制定，大声呼吁并做着长久而不懈的努力？其间，他又经历了怎样的心路历程？

"《物权法》提案的萌发、成熟到正式递交，前后却经历了漫长的 10 年。"

回忆起见证这部法律制定历程的整整 13 年，万分感慨。

在王翔当选为全国政协委员的第二年，实际上就从保护私营经济角度，思考关于物权立法的问题。

"1994年3月，在全国政协八届二次会议上，我提交的《关于建议修改和补充保护私营经济法律法规提案》，可以说是后来我的《物权法提案》的最初萌芽。"王翔说，当时，宪法在私人财产保护上表述得含糊不清，私人财产没能真正获得完整法律地位。正是基于这种思考，他大胆提出了涉及物权保护立法的构想。"宪法是我国根本大法，在法律体系中权威性最高，因此，'保护私营经济'这一提法实际是呼吁'修宪'，其反响之大在当时是可想而知的，可谓一石激起千层浪啊！"

在一片争议声中，尽管王翔预感到实现自己提案中的构想定有一段艰难而漫长的历程，但他坚信自己思考的方向是正确的，理由是中国改革开放的深入已经对明确物权这个问题提出了必要性。

于是，在1994年3月的全国政协八届二次会议上，王翔又提交了《关于在刑法中增加非法侵占他人财产罪的提案》。

针对当时《刑法》中规定的"非法侵占公有财产才是贪污罪"，他大胆提出"私营企业的员工非法侵占私企的财产算什么罪"这一问题。提案引起全国人大的高度重视。《刑法》终于在1997年作了修改，将公有财产、私有财产平等地纳入了保护范围。

"这给了我对明确物权问题思考的巨大热情，并开始考虑提议全国人大对此立法。"王翔趁着这个契机，在1998年3月全国政协九届一次会议大会上，作了题为《抓紧修订与完善新宪法》的发言，明确提出了修订和完善新宪法的问题，得到了党中央、全国人大、国务院的高度重视。

1999年3月，九届全国人大二次会议通过修宪，明确"非公有制经济是社会主义市场经济的重要组成部分"。其中，所作六处修改中，王翔提案提出的有四处。2004年3月，十届全国人大二次会议通过修宪，"公民的合法的私有财产不受侵犯"写入了《宪法》。

王翔委员十年孜孜以求的宪法保护私产终得实现。

王翔说，提议"修宪"并为此努力十年的过程中，让他越来越深感到，改革的深入急需完整意义上的《物权法》来调整公有生产资料利用关系，要尽快出台《物权法》。

第一份《物权法草案》在1999年9月就正式提交全国人大常委会，但随后就悄无声息了。然而，王翔看到，中国在快速发展经济的同时，却缺失了这样一部保护私有产权的法律，而且给经济发展带来了问题。因而，他时常感到，自己有责任把事情说出来。

"但立法的严肃性，又使得我一次次对于提出物权法立法的提案，持十分谨慎的态度。"王翔告诉记者，尽管围绕"保护私营经济"这个问题，在多年提议"修宪"的过程中，他对物权法立法的思考逐步明晰，但为了力求将来的提案尽可能地完善，他并不准备立即就提出这个提案。然而，2001年国家发展计划委员会的一份报告，却让他做出了在当年两会上提出《物权法》立法提案的决定。

"资金是国民经济建设的重要要素，国家发展计划委员会2001年的一份报告数字显示，1999年我国吸引外资404亿美元，虽居发展中国家首位，而中国当年资金外流高达480亿美元！这对资金缺乏的我国，确实是一个严重的问题。"王翔在后来的相关报告中指出，产生这种不利情况的原因也许较多，但我国法律体系中没有完整意义上的《物权法》，是重要的原因。

"不少有钱人就这样说，不把钱转走，到时说不定什么时候来一个运动，这钱是不是你的就难说了！"王翔说，没有完整意义的《物权法》来保障财产归属秩序，对经济生活的负面影响是明显的。一方面使吸引外商直接投资不尽如人意，另一方面国内资金外流情况严重即是一例。

王翔说，长期以来，由于个人财产在我们的制度中没有受到应有的重视，私营企业家、艺术家及各方面的专业技术人员等私有财产较多者，总是有这样那样的财产会被剥夺的疑惧，自然就会想方设法把财产转移，引发大量资金外流的问题。

在经过反复深入思考后，王翔于 2001 年政协九届四次会议上提交了《关于尽快出台物权法重点完善用益物权制度的建议案》，并作了《保障吸引外资制止内资外流》的配套发言，引起广泛关注，许多媒体纷纷报道。因是首次以个人提案向全国政协大会提交，由此，他获得了"物权法提案第一人"之誉。

提案交上去后，王翔才知道，实际操作有多么不容易。单单是一个草案的出台，就历尽波折啊！

王翔告诉记者，《物权法》提案交上去后，在很长时间里都没有实质性的突破。王翔说，当时社会各界有不同的声音，持反对观点的主要认为，《物权法》是保护有钱人的财产的，是保护既得利益者的。

"甚至还有人向我提出这样尖锐的问题：'你们坐宝马、奔驰，我们只有一床破棉被，这样的保护合理吗？'我说，不管是宝马还是破棉被，只要是合法得来的，就一样受保护，通过保护一切合法的财产，从而鼓励大家都去创造财富，使得人人都成为有产者。"王翔说。

王翔说，从 2002 年起，他数次在全国政协会议上，为《物权法》的早日出台而大声呼吁。2002 年 3 月 7 日，他在全国政协九届三次会议大会发言：《堂堂正正做中国有产者》，指出我国法律仍未全面明晰地确认对私有财产的保护，故而再次大声疾呼：在宪法中应明确写进"保护私有财产"。2003 年 3 月，在全国政协十届一次会议上，王翔又提交了《关于修改宪法有关条款，明确保护私人财产的建议案》。指出宪法在私人财产保护上表述得含糊不清，基本法、单行法表述得再清楚，就整个法律体系而言，还是未能全部配套，现行宪法在保护公共财产和私人财产上的不对称、不平等，确需尽快予以修改。

"2005 年 7 月 10 日，《中华人民共和国物权法（草案）》公布征求意见，这是让我终身难忘的一天。"王翔说，这实际意味着完整的《物权法》出台已经为时不远。而为了这一天，他整整努力了 12 年。

《物权法》的立法计划，却并没有像想象中那样顺利推进，期间可谓一波三折。

王翔告诉记者，《物权法草案》原拟在2006年3月提交十届全国人大四次会议审议表决。然而，就在这时，北京大学法学教授巩献田发表的一封致全国人大高层的信，却让《物权法》的立法进程再次受阻。

巩献田认为：《物权法草案》违宪并背离社会主义基本原则。

"经过罕见的'四读'后，《物权法》立法进程一次次予以推迟也属正常，长期以来，我国处于对社会主义经济制度的探索之中，以法律的形式确认探索成果，确需慎重对待。"王翔说，从保护私营经济角度提出"修宪"，到提出《物权法》提案，他已经习惯在尖锐的异议中审慎地去思考、修改、补充，因为任何事物只有在争议中才能逐步完善，更何况是极为严肃的立法。

王翔说，据资料显示，《物权法（草案）》2005年7月公开向社会征求意见，在收回的一万多条意见中，没有一条质疑《物权法（草案）》违宪，而是反映出人们对制定出台《物权法》的殷切期望。

"后来巩献田又指责《物权法（草案）》违背了苏俄民法典的原则！"王翔与巩献田为此又展开激烈争论。"直到全国人大常委会法制工作委员会负责人表示，制定《物权法》已被列入2006年立法计划，这场争论才停止。"王翔笑着说。

在《人民日报》以纪念中国人民政治协商会议成立60周年为主题，选择刊登的6位"曾经点亮中国民主政治舞台"的明星人物的照片和事迹简介里，王翔赫然在目。这6位让中国人民难以忘怀的人物是：黄炎培、吴敬琏、王翔、马寅初、罗哲文、朱永新。

在回望国家发展进程的重大时间节点，自己能与这些哲人、名人相提并论，被誉为"点亮中国民主政治舞台"的人，王翔怎能不自豪、兴奋和激动呢！

图书在版编目（CIP）数据

王翔／刘文利著. --南昌：江西人民出版社，2018.4
（当代赣商丛书）
  ISBN 978-7-210-10362-2

  Ⅰ.①王… Ⅱ.①刘… Ⅲ.①报告文学－中国－当代
Ⅳ.①I25

  中国版本图书馆CIP数据核字（2018）第085849号

王　翔

刘文利　著

组稿编辑：游道勤　陈世象
责任编辑：万莲花
封面设计：章　雷
出　　版：江西人民出版社
发　　行：各地新华书店
地　　址：江西省南昌市三经路47号附1号
编辑部电话：0791-86898650
发行部电话：0791-86898815
邮　　编：330006
网　　址：www.jxpph.com
E-mail：jxpph@tom.com　web@jxpph.com
2018年4月第1版　2018年4月第1次印刷
开　　本：787毫米×1092毫米　1/16
印　　张：19.5
字　　数：265千字
ISBN 978-7-210-10362-2
赣版权登字—01—2018—216
定　　价：60.00元
承印　厂：南昌市红星印刷有限公司